LA FORMASOMBRAS

DANIEL JOSÉ OLDER

SCHOLASTIC INC.

Para Darrell, Patrice, Emani y Jair

Originally published in English as *Shadowshaper*

Translated by Alberto Jiménez Rioja

Copyright © 2015 by Daniel José Older
Map copyright © 2017 by Tim Paul
Translation copyright © 2019 by Scholastic Inc.

ISBN 978-1-338-35917-6

10 9 8 7 6 5 4 3 2 1   19 20 21 22 23

Printed in the U.S.A.   40
First Spanish printing 2019

ELOGIOS A *LA FORMASOMBRAS*

"Magnífico... Un mundo en el que los lectores desearán vivir".
— Holly Black, *New York Times Book Review*

"Un ejemplo de primera clase de cómo la representación, la diversidad y los temas de justicia social e identidad pueden ser hábilmente tejidos en una narración; no para que desaparezcan, sino para que la historia gire alrededor de ellos de una manera auténtica, emocionante y, en última instancia, satisfactoria".
— Cory Doctorow, *Boing Boing*

"La fuerza de la historia que nos cuenta Older se encuentra en su meticulosa atención a los detalles de la vida de una adolescente de origen puertorriqueño, de piel oscura, a la que le gusta llevar su pelo natural. La narración de los hechos es rica... Este es un mundo que permanecerá con los lectores mucho después de leer la última página".
— *Los Angeles Times*

"Cálido, fuerte, vernáculo, dinámico; imprescindible".
— *Kirkus Reviews*, reseña estelar

"Excelente mezcla de ficción y diversidad: un dúo atractivo".
— *School Library Journal*, reseña estelar

"Lo que hace que la historia de Older sea excepcional es la forma en que Sierra pertenece a su mundo, arraigada a su familia y a sus amigos, y su conciencia de la historia y del cambio".
— *Publishers Weekly*, reseña estelar

"Un escritor inteligente con un mensaje contundente que no subyuga la narración".
— *Booklist*, reseña estelar

"Older no solo les ofrece a los lectores personajes diversos, sino que se mantiene fiel a sus antecedentes, su idioma y su comunidad, brindándole autenticidad a su trabajo... Si usted es un lector joven, amante de la fantasía urbana, que busca algo nuevo y diferente, lea
La formasombras.
— *Romantic Times Book Reviews*

"Exactamente el tipo de libro que Walter Dean Myers les pidió a sus contemporáneos que escribieran al inicio de su carrera, y el tipo de narrativa que aún estaba implorando a los editores que publicaran en el crepúsculo de su vida. Un libro que toma en serio a los lectores jóvenes, sus necesidades únicas, su raza y sus realidades culturales. *La formasombras* lo haría sentir orgulloso".
— *Washington Post*

"Una obra alegre, digna y de gran intuición, que me incita a querer leer todo lo demás de este autor, en busca de voces, relaciones interpersonales y experiencias similares".
— *National Public Radio*

"Sierra Santiago es el tipo de personaje que todos deseábamos en la literatura para jóvenes".
— *Bustle*

"Daniel José Older es una de mis nuevas voces favoritas, y me muero de ganas de ver lo que él (y Sierra) harán a continuación".
— Anika Noni Rose, actriz de *Dreamgirls* y *The Princess and the Frog*

"Recomiendo sobremanera *La formasombras*... Es un libro excepcional en muchos aspectos".
— Debbie Reese, *American Indians in Children's Literature*

"Uno de mis libros favoritos del año, y punto".
— Rebecca Schinsky, *Book Riot*

"*La formasombras* cambia las reglas del juego".
— *Flavorpill*

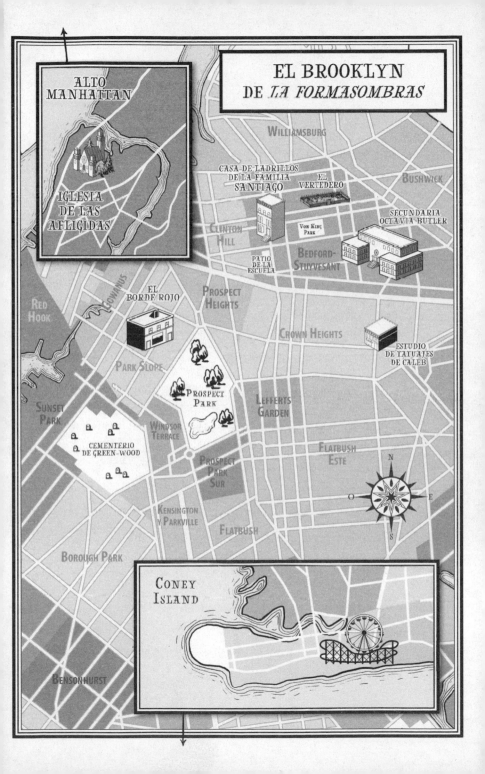

UNO

—¿Sierra? ¿Qué miras con tanta atención?

—Nada, Manny.

Mentira descarada. Desde el andamio, Sierra desvió la mirada hacia abajo, desde donde Manny, el Rey del Dominó, la observaba cruzado de brazos.

—¿Segura? —insistió él.

—Sí.

Sierra volvió a mirar el mural. No eran imaginaciones suyas; una lágrima brillaba en uno de los ojos de Papá Acevedo. No se movía, obviamente, ¡estaba pintada! Pero... esa lágrima no estaba ahí ayer, ni anteayer.

Y el retrato parecía estarse destiñendo, como si a cada hora se borrara un poco más. Esa tarde, cuando Sierra llegó al depósito de autos viejos al que llamaban El Vertedero para seguir trabajando en su mural, tardó unos segundos en distinguir el rostro del anciano pintado en la pared de ladrillo. Pero entre un mural que se desteñía y otro que lloraba, el grado de rareza era muy distinto.

Se volvió hacia su propia pintura, situada en una fachada

de cemento mucho más nueva, perpendicular al viejo edificio desde el que Papá Acevedo la contemplaba.

—Oye, Manny —dijo Sierra—, ¿están seguros de que a los propietarios de este edificio no les molestará mi mural?

—Estamos seguros de que *sí* les molestará —contestó Manny, riéndose entre dientes—, por eso te pedimos que lo hicieras. Detestamos La Torre. Lanzamos escupidas a La Torre. Tu pintura es nuestro asqueroso escupitajo deslizándose por el grandísimo disparate que es La Torre —sentenció y, tras sonreírle a Sierra, se volvió hacia su vieja máquina de escribir.

—Genial —dijo la muchacha.

El edificio, conocido por todos como La Torre, había aparecido justo hacía un año, sin previo aviso: una monstruosidad de cemento de cinco plantas levantada en el solar ocupado en otros tiempos por bonitos edificios de ladrillo rojo. Los urbanizadores construyeron a toda prisa una estructura hueca y así se quedó, inacabada y abandonada, con sus ventanas sin cristales que vigilaban inexpresivas el cielo de Brooklyn. La fachada lateral que daba al norte lindaba con El Vertedero, donde montañas de autos convertidos en chatarra aguardaban como papeles arrugados. Manny y los demás ancianos que jugaban allí al dominó le habían declarado la guerra a La Torre desde el primer día.

Sierra retocó con pintura verde el cuello del dragón en su mural. El animal mitológico llegaba hasta la quinta planta de La Torre y, aunque la mayor parte de su cuerpo era todavía una silueta, tenía la corazonada de que le quedaría imponente. Sombreó filas de escamas y púas, y sonrió al ver cómo el dibujo parecía cobrar vida con cada nuevo detalle.

Al principio, cuando Manny le pidió que pintara algo en La Torre, ella se negó. Nunca había pintado un mural; solo había dibujado criaturas salvajes y versiones de sus amigos y vecinos con alas, en posiciones de combate, en cuadernos de dibujo. Pero, ¿una fachada entera? Si metía la pata, todo Brooklyn se enteraría. No obstante, Manny, siempre insistente, le dijo que podría pintar lo que quisiera, que usara el andamio, y que si Abuelo Lázaro, el abuelo de Sierra, pudiera hablar bien y no estuviera en cama debido al derrame cerebral, le hubiese pedido que lo pintara.

La convenció con eso último. Sierra no podía negarse a los deseos del Abuelo Lázaro. Así que allí estaba, el segundo día de las vacaciones de verano, pintando escamas en las dos alas del dragón y preocupada por murales que lloraban.

Su celular vibró al recibir un mensaje de su mejor amiga, Bennie:

Fiesta esta noche donde Sully. ¡¡¡¡La primera del veraaaaano!!!!
Paso por tu casa en una hora. Espérame lista.

La primera fiesta del verano era siempre genial. Sierra sonrió, se guardó el celular en el bolsillo y empezó a recoger sus útiles de pintura. Eran las nueve de la noche. El dragón podía esperar.

Volvió a mirar el mural de Papá Acevedo, apenas visible en la desgastada pared de ladrillo. Ya no solo tenía una lágrima en uno de sus ojos, sino que su expresión había cambiado. El hombre —o el retrato más bien— daba la impresión de sentir miedo. Papá Acevedo, compañero de dominó del Abuelo Lázaro y de Manny, siempre tenía una sonrisa o una broma para Sierra, y quienquiera que lo hubiese homenajeado con aquel retrato había sabido captar su calidez. Sin embargo, en ese momento su rostro parecía conmocionado, con las cejas arqueadas y las comisuras de la boca curvadas hacia abajo, medio ocultas por su bigote rebelde.

Entonces, de repente, la brillante lágrima tituló, se desprendió del ojo del anciano y se deslizó por su rostro.

Sierra se quedó sin aliento.

—¿Pero qué...?

El andamio se estremeció y la muchacha miró hacia abajo. Manny tenía una mano apoyada en una viga del andamio y la otra sobre el auricular del teléfono que siempre llevaba en la oreja. Hablaba con la cabeza agachada, moviéndola de un lado a otro.

—¿Cuándo? —preguntó—. ¿Cuánto hace?

Tras echar una última ojeada a Papá Acevedo, Sierra bajó del andamio.

—¿Estás seguro? —Manny levantó la vista y la volvió a bajar—. ¿Seguro que se trata de él?

—¿Estás bien? —susurró Sierra.

—Voy para allá. Ya. Ya voy, ahora mismo. Estaré allí en... quince minutos. De acuerdo.

Manny presionó su auricular y miró absorto al suelo durante unos segundos.

—¿Qué pasa? —preguntó Sierra.

—Cosas de periodistas —respondió Manny, y cerró los ojos.

Además de ser el autoproclamado Rey del Dominó de Brooklyn, Manny escribía, editaba y repartía el *Bed-Stuy Searchlight*, tres páginas de cotilleo local con anuncios de eventos que imprimía en una pequeña imprenta en un sótano de Ralph Avenue. El *Searchlight* había salido todos los días desde que Sierra tenía uso de razón.

—¿Alguien que conoces?

Manny asintió.

—Que conocía. Le decíamos el Viejo Vernon, pero ahora se nos fue.

—¿Murió?

Manny asintió, mencó la cabeza y volvió a asentir.

—¿Manny? ¿Qué significa eso?

—Tengo que irme, Sierra. Y tú termina el mural, ¿me oíste?

—¿Qué? ¿Esta noche? Manny, es que...

—¡No! ¡Ja! —La miró y sonrió—. Claro que no. Pero lo más pronto que puedas.

—Está bien, Manny.

Nervioso, con las llaves tintineantes en la mano, Manny apagó las luces industriales y abrió la puerta de la cerca metálica que rodeaba El Vertedero.

—Que te diviertas, Sierra, y no te preocupes por mí. ¡Pero ten cuidado!

Mientras Manny desaparecía a toda prisa en la noche de Brooklyn, el celular de Sierra volvió a vibrar: Bennie otra vez.

Vienes, ¿no?

Sierra le envió un rápido "sí" y se guardó el celular. Una brisa veraniega le acarició el pelo mientras apuraba el paso, entre edificios y tiendas de barrio, hasta doblar la esquina de Lafayette y dirigirse hacia su casa. Aún tenía que arreglarse para la fiesta y ver cómo seguía el Abuelo Lázaro, pero no podía quitarse de la cabeza la lágrima de Papá Acevedo.

DOS

El Abuelo Lázaro se sentó en la cama cuando Sierra entró a su apartamento, en la última planta de la casa de la familia. El anciano la observó con cara de preocupación, meneando la cabeza; las arrugas de su cuello se movían de un lado a otro y sus manos, como garras, se aferraban a la colcha. Aunque desde el derrame cerebral apenas hablaba, de cuando en cuando soltaba un verso de algún bolero nostálgico. Sin embargo, hoy parecía otro: tenía la mirada alerta y hacía una mueca con su boca torcida.

Lo siento, lo siento, lo siento —masculló.

—¿Qué dices, abuelo? —preguntó Sierra—. ¿Estás preocupado por algo?

Lázaro apartó la mirada, con el ceño fruncido. Los altos ventanales alrededor de su cama hacían que el cuarto pareciera la cofa de vigía de un barco pirata. Afuera, las luces de la calle parpadeaban en todo el barrio de Bedford-Stuyvesant, produciendo arremolinadas nubes de color anaranjado que le abrían paso a una fuerte tonalidad azul. En todo Brooklyn la gente bajaba a sentarse en las escaleras de entrada de sus casas y se apresuraba por las avenidas para disfrutar de otra cálida noche neoyorquina.

El celular de Sierra vibró de nuevo. Seguramente era Bennie otra vez, apurándola. Volvió a comprobar que Abuelo Lázaro tuviera los medicamentos al alcance de la mano, el vaso lleno de agua y las pantuflas junto a la cama.

—Lo siento, lo siento, lo siento —masculló su abuelo una vez más.

Otro zumbido. Sierra refunfuñó y miró el celular.

¿¿Vienes o no??

Tu mamá me tiene mareada con su cháchara aquí abajo. Vamos chica

Si no bajas en 2 min ME LARGO. Telojuropordiosss Sierra

Sierra puso los ojos en blanco y guardó el celular.

—¿Estás bien, abuelo? —preguntó.

El anciano levantó súbitamente la mirada y clavó sus ojos marrones en los de su nieta.

—Ven acá, *mija*. Tengo que hablar contigo.

Sierra retrocedió, sobresaltada. La expresión de su abuelo era seria. El derrame no había afectado su movilidad; casi siempre podía valerse por sí mismo, pero esa era la primera vez en todo un año que sus palabras tenían sentido.

El Abuelo Lázaro levantó su descarnado brazo para indicarle con señas que se acercara.

—Ven acá, Sierra. Rápido. Tenemos poco tiempo.

Sierra atravesó el cuarto. La cálida mano morena del anciano rodeó su muñeca, y ella estuvo a punto de gritar.

—Escucha, *mija*. Vienen. Vienen por nosotros —dijo su abuelo, y sus apagados ojos se llenaron de lágrimas—. Vienen por los formasombras.

—¿Los qué? ¿De qué hablas, abuelo?

—Lo siento, Sierra. Traté de... hacer lo correcto. ¿Entiendes?

—No, abuelo, no entiendo nada. ¿Qué pasa?

—¡Oye, Sierra! —gritó María, su mamá, desde la planta baja de la casa—. ¿Vienes o no? ¡Bennie está aquí y dice que estás tarde!

—Termina el mural, Sierra. Cuanto antes. Las pinturas están desapareciendo rápidamente... —La voz del anciano se debilitaba y sus ojos parpadeaban—. Muy pronto estaremos perdidos.

—¡Abuelo! ¿Qué quieres decir? ¿El mural de El Vertedero? —preguntó. Manny le había pedido lo mismo, pero todavía le faltaba mucho para acabarlo—. Me va a tomar todo el verano, no puedo terminarlo así como así...

Lázaro abrió los ojos de golpe.

—¡No! ¡No puede ser! Tienes que poder, Sierra. ¡Acábalo ya! ¡Enseguida! Ellos... —dijo, apretándole aún más la muñeca.

Sierra sintió el cálido aliento del anciano en la cara.

—Vienen por nosotros. Vienen por los formasombras

—añadió su abuelo, soltándole al fin la muñeca y desplomándose sobre la almohada.

—¿Quiénes vienen? ¿Quiénes son los formasombras?

—¡Sierra! —llamó de nuevo María—. ¿Me oyes? Dice Bennie que...

—¡Ya voy, mami! —gritó Sierra.

Lázaro meneó la cabeza.

—Ese muchacho, Robbie, te ayudará. Pídele ayuda. La necesitas. Yo no puedo... Es demasiado tarde. —El anciano cerró los ojos y volvió a negar con la cabeza—. No puedo, *mija*. No puedo.

—¿Robbie, el de mi escuela? —preguntó Sierra—. Pero, ¿cómo es que lo conoces, abuelo?

Robbie era un chico haitiano alto, de largas rastas, que había comenzado a mitad de curso en la escuela de Sierra. Llevaba siempre una sonrisita tonta en la cara y toda clase de dibujos disparatados en la ropa y en la mochila, y hasta tenía pintarrajeado todo su pupitre. Si Sierra hubiera sido una de esas chicas a las que les interesaban los tipos guapos, Robbie, el mural ambulante, hubiera ocupado uno de los diez primeros lugares en su lista.

—Te ayudará —susurró Lázaro, agachando la cabeza—. Necesitas ayuda, Sierra. Vienen por todos nosotros. Y no queda tiempo. Yo... lo siento.

—¡Sierra! —llamó María.

Lázaro cerró los ojos y dejó escapar un fuerte ronquido. Sierra retrocedió hasta la puerta. Su celular vibró de nuevo; así que dio media vuelta y bajó las escaleras corriendo.

—Entonces miré al director —le decía María Carmen Corona Santiago a Bennie cuando Sierra entró en la cocina—, y le dije: "Pues sí, mis alumnos van a leer ese libro hoy mismo" —añadió, dando un golpe en la mesa—. ¡Y así fue!

—Guau —dijo Bennie.

María volteó la cabeza para mirar a Sierra, y Bennie puso cara de "sácame de aquí".

—¡Dichosos los ojos! —exclamó María—. Le estaba contando a Bennie de aquella vez que intentaron prohibirnos los libros esos.

Sierra se inclinó para besar a su mamá en la mejilla. María todavía llevaba su impoluto traje sastre azul, el pelo negro algo canoso recogido en un moño impecable y un maquillaje perfecto, incluso tras un largo día de trabajo.

—Seguro que le ha encantado que se lo cuentes otra vez —dijo Sierra.

María le dio un empujón.

—¿A quién habrás salido tan sarcástica?

—Ni idea.

—¿Y por qué no te has cambiado? Pensé que habías dicho que ya estabas arreglada.

Sierra bajó la vista. Todavía llevaba la misma ropa con la que había estado pintando: camiseta de mangas rasgadas, falda plisada y botas militares. Sus alborotados rizos rodeaban con exuberancia su cabeza, formando una fabulosa aureola. Solo había pasado por su cuarto para ponerse más pulseras y unos collares de cuentas. Eso había sido todo.

—Es que...

—¡Yo creo que luces espectacular, Sierra! —la interrumpió Bennie, levantándose.

Lo cual no era cierto: el estilo de Bennie era diametralmente opuesto al de Sierra, y ambas tenían por norma criticar sin reparos sus respectivas indumentarias. Esa noche, Bennie llevaba pantalones grises recién planchados y una chaqueta corta de un rojo oscuro, que hacía juego con sus gafas de carey.

—Bueno, ha sido un gusto, Sra. Santiago. Vamos, Sierra —añadió Bennie, sonriendo con demasiado entusiasmo. Tomó a su amiga del brazo y la condujo hacia la puerta—. Vamos a llegar tarde.

—¡*Bennaldra*! ¿Desde cuándo estás de parte de Sierra en cuestiones de moda? —preguntó María—. ¿Saben qué? Da igual. Pásenla bien, chicas. Y cuídense, ¿eh?

Sierra se detuvo en la puerta.

—Oye, mami, ¿te has fijado en el abuelo últimamente?

—¿Por qué lo dices, *mija*?

—Porque ahora mismo parecía preocupado. Y porque... habla. Dice frases que tienen sentido. ¿Tú sabes algo de los formasombras?

El rostro de María cambió ligeramente... quizá solo apretó un poco la mandíbula o entrecerró los ojos, pero Sierra se dio cuenta. Había notado ese mismo cambio muchas veces en su vida: era la muralla invisible que se alzaba cuando ella hacía la pregunta equivocada, mencionaba un tema tabú o, simplemente, sorprendía a su mamá en un mal momento.

—No sé de qué me hablas, Sierra —respondió María con

una sutil sonrisa, pero el tono de su voz era impenetrable. Le dio la espalda a su hija y se dirigió al fregadero.

—Qué raro —replicó Sierra—, porque me da la impresión de que sí sabes de lo que estoy hablando.

—Te dije que no sé nada. Ya iré luego a ver a tu abuelo.

Habría sido mucho mejor que le gritara, como hace cualquier mamá cuando se siente incómoda, pero ni siquiera levantó la voz. Sierra sabía lo que eso significaba: intentar conversar era una causa perdida.

—Está bien —dijo, y salió de la cocina—. Vamos, Bennie.

—Sierra, regresa —llamó María, pero con un hilo de voz apenas perceptible.

TRES

—¿De qué hablaban? —preguntó Bennie.

Caminaban de prisa por Lafayette, rumbo al centro de Brooklyn. Algunos niños les pasaban por el lado en sus monopatines. Un grupo de mujeres de mediana edad descansaba a la entrada de una casa, bebiendo cerveza y riendo.

—De nada —contestó Sierra, encogiéndose de hombros.

—Sí, claro, era la conversación más normal del mundo.

—¡Vamos, B! Creí que no querías llegar tarde.

La elegante casa de ladrillo de la familia Bradwick, situada en el barrio de Park Slope, estaba repleta de jóvenes. Casi todos los alumnos de noveno, décimo y undécimo grado de la escuela Octavia Butler correteaban por el patio o exploraban los laberínticos pasillos de la casa. El equipo de sonido retumbaba alternando hip hop con un emo rock algo grunge, mientras varios DJs se turnaban a empujones. Algunos chicos formaban un círculo un poco más atrás, improvisando y rapeando, retándose unos a otros y lanzando exclamaciones entusiastas cuando alguien parecía ganar.

La mirada de Sierra saltaba de cara en cara, pero la ropa llena de dibujos y las inconfundibles rastas de Robbie no estaban por ningún lado. Vio a Big Jerome agarrar por el cuello a Little Jerome como si fuera un cachorro y lanzarlo a la piscina, lo que molestó a los que jugaban al Marco Polo en el agua. En el círculo de improvisadores estaba Izzy, una de las amigas de Sierra, rapeando una demoledora denuncia de dieciséis compases acerca de lo que significa ser un niñito mimado, mientras Tee la animaba desde el público. Bennie estaba muerta de risa con cada frase que cantaba Izzy, que terminó el rap con un triunfante y brutal verso que rimaba "espástico, sarcástico" y "menos que fantástico". El gentío la ovacionó con un estruendoso aplauso. Su contrincante, un chico de décimo llamado Pitkin, bajito y elegantemente vestido, reconoció la derrota y retrocedió entre la multitud, haciendo una reverencia.

—¡Sierra! ¡Bennie! —gritó Tee, acercándose a ellas—. ¿Han visto la paliza que le ha dado esta niña a ese liliputiense fino?

—¡Oye! —protestó Pitkin.

Tee se encogió de hombros, pero enseguida puso los ojos en blanco bajo su impecable flequillo.

—Es de cariño, compadre —le dijo, y, volteándose a Izzy, gritó—: ¡Estuviste genial, nena!

—No fue nada. —Izzy sonrió y se acercó, haciendo una pequeña reverencia. Desde que estaba en cuarto grado, se dedicaba a entretener a todos con su endiablado sentido del ritmo—. ¡Rey Inmune al micro! —exclamó—. ¿Qué onda, Brooklyn?

—¿Quién es el Rey Inmune? —preguntó Bennie.

—Es mi nombre de rapera, ¿no lo sabías?

—¿Cómo quieres que lo sepa, Iz? —dijo Tee, incrédula—. ¡Si lo inventaste esta mañana!

—¡Pero ya soy un fenómeno mundial!

Todas suspiraron. Izzy era diminuta, tanto en volumen como en estatura, pero llevaba una melena negra cuidadosamente peinada que le añadía un par de pulgadas en todas direcciones. La chica suspiró y apoyó la cabeza en el hombro de Tee.

—¡Eh, oye! —gritó Tee, apartándose—. ¡Que esta camiseta es de marca y me la puse hoy por primera vez! Recuéstate a Sierra; su camiseta lleva rondando desde los años setenta.

Izzy le hizo una mueca.

—Ven aquí si quieres —dijo Sierra—. Por cierto, ¿han visto a Robbie?

—¿Te refieres a Tipo Raro McPintado? —preguntó Tee.

—¿Al Fenómeno Haitiano Dibujotodo? —apuntó Izzy.

—¿Al Poste Humano Andante? —dijo Bennie.

—Son unas odiosas —replicó Sierra, meneando la cabeza—. Y no es tan alto ni tan flaco, Bennie.

—Mide ocho pies de estatura y dos pulgadas de ancho, Sierra —se burló Izzy.

—Cuando pasa por mi calle —comentó Tee—, los postes telefónicos le dicen: "¿Qué pasa, hermano?".

De la risa, Izzy escupió el trago que tenía en la boca en el vaso de plástico rojo que llevaba en la mano.

—Muy bueno, nena —le dijo a Tee, dándole una palmadita en el hombro.

Alguien gritó detrás de ellas. Sierra se volteó, sobresaltada, pero solo era Big Jerome, que por fin se había rendido ante un grupo de chicos de noveno grado liderado por Little Jerome. Big Jerome volvió a gritar y se tiró de cabeza a la piscina, arrastrando con él a tres chicos más pequeños. Todos rieron y vitorearon.

Sierra se volvió hacia sus amigas.

—Estás nerviosa, ¿verdad? ¿Qué te pasa? —le preguntó Bennie, con las cejas arqueadas.

Sierra puso los ojos en blanco.

—¿Por qué no vas a ayudar a tu chico? —replicó.

—Ni loca —contestó Bennie. Big Jerome había estado enamorado de ella desde tiempos inmemoriales.

—Entonces, ¿han visto a Robbie o no? —insistió Sierra.

—¿Para qué quieres saberlo? —preguntó Bennie, con una risita.

—Tengo que pedirle una cosa.

—¡Sierra! —gritó Izzy—. ¿Por qué no confiesas que estás loca por ese tipo? Si nos dijeras la verdad, seríamos más amables con él.

—¿Eh? ¡No! —exclamó Sierra, poniendo los ojos en blanco una vez más—. En primer lugar, no serían más amables; en segundo, ¿acaso una chica no puede pedirle algo a un chico sin que todo el mundo se la coma a preguntas? Yo no quiero... ¡No!

—¿Es porque los dos dibujan? —inquirió Tee—. Porque, dibujar, dibuja un montón de gente. Si vas a la escuela de arte, verás a un montón de tipos dibujando.

—Por favor —dijo Izzy, molesta—, no vuelvas a decir "un montón de tipos" nunca más.

—Ustedes son unas inútiles —concluyó Sierra.

—Mira por allí —dijo Tee—, al lado de la mata de mango esa o lo que sea, en el jardincito oscuro. Tu chico se ve tan raro como siempre. ¡Eh! ¿Adónde vas?

Sierra se abrió camino por un estrecho sendero bordeado por un huerto y unos arbustos raquíticos. En el pequeño jardín apenas había luz, y la esbelta silueta de Robbie se mimetizaba tan bien con las enredaderas y las ramas que a Sierra le tomó unos segundos distinguirlo. Estaba sentado en el suelo, con la espalda recostada a un árbol y un cuaderno de dibujo sobre las rodillas.

La actitud de Sierra hacia los chicos apuestos —y hacia todos los chicos en general— era la siguiente: "ignorar, ignorar, ignorar", porque, en cuanto abrían la boca, soltaban una estupidez y perdían su encanto. Además, ella prefería salir a divertirse con Bennie y sus amigas. Sin embargo, Robbie le parecía distinto. Era callado y no mostraba el menor interés por ser el centro de atención. En la escuela, se limitaba a sentarse y dibujar, mientras sonreía como si hubiera escuchado alguna broma que los demás ignoraban. Lo que normalmente le hubiera parecido a Sierra una pesadez, ahora le resultaba encantador.

Por esa razón, estaba más que dispuesta a ceñirse a su política de "la triple i". Seguro que en cuanto Robbie abriera la boca, diría alguna tontería como los demás. ¿Para qué molestarse? Pero el caso es que estaba allí, en aquel extraño huerto de Park Slope, en una casa llena de jóvenes divirtiéndose y con la extravagante orden de su abuelo, casi siempre incoherente, de pedirle a este chico que la ayudara a terminar el mural. Suspiró.

—¿Piensas quedarte ahí suspirando o vas a acercarte a saludar? —le preguntó Robbie.

Sierra se sorprendió.

—Eh, ah... ¡Hola!

—¡Hola! Me llamo Robbie —dijo el chico, sacando una mano de entre los arbustos.

Sierra se rio.

—Ya sé quién eres. Estamos juntos en la clase de Historia del Sr. Aldridge, también conocida como "la hora de la siesta".

—¡Lo sabía! —dijo Robbie—. Y yo también sé quién eres, Sierra Santiago. Lo que pasa es que no estoy acostumbrado a que la gente, ya sabes... se fije en mí. Como hablo poco.

—No hablas nada —precisó Sierra, y se abrió paso entre los arbustos para acercarse a Robbie—. Pero dibujas, y yo dibujo... Bueno, sobre todo pinto, y por eso me llamaste la atención.

Se sentó a su lado y el chico le sonrió.

—¿Cómo sabes que me gusta dibujar?

—¿Tú qué crees? —dijo Sierra.

—No, en serio, no sabía que a ti también te gustara. ¿Qué pintas?

—En realidad, por eso quería hablar contigo —dijo Sierra, pero se detuvo, sin saber qué más decir. Le echó un vistazo al dibujo de Robbie—. ¿Qué haces?

—Es solo un boceto —contestó el chico, y alzó el cuaderno.

Grandes letras de grafiti brotaban de un jardín en espiral bastante parecido al que los rodeaba. La palabra BUZZ —que en español quiere decir "zumbido"— giraba con gracia; las letras a veces parecían ladrillos; otras, globos con pegotes brillantes.

—¿Te gusta?

—Sí, me encanta.

El chico sonrió y se concentró de nuevo en el boceto.

—Oye, Robbie —dijo Sierra, sin saber por dónde comenzar. Era mucho más fácil dibujar que hablar. Agitó las manos varias veces—. Estoy trabajando en un mural...

Robbie alzó la mirada un instante y asintió, sin abandonar el dibujo.

—Eso es genial. Yo también hago murales.

En ese momento, se escuchó un grito proveniente de la fiesta. Los dos Jerome estaban en la piscina, cargando en hombros a las chicas de décimo. Todos chillaban. Seguramente tramaban alguna tontería.

—La cosa es que mi abuelo me ha dicho que tengo que acabar el mural... rápido, ¿sabes? Lo que es raro, porque él...

—¿Quién es tu abuelo? —preguntó Robbie, mientras rellenaba de líneas inclinadas una Z.

—Se llama Lázaro. Lázaro Corona.

Robbie miró a Sierra a los ojos y la chica sintió que se le cortaba la respiración. El chico tenía grandes ojos marrones que la miraban noblemente, pero que ocultaban algo. ¿Sería miedo?

—¿Eres la nieta de Lázaro Corona?

Sierra frunció el ceño.

—Sí. ¿Lo conoces?

Robbie asintió, sin retirar la vista. Sierra prefirió ignorar su mirada.

—La verdad es que desde el derrame cerebral que sufrió el año pasado apenas habla, pero esta noche me ha dicho... me ha dicho que te buscara y te pidiera que me ayudaras a terminar el mural que estoy pintando en el edificio abandonado de El Vertedero. Dice que los murales están desapareciendo y que alguien viene por nosotros, además de algo más que no le entendí sobre unos formasombras... —explicó.

"Y el retrato lloraba, Robbie. Además de estar desapareciendo, lloraba", pensó Sierra.

Las palabras se le atascaron en la punta de la lengua, pesándole en la boca. No. No le diría eso. Pensaría que estaba loca. Quizá simplemente deberían quedarse allí sentados por los siglos de los siglos, mirándose a los ojos sin decir nada.

Mientras contemplaba aquellos ojos marrones, deseó, con una calma extraña, que sucediera justamente eso.

Por fin, Robbie bajó la vista hacia su dibujo y frunció el ceño.

—Así que Lázaro te habló de los formasombras, ¿no?

—Se limitó a mencionarlos —repuso Sierra—. No me explicó nada. ¿Tú sabes algo de ellos?

—Algo.

—¡Ya veo que tienes mucho interés en explicármelo! Entonces, ¿vas a ayudarme con el mural o no?

—Si Abuelo Lázaro quiere que te ayude, te ayudaré —contestó Robbie, alzando la vista.

—Qué bien, gracias. Yo no cuento, ¿eh? —le reprochó Sierra. Le quitó el cuaderno y garabateó su número de teléfono en la cubierta—. Bueno, ya tienes mi número, y sin tener que pedírmelo.

Robbie se rio.

—Verás, respecto a los formasombras... hay mucho que contar —dijo—. No sé muy bien por dónde...

Justo entonces se oyeron gritos y palabrotas. Parecía una pelea. Robbie se asomó entre los arbustos del jardín y se levantó de golpe.

—¿Qué pasa? —preguntó Sierra.

—Ha empezado.

Sierra también se levantó.

—¿Qué pasa, chico? Dime algo.

—Tenemos que irnos —contestó Robbie—. ¡Ya!

CUATRO

El alboroto que venía de la piscina iba en aumento. Entre las *forsythias* y las flores de calabaza, Sierra logró ver a un tipo de mediana edad que se acercaba a la piscina dando zancadas. Vestía una chaqueta vieja de invierno y unos pantalones color caqui manchados que le quedaban anchos. Su piel curtida era tan pálida como los focos fluorescentes de un hospital, y sus ojos, velados por lo que parecían cataratas, miraban con dureza. Los chicos retrocedieron, apartándose de él.

Robbie guardó el cuaderno en la mochila.

—Tenemos que largarnos —repitió.

—¿Qué pasa? —Sierra lo agarró del brazo—. ¿Quién es ese?

—No hay tiempo para explicaciones —repuso el chico. Tomó a Sierra de la mano y la haló hacia el muro del jardín—. Salta este muro y corre. ¿Me oyes? ¡Vete!

—Pero, ¿y tú?

—Voy a sacarlo de aquí. Cuando me vea, me perseguirá. ¡Tú vete!

—¿Te perseguirá? Robbie, no...

Pero el chico ya había desaparecido entre los arbustos. Sierra miró hacia el área de la piscina. Por lo visto, el extraño se había marchado; le pareció escuchar a unos chicos decir que le darían una tunda cuando lo volvieran a ver.

Un movimiento entre los arbustos del jardín en el que ella y Robbie habían estado sentados le llamó la atención. Al volver la cabeza, vio al extraño. El hombre soltó un gruñido y la miró fijamente, sin pestañear.

A Sierra se le atascó un grito en la garganta y retrocedió dos pasos.

—¿Dónde está Lucera? —susurró el desconocido, con una voz disonante.

—¿Qué? —susurró Sierra, sin saber por qué.

Un olor repugnante penetró sus fosas nasales. Era el mismo hedor que despedía el sótano de su casa cuando una rata se moría dentro de la pared.

—¿Dónde... está... Lucera? —preguntó de nuevo el hombre.

La chica retrocedió un paso más.

—No sé de qué habla.

La cosa —porque ya no parecía un ser humano— se puso tensa, como si se dispusiera a saltar. Una mano gruesa y azulada agarró la muñeca izquierda de Sierra. Se sentía tan fría como un trozo de carne cruda.

—Dímelo —exigió el extraño, acercándose el brazo de la chica a la cara, parpadeando.

Sierra logró zafarse de un tirón.

—¡No me toque! ¡Pregúntele a otro! —exclamó, retrocediendo, pero sin quitarle la vista de encima.

—Sierra...

Sabía su nombre. La chica lo miró directamente y vio que sonreía. Dio media vuelta y echó a correr. Al llegar al muro, comenzó a trepar, arañándose los dedos de mala manera con las afiladas piedras, pero le daba lo mismo. En lo único que pensaba era en la cosa que la perseguía, en el contacto helado de su mano. Cayó en la acera de una tranquila calle lateral, y el golpe de la caída la estremeció de pies a cabeza. Echó a correr de nuevo. Al mirar atrás, vio que la cosa se asomaba por el muro y aterrizaba en el suelo. Sierra dobló una esquina y salió disparada cuesta arriba, rumbo a Prospect Park.

—¡Sierra! —bramó la criatura. Se había detenido, jadeante.

—¡No se me acerque! —gritó Sierra.

La chica dobló otra esquina y luego otra, pero seguía oyendo pasos pesados golpeando el pavimento tras ella. Corrió lo más rápido que pudo. ¿Dónde estaba Robbie? ¿Cómo podía desaparecer en un momento así?

Por fin, cuando le pareció que ya no oía nada, se detuvo a recobrar el aliento en la amplia avenida donde las mansiones de Park Slope se extendían hasta Prospect Park. Sí, las calles estaban desiertas... ningún sujeto espantoso con pinta de cadáver andaba por allí. Ahora que lo pensaba, la criatura parecía exactamente eso.

Suspiró. Hasta en una noche terrorífica como aquella la oscuridad del parque resultaba tentadora, y el susurrante follaje la llamaba desde la otra acera. Cuando era niña, Abuelo Lázaro y Mamá Carmen solían llevarla allí de pícnic. Cada árbol y cada piedra tenían una historia que contar, y la pequeña Sierra se pasaba correteando horas y horas mientras imaginaba las aventuras vividas por quienes visitaban aquel lugar silencioso. Cuando se convirtió en una adolescente y el mundo le pareció agobiante, la quietud y la belleza del parque fueron su consuelo.

Pero esa noche no tenía tiempo para dedicarse a buscar paz ni consuelo en la naturaleza. Alguien —o algo— la perseguía, y sabía su nombre. Además, la había encontrado una vez y podría dar con ella de nuevo. Tenía que llegar a casa. Salió andando con paso rápido hacia la iluminada plaza Grand Army.

Al llegar al barrio de Bed-Stuy, vio que las luces parpadeantes de varias patrullas policiales inundaban Putnam Avenue. Había ambulancias muy mal estacionadas junto a filas de vehículos todoterreno y otros autos viejos. Los vecinos se apiñaban alrededor de un edificio acordonado para enterarse de a quién le habían pegado un tiro en esta ocasión.

—¿Sabe qué pasó? —le preguntó Sierra a una anciana que empujaba un carrito lleno de ropa recién lavada.

La señora negó con la cabeza.

—Seguramente acabaron con otro joven —contestó. Se encogió de hombros y se marchó empujando el carrito, que chirriaba a medida que avanzaba.

Los policías que mantenían a los curiosos a raya parecían aburridos, como si fuera un fastidio tener que estar allí por lo mismo de siempre.

Sierra miró a uno de ellos con odio, y el policía le devolvió la mirada.

—¡Ay! —chilló alguien.

La chica se volteó, tensa, lista para el ataque, pero no se trataba del ser espantoso con pinta de cadáver, sino de un anciano que daba manotazos al cristal antibalas de la bodega La Esquina de Carlos.

—¡Ay, C! ¡Dame un cigarrito, hombre! ¡Vamos, despierta! —decía.

Sierra siguió caminando. Más adelante, en Gates Avenue, un par de tipos jugaba a los dados frente a Coltrane Projects.

—Cambia la cara, niña —le dijo uno de ellos—. Vamos, ¡regálanos una sonrisita!

Sierra lo conocía. Era Little Ricky, un antiguo compañero de juegos. Había sido uno de esos chicos que las niñas adoraban, de grandes ojos soñadores y aire dulce. Pocos años antes, le hubiera encantado que le hiciera caso. Ahora era simplemente otro matón descerebrado que piropeaba cualquier cosa con faldas.

—No estoy de humor, imbécil —espetó, poniéndose en guardia. Todavía estaba nerviosa por lo que le acababa de pasar y sabía que cualquier señal de debilidad los alentaría.

Los tipos se burlaron y comenzaron a darse golpecitos unos a otros.

—¡Era un decir, antipática! —voceó Ricky, mientras ella se alejaba—. Vuelve cuando estés de humor...

Sierra siguió su camino. Al llegar a su cuadra, se detuvo para comprobar que la espantosa criatura de la fiesta no la había seguido. Los árboles musitaban su canto nocturno y Rodrigo, el gato del vecino, se contoneaba por la calle. Aparte de eso, no se veía ni un alma. Entró a la casa, subió de puntillas las escaleras, se desplomó en la cama y trató de no pensar en la abominable voz que susurraba su nombre.

CINCO

—¡Ay, demonios! ¿Vieron esto?

Sentado a la mesa de la cocina, Neville Spencer, el padrino de Sierra, levantó una página del *Bed-Stuy Searchlight*. Su sonrisa habitual había desaparecido.

Sierra entrecerró los ojos. Eran las diez de la mañana. Apenas había logrado dormir tres horas y, al levantarse, había recibido un extraño mensaje de Robbie diciéndole que estaba bien y que ya le contaría. También había recibido otro de Bennie, exigiéndole que le explicara por qué había desaparecido de la fiesta.

—No veo nada —protestó Sierra—. No tengo puestos mis lentes de contacto.

—¿Qué pasó? —preguntó el padre de Sierra, Dominic Santiago, aún en pijama, desde la puerta de la cocina. Era un hombre bajo y fornido, con pelo negro en todo el cuerpo, salvo en la cara y la coronilla—. Déjame ver. ¿Qué cuenta Manny?

Neville le pasó el periódico.

—Al final de la página dos. ¿No trabajaste anoche, D?

—No, el hospital ha contratado más vigilantes, así que me

tomé un muy merecido día de asuntos personales, muchas gracias —contestó, y miró el diario—. ¡Ay, qué pena!

—¡Oigan! ¿Qué pasó? —preguntó Sierra, partiendo con el tenedor una tostada francesa.

Neville negó con la cabeza.

—Nadie se salva.

—¿Qué dice? —inquirió Sierra—. Pásamelo.

Dominic le alcanzó el *Searchlight*.

—El Viejo Vernon ha desaparecido.

Sierra casi escupe la tostada. Allí, entre el anuncio de una boda y un artículo sobre otro doble asesinato en Coltrane Projects, había una foto en blanco y negro de la criatura espeluznante que la había perseguido la noche anterior. En la foto, el Viejo Vernon sonreía de oreja a oreja y tenía los ojos muy abiertos, como quien espera que suceda algo grandioso en cualquier momento. Su expresión era totalmente distinta a la del demonio de la fiesta.

Vernon Chandler, de 62 años, ha sido reportado como desaparecido de su apartamento en Marcy Avenue. Sus familiares afirman haberlo visto por última vez hace dos días y que, en la última semana, Vernon estuvo inusualmente callado. El desaparecido no tiene antecedentes penales y no sufre ningún trastorno mental. En su casa no se encontró nota alguna. Según un portavoz del distrito 38 del Departamento de Policía de Nueva York, cualquiera que tenga información sobre su paradero debe ponerse en contacto con las fuerzas del orden o los servicios médicos. Por otra parte, el portavoz comentó: "Lo más probable es que solo saliera a dar un paseo".

—¿No era uno de los amigos de Lázaro cuando lo de...? —preguntó Neville.

—Sí. —Dominic se sentó a la mesa y se sirvió café—. Pero ya sabes... —continuó, señalando con la cabeza a María, que estaba frente al fogón, concentrada en otra tanda de tostadas francesas—. Ella no quiere hablar de eso.

—No, ¿todavía? —susurró Neville.

—Es que... se disgusta.

—¿Qué... qué es eso de lo que no podemos hablar, papá? —preguntó Sierra—. ¿Y qué relación tiene con el abuelo?

—No es nada, nena. Una vieja historia familiar. Una tragedia.

—¿Quieres tostadas francesas, mi amor? —le preguntó María a su esposo desde el fogón—. Hasta las doce no tengo que ir a la graduación.

—Por supuesto, cariño —respondió Dominic, y quitó de la mesa los papeles del trabajo de su mujer.

—¿Quieres más, Neville?

—¡Solo si las hiciste tú! —respondió Neville—. Sierra, nena, ¿por qué te tiembla la mano?

Su ahijada dejó el periódico sobre la mesa.

—Ni idea. Demasiado café, supongo —contestó Sierra, poniéndose de pie—. Tengo que... ir arriba, ¿sí? La fiesta de ayer me dejó hecha polvo.

—*Mija*, vas a comenzar a buscar un trabajo para el verano,

¿verdad? —preguntó María, entre el estruendo de las sartenes y la mantequilla que chisporroteaba.

—Por supuesto, mami.

—Esa es mi chica.

En la segunda planta, Sierra asomó la cabeza en el cuarto de sus hermanos mayores. Esos dos no podían ser más distintos. Las paredes de la habitación del lado de Gael estaban totalmente vacías, mientras que en las del lado de Juan había una colección de fotos de guitarras lujosas y zombis medio desnudas. Gael podía pasarse el día hablando de toda clase de temas absurdos. Juan se pasaba la vida perfeccionando una estudiada informalidad y tocando la guitarra. Gael se convirtió en *marine*, lo que no sorprendió a nadie; Juan formó un grupo de salsa *thrash* llamado Culebra y consiguió un contrato con una discográfica, lo que dejó boquiabierto a todo el mundo; y ambos desaparecieron súbita y completamente de la vida de Sierra. Gael se había reducido a una carta mensual de tres páginas, mientras esperaba a que sucediera algo en Tora Bora, y Juan, a una corta e incómoda llamada telefónica desde Filadelfia o Baltimore o dondequiera que fuera su último concierto.

Sierra pasó de largo frente a su propio cuarto y subió a la tercera planta. El fuerte olor a incienso y fideos ramen que inundaba la escalera significaba que Timothy Boyd estaba en casa, intentando cocinar. Timothy le alquilaba un pequeño apartamento a la familia de Sierra mientras acababa su carrera de Artes Visuales en el Instituto Pratt, y en realidad se le veía poco.

Sierra subió otro tramo de escaleras y golpeó suavemente la puerta de madera del apartamento de su abuelo. Seguía tocando con su habitual *toc toc*, pero ahora era inútil, porque, desde el derrame, su abuelo ni abría la puerta ni contestaba. Cuando entró, el precioso cielo mañanero de Nueva York se desplegó ante ella.

—Lo siento, lo siento —masculló Lázaro. Estaba sentado en su sillón, con los ojos llorosos. Sus dedos apretaban fuertemente un trozo de papel.

—¿Otra vez con lo mismo? —Sierra se acercó a él—. ¿Qué es eso que sientes tanto? ¿De qué se trata?

Intentó ver lo que sujetaba, pero Lázaro apretó el papel contra su pecho y volteó la cabeza.

—¿Estás bien, abuelo? —La chica se sentó en la silla reclinable junto a la cama—. Porque yo no lo estoy. Busqué a Robbie, tal como me pediste, pero... No sé cómo explicártelo. Todavía le estoy dando vueltas en la cabeza. Es que no entiendo nada. Ese tal Vernon, amigo tuyo, apareció anoche y me persiguió y...

Lázaro levantó una mano temblorosa y extendió el dedo índice.

—¿Qué?

Su nieta siguió la línea imaginaria que partía desde el dedo y acababa en la pared del frente, donde Lázaro había colgado sus fotos preferidas.

—Lo siento, lo siento, lo siento.

Sierra se levantó para mirar las fotos. Nunca les había prestado mucha atención. Allí estaban su tío Angelo, que combatió con los Macheteros en las afueras de San Juan; su mamá y su papá con su tío Neville, allá por los ochenta, posando felices a la entrada de un club nocturno que hacía mucho que se había quemado; su mamá con su tía Rosa, junto a una pista de patinaje del Empire Boulevard, muy arregladitas y sonrientes. Había también un retrato de Mamá Carmen, su abuela, con esa mirada luminosa que anunciaba que alguien iba a llevarse un coscorrón. Había muerto pocos meses antes del derrame del abuelo. Sierra extrañaba sus abrazos más que ninguna otra cosa... cada vez que la abrazaba sentía que la envolvía un mundo secreto de ternura y amor.

Pero, ¿qué estaba intentando mostrarle su abuelo?

En el centro, había un retrato de grupo. En medio del grupo, con el pantalón color caqui arrugado y la guayabera que solía llevar en los buenos tiempos, el Abuelo Lázaro sonreía dulcemente, mirando emocionado a la cámara. A su lado, un joven de cabellos rubios, cejas arqueadas y una media sonrisa le pasaba un brazo por encima de los hombros. Sobre su cabeza, escrito en una caligrafía antigua y refinada, decía: "Dr. Jonathan Wick". Estaban rodeados por unos doce hombres, muy serios, todos con el nombre encima. Sierra conocía a muchos del barrio, como Delmond Alcatraz y Sunny Balboa, el de la barbería; Manny, con un aspecto solemne nada habitual en él; y Papá Acevedo... La chica entrecerró los ojos. El rostro de quien iba a continuación estaba cubierto por una especie de huella de tinta negra. Encima decía: "Vernon Chandler".

—¿Pero qué...? dijo, y su voz sonó extraña en la quietud del apartamento.

Miró de nuevo a su abuelo, que estaba de lado en el sillón con un hilillo de saliva que le colgaba desde la boca hasta la manchada camiseta blanca. El anciano soltó un suspiro, una risita y un ronquido.

Sierra se le acercó de puntillas, con el corazón retumbándole en los oídos. Su abuelo apretó el brazo del sillón con la mano derecha. La chica se agachó para mirarle las yemas de los dedos. No tenían rastro de tinta. Después de otro ronquido, el anciano se despertó sobresaltado y miró a su alrededor, nervioso.

Sierra respiró profundo y lo estudió, las venas azules que recorrían sus arrugados brazos, sus ojos marrones.

—Abuelo, tu viejo amigo Vernon ha desaparecido —le dijo—, y en esa foto hay una mancha de tinta que le tapa la cara.

Lázaro negó lentamente con la cabeza. No parecía comprenderla.

—Y anoche se metió en una fiesta y se comportó como un monstruo. Me preguntó por alguien que se llama... ¿cómo dijo? Lucera.

Lázaro se enderezó de golpe.

—¿Lucera... ha vuelto? —balbuceó

—No lo sé. ¿Quién es, abuelo? ¿Quién es Lucera?

El anciano giró bruscamente la cabeza hacia su nieta, alerta.

—Sierra, si Lucera ha vuelto, podría... podría ayudarte, *mija*. Yo nunca debí... Lo siento. Lo siento mucho —dijo, y meneó la cabeza hasta que sus ojos volvieron a apagarse.

—Pero, abuelo, yo no sé dónde encontrar a esa... ¿mujer? ¿Dónde está Lucera?

Lázaro volvió a negar con la cabeza y le entregó el papel arrugado.

—Lo siento —gimió.

Sierra alisó el papel. Contenía una frase escrita con la misma letra antigua y elegante de la foto.

—"Donde mujeres solitarias van a bailar" —leyó en voz alta—. ¿Aquí es donde está Lucera?

Lázaro asintió con la cabeza, pero con la mirada perdida.

—Pero, ¿qué tipo de lugar es ese, abuelo?

—Lo siento, lo siento, lo siento.

Sierra se puso de pie y le dio un beso en la frente.

—Así que eso es todo, ¿no? —dijo a manera de despedida.

Mientras bajaba las escaleras, se sacó el teléfono del bolsillo para llamar a Bennie.

—¿Qué tal? —dijo su amiga—. ¿Te divertiste anoche con tu amante secreto?

Sierra se armó de paciencia.

—No, B. Me divertí huyendo del tipo raro ese que se coló en la fiesta. Me persiguió —replicó, comenzando a preparar su mochila.

—¿Qué? ¿Ese tipo te persiguió? ¿Y qué pasó?

—No sé qué decirte —respondió Sierra. Al pasar por la

cocina, se despidió con la mano de su papá y de su tío Neville, y salió a la calle—. Pero necesito un favor.

—¿Estás bien?

—Sí.

Era un día perfecto de verano. Los vecinos de al lado, la familia Middleton, habían llenado de agua una piscina plástica donde sus hijos jugaban y chapoteaban. La Sra. Middleton saludó a Sierra con la mano desde la entrada de su casa. La chica le devolvió el saludo.

—Es solo que están pasando muchas cosas —le dijo a Bennie—. Escucha, ¿puedes buscar información sobre un tipo llamado Jonathan Wick?

—¿Wick?

—Exacto.

—¿Qué quieres saber?

—No estoy segura. Está en una foto con mi abuelo y otros amigos. No sé... es un tipo blanco, bastante joven... pero me parece un poco raro.

—Tú sí que eres rara —replicó Bennie—, pero eso no es nada nuevo. Veré si puedo encontrar algo.

Al doblar una esquina, Sierra frenó en seco. El retrato de Vincent, el hermano de Bennie, que estaba pintado en la pared de una lavandería, se había desteñido, igual que el de Papá Acevedo, pero además...

—¿Sierra?

—Sí, aquí estoy. Gracias, B. Luego te llamo.

Sierra apagó el celular y se lo guardó en el bolsillo. A

Vincent lo había matado la policía tres años antes. En su imponente retrato, que ocupaba gran parte de una pared de cemento, tenía los brazos cruzados. Su nombre estaba escrito con letras en forma de burbujas sobre su sudadera favorita. Lo habían pintado con la sonrisa esplendorosa que solía poner cuando hacía una broma realmente idiota. Sin embargo, ahora tenía las cejas arqueadas, fruncía la boca y parecía mirar a lo lejos.

Sierra echó un vistazo alrededor. Ese mural también había cambiado, ya no se trataba solo del de Papá Acevedo.

"¿Qué está pasando?", se preguntó.

SEIS

—¿Qué pasó? —le preguntó Manny a Sierra desde la mesa de El Vertedero donde jugaba con sus amigos.

Estaba sentado entre Rutilio y el Sr. Jean-Louise. Los tres llevaban sus mejores guayaberas y sus sombreros Stetson, como de costumbre. A un lado de la mesa había dos sillas vacías, la de Lázaro y la de Papá Acevedo, contrincantes veteranos del dominó, que ya no podían jugar.

—Eso mismo te iba a preguntar —contestó Sierra.

—¿Problemas en la escuela, niña? —preguntó el Sr. Jean-Louise—. La escuela pública es una cloaca.

Manny levantó los brazos.

—¡Cállate, viejo! Sierra tiene que ir a la escuela. El hecho de que tú te quedaras en preescolar no significa que a ella le vaya a ir mal.

—Cuando termine de hacer esta jugada, Manny —declaró el Sr. Jean-Louise—, estarás en el asilo de Classon Avenue, pudriéndote como un repollo abandonado.

—Si te sigues demorando —apuntó Rutilio, conteniendo la

risa—, hasta Sierra estará en ese asilo cuando termines. Déjame decirte, tu árbol genealógico es como la mala hierba que arranco de mi jardín... y que escupo antes de dársela a las ratas.

—Es verano, y en verano no hay escuela —contestó Sierra—. Y dejen de decir tonterías. Me estaba preguntando qué le habrá pasado a ese tal Vernon, porque...

—¡Nada!

Manny acomodó su considerable peso sobre la pequeña silla de madera y se tocó la barbilla. Los otros se miraron. Era la primera vez que Sierra los veía tan serios.

—No le pasa nada.

—¡Cómo que *nada*! ¡Pero si hoy el *Searchlight*, tu propio periódico, dice que ha desaparecido!

—Sí, desapareció —admitió Manny.

El Sr. Jean-Louise puso de golpe una ficha sobre la mesa. Rutilio maldijo entre dientes.

—¿Y eso es todo? —preguntó Sierra, cruzándose de brazos.

Manny siguió con la cabeza agachada, fingiendo que analizaba el partido. Las fichas de dominó entrechocaron.

—Pues muy bien —dijo Sierra—. Voy a continuar pintando el mural. Ya me avisarás cuando quieras hablar, Manny.

—Llena ese edificio con los monstruos más horrorosos que se te ocurran, niña —dijo el Sr. Jean-Louise.

—Hasta la azotea —remachó Rutilio.

—Brindemos por eso —dijo Manny.

Cada uno sacó una botella de sus respectivas bolsas de papel y, uno a uno, vertieron un poco de ron por Papá Acevedo.

—¡Ah! Esa fachada es la que más me molesta —añadió Manny—. Cuando no existía se podía ver toda la cuadra, desde la bodega de Carlos hasta la iglesia, y por allá hasta el hospital. ¿Y ahora? Carajo. Es una monstruosidad negra inservible.

—Como no juegues pronto —advirtió Rutilio—, me encargaré personalmente de que ese sea el epitafio de tu tumba.

—Pero si no me toca, coño, le toca a Lenel.

—"Aquí yace Manuelito" —recitó el Sr. Jean-Louise—, "una monstruosidad negra inservible" —y añadió—: "Se le quería".

Rutilio y él se santiguaron. Manny rezongó y removió sus fichas.

—¡Adiós, tipos raros! —dijo Sierra.

El rostro de Papá Acevedo era ya casi invisible. Sierra lo miró desde la base de La Torre. Después miró su mural. Si la gente a la que debía importarle lo que estaba pasando seguía empeñada en guardar silencio, ella haría lo de siempre: refugiarse en el arte.

Ya casi había acabado la boca abierta del dragón; sus enormes y afilados colmillos surgían en medio de una explosión de fuego infernal. Hoy quería dedicarse a los ojos. Se puso los auriculares y, mientras subía por el andamio, se dejó envolver por la fusión de salsa y metal de Culebra, la banda de su hermano Juan.

"Cuando la luna llena", decía la canción, "mata al anciano sol". Eso fue todo lo que escuchó, antes de que la estridente guitarra eléctrica de Juan sonara, ahogando el resto de la letra.

Pero al menos la música la ayudaba a ahuyentar el recuerdo de la noche anterior.

Preparó sus pinturas y retocó con blanco las pupilas del dragón. Después se puso a rellenar las escamas del cuello. Hacer eso era más monótono que trabajar en los detalles de la cara, pero había que hacerlo. Los platillos de la batería chocaron, seguidos por la guitarra de Juan, que se vio interrumpida por una ráfaga de notas del teclado... hasta que se escuchó al cantante: "Mira que los enemigos caen, la voz del espíritu llama y la energía surge como...", ¡pum! La música de Culebra estalló al unísono: guitarras, bajo, batería y teclado, en un implacable y único rugido eléctrico.

Sierra tenía la espalda empapada en sudor; por suerte llevaba una camiseta a la que le había arrancado las mangas y tenía los hombros al aire. Se había puesto una bandana roja para mantener el pelo hacia atrás y se había quitado los tintineantes brazaletes y collares que siempre usaba.

Cuando volvió a sumergir el pincel en la lata de pintura blanca, el andamio vibró. Se quitó los auriculares. Alguien la acababa de llamar.

—¿Hola? —gritó.

—¡Eh!

La cara de Robbie apareció en el nivel inferior del andamio.

—¡Robbie!

El chico subió hasta donde estaba Sierra e hizo una pausa para recuperar el aliento.

—Anoche me dejaste preocupado —dijo—. ¡Desapareciste!

Sierra se puso las manos en las caderas.

—¿En serio? El que desapareció fuiste *tú*. Tuve que correr como una loca para que no me atraparan.

—¡Pero si te busqué! —dijo Robbie—. ¡Te lo juro! Es que...

—Claro, claro —lo interrumpió Sierra, arqueando una ceja. Se dio cuenta de que disfrutaba que Robbie quisiera darle una explicación—. Toma —añadió, dándole un rodillo—. Puedes compensarlo dando una mano de base y luego pintando algo genial allí para acompañar a este dragón.

—¿Lo que quiera?

—Lúcete.

—¡Súper! —Robbie se agachó, abrió una lata de pintura y vertió un poco en una bandeja—. Lo que digo es que... yo también sentí miedo, sobre todo cuando desapareciste y...

—Tuve que correr para salvar mi vida.

—Eso, cuando saliste corriendo no supe qué hacer.

El chico empapó el rodillo de pintura y empezó a pintar la pared.

—Vaya, tú sabes de esto, ¿eh, Robbie?

—He hecho algunos murales por acá y por allá —contestó Robbie, encogiéndose de hombros—. De todos modos...

—¿Alguno que yo haya visto?

El chico dejó de pintar y la miró.

—En realidad... —dijo, señalando el rostro atemorizado de Papá Acevedo.

—¿Pintaste ese? ¡No tenía ni idea!

—Sí, ese...

Robbie meneó la cabeza y se volvió hacia la pared que había comenzado a pintar.

—¿Qué pasa?

—Nada.

Sierra apretó los dientes y suspiró frustrada. Todos se negaban a hablar. Aunque, a fin de cuentas, Robbie no le debía una explicación. Miró el dragón y volvió a concentrarse en los detalles de la pupila.

—Es que... —Robbie seguía de cara a la pared, pero ahora tenía los ojos cerrados—. No sé cómo contártelo.

—¿Tiene algo que ver con que los murales estén desapareciendo?

El chico asintió con tristeza.

—Lo has notado, ¿no?

—Sí, y... ayer había una... —Sierra respiró hondo, sentía que Robbie la miraba fijamente—. Había una lágrima en un ojo de Papá Acevedo. Pero lo peor es que... rodó por su cara.

—¡La viste!

Aunque a Robbie se le dibujó una sonrisa casi imperceptible en el rostro, parecía estar a punto de echarse a llorar.

Sierra asintió. No la había llamado loca. Él también sabía lo de la lágrima. Qué alivio. Se miraron unos segundos.

—Entonces, ¿me vas a decir qué son los formasombras? —preguntó.

El chico apartó la mirada.

En ese momento, uno de los temas de Juan comenzó a sonar en el teléfono de Sierra.

—Disculpa —le dijo a Robbie, y se apartó un poco para contestar la llamada—. Sí, ¿qué pasa, B?

—El tipo ese que me dijiste que buscara, el doctor Wick... —respondió Bennie, entusiasmada.

—Sí —dijo Sierra, y se dirigió rápidamente al otro extremo del andamio, sujetando el celular con el hombro.

—¡Oye! —gritó Manny desde abajo, donde cargaba unas latas de pintura—. ¡La seguridad primero, nena! Y dentro de nada haremos un descanso para comer, así que vayan pensando qué quieren pedir en Chano's.

—¡De acuerdo, Manny! —chilló Sierra, y volvió a concentrarse en la llamada—. ¿Qué pasa con él, B? —dijo, en un tono mucho más bajo.

—Es un profesor de la Universidad de Columbia, o lo era.

—¿Cómo lo has descubierto?

—Con eso tan raro que hay ahora, que es una red enorme, donde está todo el mundo mundial. Internet, creo que le dicen.

—¡Increíble! —exclamó Sierra, poniendo los ojos en blanco—. Yo también hubiera podido buscar eso en Google. ¡Quería que tú, ya sabes, ahondaras más! Que aplicaras tu habitual sabelotodismo ciberespacial y me consiguieras el pin de su tarjeta bancaria, sus colores preferidos o algo así.

—Lo que tú digas, nena, pero escucha: hazme el favor de aguantarte las ganas de hacer chistes malos sobre lo que te voy a contar.

—Lo intentaré.

—Está en Wikipedia.

Sierra se mordió el labio.

—No tiene la menor gracia.

—Oye, no te esfuerces. Todos los chistecitos que se te ocurran ya se me han ocurrido a mí. En cualquier caso, la página no dice gran cosa, salvo que es un as en antropología, experto en algo llamado "sistemas de espiritualidad urbana"; que estudió en la Universidad de Harvard, trabajó de profesor en Columbia y luego desapareció del mapa. Era un anticuado, no le interesaban los videos que graba la gente sobre roedores rabiosos y esas cosas. Y eso fue todo lo que encontré, al menos en internet. Sin embargo, hay un sitio en el que pudieras averiguar un poco más. Digamos que es un sitio de recuerdos de Wick, algo así como un Wikiwick...

—Bennie...

—Quien prometió no hacer chistes malos fuiste tú. Yo no prometí nada.

—No fue una pro... ¿Sabes qué? Tú sigue.

—Se trata de papeles. Como si estuviéramos en la prehistoria. Están en los archivos de antropología de Columbia.

—¡Genial!

—Pero suerte con eso. No creo que con bailar bien te dejen pasar.

—Ja. De eso no te preocupes, conozco a expertos en eso. Gracias por tu ayuda, B.

Un as en antropología. Quizá Wick había estudiado a los formasombras de los que hablaba su abuelo. Si pudiera encontrarlo, él podría ayudarla a entender lo que pasaba. Hasta podría decirle cómo dar con Lucera.

Robbie ya estaba pintando uno de sus complicados diseños:

una especie de mujer esqueleto agazapada en la fachada de La Torre. Se veía espeluznante. Sierra se le acercó.

—Socio, no pienses que el interrogatorio ha terminado —dijo.

Robbie mantuvo los ojos sobre la pintura.

—Lo sé, socia.

—Regresaré en un rato.

Sierra meneó la cabeza, miró rápidamente su lista de contactos e hizo una llamada.

—¿Qué tal, nena? —contestó su tío Neville, tan alegre como siempre.

—¿Qué te parece si sacas a pasear a tu ahijada en esta adorable mañana de sábado?

—Así que cuando vimos la patrulla de la policía, nos hicimos los tontos —recordó el tío Neville, dejando escapar una gran sonrisa que mostraba sus enormes dientes manchados de nicotina—. Ya sabes, nos quedamos como unos zánganos sentados en la escalera, sin nada mejor que hacer.

—¿Y qué pasó?

—Bueno, Hog sabía más de cuatro cosas. Nos tenía miedo... pero a la policía también. Cuando la patrulla se fue, intentó escapar. Entonces T-Bone le puso una zancadilla y le dimos su merecido.

Las ventanillas del Cadillac Seville azul oscuro del padrino de Sierra estaban bajadas. El viento azotaba la cara de la chica mientras rodaban rumbo norte por la autopista FDR. A su izquierda se alzaba Manhattan, con su masa imponente de rascacielos; a su derecha, el East River centelleaba con el sol del mediodía.

—¿Lo mataron?

Neville soltó una carcajada.

—¡Qué dices, chica! ¿Qué clase de gánster crees que fue tu padrino?

Sierra no sabía muy bien qué contestar.

—Eso no se le hace nunca a un hermano —continuó contando Neville—. No éramos como la policía. Lo sacudimos un par de veces y lo enviamos lejos. Creo que acabó en Tennessee o por ahí.

—¿Le hizo mucho daño a Sheila?

—Tuvo que estar tres semanas en el hospital. Al salir, no volvió a dirigirnos la palabra.

—Uf...

Cuando Neville sonreía, sus mejillas parecían ensancharse para hacerle sitio a la enorme boca. Le encantaba recordar los viejos tiempos, aunque casi todas sus historias acabasen con gente perjudicada. Sierra y Bennie se habían pasado noches enteras intentando averiguar cómo se ganaba la vida tío Neville, ya que preguntárselo directamente era como romper algún tipo de protocolo secreto. Además, hacer suposiciones era más divertido.

—¿Y se puede saber por qué vamos a Columbia? —preguntó tío Neville, sujetando el volante con una mano, y sacando un cigarrillo de la chaqueta con la otra.

—No es fácil de explicar —contestó Sierra—. Básicamente porque necesito investigar una cosa sobre mi familia. De mi abuelo Lázaro, en particular. —Lo miró de reojo para ver si mordía el anzuelo, pero su tío ni se inmutó—. Quiero investigar a un profesor de Columbia que mi abuelo conocía y que desapareció; así que tengo que revisar unos archivos, pero no creo que me dejen entrar por las buenas.

—Historia familiar, allanamiento de morada, secretos oscuros encerrados en una fortaleza del conocimiento —resumió Neville—. Parece interesante. ¿Tienes algún plan?

Sierra negó con la cabeza.

—Por eso te pedí que vinieras. Por eso y por el Cadillac, claro.

—Claro.

Costaba creer que el totalmente abierto y muy cuidado campus de la Universidad de Columbia estuviera en la misma ciudad que Bed-Stuy. A Sierra se le cortó la respiración al pasar por la puerta principal y verse rodeada por aquellos templos del saber. Estudiantes del trimestre de verano se paseaban en pequeños grupos, hablado entusiasmados.

—Así que estamos aquí para una visita guiada —repitió Neville.

—¿En junio?

—En junio.

—Está bien —dijo Sierra.

—Y eres una rata de biblioteca.

—Me encantan los libros.

—*Adoras* los libros, por eso quieres ver la biblioteca. ¿Entiendes?

—Ya capté.

—Ahora, métete en el personaje. Acércate a alguien y pídele ayuda.

Sierra dio un paso hacia un grupo de estudiantes.

—Mejor que sea un chico —susurró Neville—. Y sonríe.

Sierra intentó sonreír de oreja a oreja. Se acercó a un estudiante asiático que llevaba una gorra de béisbol.

—Hola, estoy aquí de visita y me gustan los libros. ¿Podrías decirme dónde está la biblioteca?

Neville se tapó los ojos con una mano, queriendo desaparecer.

—Eh... es ese edificio enorme de ahí, al otro lado del césped —contestó el estudiante, mirándola fijamente.

—¡Eres un desastre! —le dijo Neville a Sierra cuando la chica regresó junto a él.

—Pues ya sabemos lo que queríamos. No sé mentir. Esa es tu especialidad.

—Está bien. Vamos allá.

—Necesito que me muestre una identificación —exigió el guardia de seguridad en la entrada de la biblioteca.

Se encontraban en un inmenso vestíbulo de mármol. Sierra se sentía como si fuera una miga de pan dentro de un horno gigante e inmaculado.

—La dejé en el dormitorio —contestó.

—Pues vaya a buscarla —replicó el guardia, un hombre de unos treinta años. Tenía el grasoso cabello negro peinado meticulosamente hacia atrás y una barba incipiente. Por la expresión de su cara, debía de tener esa misma conversación unas quince veces al día.

—No puedo —dijo Sierra.

—¿Por qué no?

—Dejé la llave dentro de mi habitación.

—Pues llame a la oficina principal. Mandarán a alguien para que le abra la puerta.

—No puedo —repitió Sierra, pero esta vez se quedó en blanco—. Tengo que irme.

Se dio media vuelta y salió del edificio. Su padrino la esperaba recostado a un muro de piedra.

—No lo puedo creer —dijo Neville.

—Lo intenté.

—Bueno, es mi turno.

Neville se dirigió a una zona llena de mesas de pícnic donde había muchos estudiantes.

—¿Adónde vas? —le preguntó Sierra.

—Mira y aprende, niña.

La gente miraba a Neville con desconfianza, sobre todo los estudiantes blancos. Su apabullante estatura, su indumentaria y su piel morena contrastaban notablemente con quienes lo rodeaban. Llevaba un viejo maletín de cuero en una mano y un cigarrillo encendido en la otra. Sierra sintió que se le enrojecían las orejas al escuchar los murmullos y las risitas que provocaba a su paso. Lo perdió de vista unos segundos, hasta que volvió a ver su llamativo sombrero entre el gentío.

—¿Qué hiciste? —le preguntó—. ¿Dónde está tu maletín?

Neville, ahora con las manos vacías, pasó por su lado como si nada.

—Quédate aquí —le susurró—. Espera el momento adecuado. Te espero afuera.

Sierra hubiera preferido irse con él. Estaba cada vez más nerviosa, pero ya no podía dar marcha atrás. Además, debía encontrar a Wick para que la ayudara a esclarecer lo que le había dicho su abuelo. Se dejó caer en un banco y esperó.

No habían pasado cinco minutos cuando se escuchó un alboroto entre las mesas. Los estudiantes comenzaron a correr y la policía del campus apareció, lista para la acción.

"No se puede salir con mi tío a ningún sitio", pensó Sierra; pero, justo en ese momento, el guardia del pelo engominado salió de la biblioteca con varios más y echaron a correr hacia las mesas de pícnic.

Sierra se levantó y se acercó a la biblioteca. Miró a través de las puertas de cristal. El edificio estaba vacío. Aunque sentía que el corazón se le salía del pecho, se agachó para atravesar la barrera de seguridad y entró a la biblioteca.

OCHO

Sierra nunca había visto tantos libros. Había de todos los temas, sobre el desarrollo económico del tercer mundo, sobre la literatura puertorriqueña... ¿Cómo? Jamás se le habría ocurrido que existiera algo así como la literatura puertorriqueña, y mucho menos que ocupara un espacio en la biblioteca de la Universidad de Columbia. Se acercó a leer el título de un libro pequeño que había en un estante. Era sobre un tal tío Remus y contenía cuentos tradicionales sureños.

"Concéntrate, nena —se dijo, imitando la voz de su padrino—. Haz lo que viniste a hacer".

Buscó un mapa de la biblioteca y lo recorrió con el dedo índice hasta encontrar la sección de antropología.

—¿Subsótano siete? —dijo en voz alta—. Muy bien.

Cruzó una enorme puerta chirriante y bajó dos pisos por unas escaleras de cemento que apestaban a perfume barato y cigarrillos de clavo de olor.

Más que una biblioteca, el subsótano siete parecía un almacén. Las estanterías metálicas se perdían en la oscuridad de una inmensa nave gris. En algún lugar cercano traqueteaba una maquinaria. El aire acondicionado debía estar al máximo, porque Sierra tuvo que cruzar los brazos para calentarse un poco.

—¿Puedo ayudarte? —le preguntó una joven sentada detrás de un mostrador.

La chica parecía solo unos años mayor que Sierra. Llevaba un pañuelo alrededor del cuello y un gorro tejido le cubría el cabello negro rizado. En su camisa abotonada hasta el cuello llevaba una etiqueta con su nombre: NYDIA OCHOA.

—Estoy haciendo una investigación para un trabajo de antropología —dijo Sierra, sacando un papelito del bolsillo de sus *jeans*. Lo dejó en el mostrador—. Me gustaría saber sobre un profesor que dio clases aquí hace un tiempo. Se llama Jonathan Wick.

A Nydia se le iluminó el rostro.

—¡Oooh! —exclamó, sonriendo con mirada cómplice—. ¡El doctor Wick! Qué interesante.

—¿Lo conoces?

Nydia negó con la cabeza.

—No, se fue hace unos dos semestres. Él, hmmm... —La chica se inclinó sobre el mostrador y bajó la voz—. Nadie sabe qué le pasó. No... —añadió, y volvió a recostarse en el respaldo de la silla giratoria—. Increíble, desapareció sin dejar rastro. Fue así como... ¡puf! Le pregunté a todo el mundo, porque no puedo evitar ser curiosa, ¿sabes? Aunque el viejo Denton, el tipo al que sustituí cuando me encargaron los archivos...

—¡Espera! —dijo Sierra, levantando la mano—. ¿Eres la encargada de los archivos?

—De los de antropología.

—Pero tú... ¿cuántos años tienes? ¿Veinte?

Nydia le sonrió cálidamente.

—Treinta y tres, nena —contestó, y le enseñó la foto enmarcada de dos niños sonrientes de piel morena con afros—. Y tengo un niño de siete años y otro de nueve. Pero gracias por el cumplido. La gente de mi color no se arruga. En fin, los boricuas envejecemos a nuestro propio ritmo. Eres puertorriqueña, ¿verdad?

Sierra asintió con la cabeza.

—Me encantan los libros —dijo Nydia—, y me gusta pasar el día entre ellos, aunque sea en el lúgubre sótano de una universidad vieja y sofocante del Upper West Side —añadió a toda velocidad, como buena puertorriqueña—. Sé que acabaré abriendo mi propia librería aquí arriba, en Harlem, pero para todo tipo de gente, no solo para académicos. Y estará llena de libros de cuentos populares, no solo de jerga para eruditos. Esto, en realidad, me sirve para ganar experiencia y para elevarme ante los ojos de ciertos inversores.

—Lo tienes todo pensado, ¿no? —dijo Sierra. Nunca había conocido a nadie igual.

—Pues sí. Respecto a tu investigación, el viejo Denton me contó un montón de cosas raras sobre el tal Wick. Era un gran antropólogo, especializado en los sistemas espirituales de distintas culturas, ¿sabes? Pero se dice que se involucró tanto que no supo poner límites entre su persona y esos... —Nydia

dibujó unas comillas en el aire y puso los ojos en blanco—
"temas". En mi opinión, los límites en el área de la antropología
son bastante imprecisos.

—¿Qué quieres decir?

—Uf, si te dijera, terminaría haciendo una disertación que
duraría hasta las tres de la madrugada; así que más vale que me
controle porque las dos tenemos cosas que hacer. Eso sí, te
dejo con esta pregunta: ¿quién estudia a quién y por qué?
¿Quién toma las decisiones?

—No tengo idea.

—¡Claro! Casi nadie lo sabe. Las becas para las investigaciones son un tremendo lío burocrático... De todas formas,
Wick se libró de eso durante un tiempo, según tengo entendido,
o creyó que se libraba. Se dedicó a lo suyo y aprendió muchísimo
sobre cierto grupo y sus rituales. Luego se desapareció por un
tiempo y aprendió cómo hacer... ya sabes...

—¿Qué?

—Magia. Cosas con los muertos. Como se llame.

A Sierra se le salían los ojos.

—¿En serio?

—Bueno... eso dicen —respondió Nydia, encogiéndose de
hombros—. Yo realmente no lo sé. La gente empezó a
desconfiar de él a raíz de esas investigaciones de antropología
médica de quién sabe cuándo, y ya sabes en lo que se vio
envuelta esta famosa institución: profanación de tumbas y
cosas peores...

—Ah... no sabía.

—Aunque Wick estaba en contra de todo eso, según creo.

Él, más que nada, iba a lo suyo. Bueno, a ver si dejo de darle a la lengua y busco tus archivos.

Antes de que Sierra pudiese digerir aquella avalancha de información, Nydia le dio la espalda y desapareció entre los estantes. Regresó a los pocos minutos y puso un grueso archivo sobre su escritorio.

—Aquí está, corazón. Esto te servirá para descubrir quién era Wick. Eso sí, debes fotocopiarlo todo. Puedes usar esa fotocopiadora de ahí. Solo tienes que pasar la cinta magnética de tu identificación como si fuera una tarjeta de crédito.

—Lo cierto es que... —farfulló Sierra— no tengo identificación.

Nydia dejó de hojear el archivo y se quedó mirándola.

—Ya decía yo que eras muy joven.

—Puedo explicarlo.

La bibliotecaria levantó una mano, cosa que Sierra agradeció porque no tenía ni idea de cómo explicarle nada.

—No hace falta. Está claro que estás detrás de algo interesante. Y yo soy curiosa, ya sabes, y me gusta tu estilo. Toma... —Nydia rebuscó en un cajón y le dio una tarjeta plastificada, con un pin al dorso—. Es un carné temporal, se lo doy a mis becarios. Ya te conseguiré uno de verdad si quieres seguir viniendo. Con este podrás usar las fotocopiadoras y pasar el control de entrada.

—¡Guau! —exclamó Sierra—. Gracias. No sé qué decir.

—De nada —dijo Nydia, y sonrió. Luego extrajo un montón de papeles del archivo—. Esto es lo más interesante: sus diarios y sus notas. Lo demás no son más que datos, ecuaciones y pamplinas. Ah, y este es mi teléfono. —La bibliotecaria escribió su número en una nota adhesiva amarilla—. Si descubres algo interesante sobre Wick, no dejes de llamarme.

—¿Qué llevabas en el maletín? —le preguntó Sierra a su padrino.

Neville no le quiso contestar o no la oyó, porque siguió tarareando una canción *funk* que sonaba en la radio, mientras rodaban por la autopista West Side.

Sierra apretó el archivo contra su pecho. La situación se complicaba cada vez más, pero la belleza del atardecer era impresionante. El sol poniente jugaba al escondite con las nubes de color púrpura que se extendían sobre la silueta de Jersey City, y una cálida brisa se colaba por las ventanillas, alborotándole el pelo.

—¡Neville! —gritó.

—*Get up, get up, get up!* —cantó Neville, haciendo sonar la bocina en el primer *get up*.

Sierra apagó la radio y Neville le lanzó una mirada de reproche.

—¿Qué había en el maletín?

—Nada.

—Y ese nada, ¿qué era?

—Ni una maldita cosa. Lo vacié antes de venir.

—¿Por qué?

—Siempre salgo con un maletín vacío —explicó Neville, muy orgulloso de sí mismo—. Por si tengo que dejarlo por ahí.

—Entonces, ¿por qué todos salieron corriendo? ¿Por qué salieron guardias de hasta debajo de las piedras?

—Porque un negro dejó un maletín y se marchó.

—Pero...

—Funcionó, ¿verdad?

—¡Pero podrían haberte detenido, hombre!

Neville resopló.

—¿Por despistado? ¿Por perder un maletín viejo y no preguntar si alguien lo vio? ¿Acaso no conseguiste lo que querías?

—Bueno, sí... Pero te quedaste afuera, sentado en el auto todo el tiempo, podrían haberte...

—Si hubiese visto algo sospechoso, me habría ido a otro sitio y te habría llamado. Tengo un teléfono, ¿sabes? Pero no me hizo falta. Además, llevo el hierro en el baúl.

—¿El hierro? ¿Un arma?

Neville se limitó a sonreír y volvió a poner la radio. Sierra nunca sabía cuándo su padrino bromeaba y cuándo hablaba en serio.

NUEVE

Neville frenó de golpe en Throop Avenue. Sierra le dio las gracias y se despidió. Luego compró un paquete de chicles y una paleta de helado en la bodega de Carlos y se recostó a la pared, a la sombra del toldo rojo. Sacó de su mochila el archivo que había fotocopiado; la mayor parte consistía en anotaciones de diario pulcramente manuscritas. Había unos cuantos diagramas e ilustraciones, muchas del cuerpo humano, algunas con círculos superpuestos que a Sierra no le decían nada. En algún lugar de esas páginas estaba la historia de la extraña sociedad secreta de su abuelo, seguro. Mientras las hojeaba, creyó ver la palabra "Lucera". Retrocedió hasta encontrarla.

He vuelto a Brooklyn. Estoy asombrado, impresionado por la belleza de la devoción que esta comunidad profesa a sus espíritus locales. El arte de la regeneración conmemorativa está muy presente, una apasionada colisión entre lo artístico y lo espiritual. La mitología de los formasombras gira alrededor de un espíritu arquetípico llamado Lucera que, según dicen, desapareció misteriosamente hace unos meses, poco después de mi ingreso a la cofradía. Se murmura que sin Lucera, los

murales imbuidos de la magia de los formasombras se irán
desvaneciendo y la conexión con los espíritus se extinguirá.

—¡Guau! —exclamó Sierra.

Abrió con los dientes el envoltorio de plástico de su paleta y comenzó a chupar la cubierta azul.

Su ausencia los dejó exhaustos, pero aún se percibe el murmullo de los espíritus en el aire y el poder de la imaginación colectiva manifestando su devoción por los antepasados en las medianerías y los santuarios ocultos de esta ciudad.

Según Laz, como los misterios de los formasombras son incomprensibles para los no iniciados, debo vencer ese antiguo impulso de defendernos a mí, a mi profesión y a la horrible historia colectiva. Laz sonríe con autosuficiencia al decirlo, consciente de que puede agitar mis más hondas inseguridades, y sospecho que en este arreglo hay cierto margen de maniobra. Ya veremos.

El nombre de su abuelo aparecía en el diario. Sierra quería leer más, pero estaba oscureciendo y Robbie y los guerreros del dominó la esperaban junto al mural. Volvió a guardar el archivo en la mochila, tiró el envoltorio del helado y echó a andar.

El mural de Vincent seguía pareciendo frío y resuelto. El viejo Drasco le pasó cojeando por el lado, farfullando su interminable sarta de adivinanzas. Un desfile de gatos marchaba tras él, como siempre. En la otra acera, las chicas en bikini de una valla publicitaria anunciaban algo... quizá un concesionario de autos o una marca de cigarrillos. Sierra no lo distinguía bien, ni le importaba. Debajo del cartel, una fila de señoras con pamelas en tonos pastel entraba al servicio nocturno de un local convertido en iglesia, y otra congregación muy distinta se amontonaba en la licorería de al lado.

Sierra dobló y entró en El Vertedero.

En la zona abierta y polvorienta, rodeada por montañas de autos convertidos en chatarra, Rutilio ejecutaba una pirueta desequilibrada al ritmo de su propio *scat*, para acabar en cuclillas con los brazos extendidos al frente. Rutilio era más bien delgado, por lo que su panza cervecera resultaba incluso más alarmante, y tampoco le ayudaba mucho con el equilibrio. Se incorporó con precaución, soltando unas cuantas palabrotas hasta que logró enderezarse del todo. Tras algunos giros de caderas, acompañados por un crujir de huesos, avanzó con pasos artríticos.

Sierra, Manny y el Sr. Jean-Louise aplaudieron.

—De lo peor que te he visto hacer —rezongó el Sr. Jean-Louise.

—Vamos, hombre, no lo hace tan mal —protestó Manny, con el ceño fruncido.

—Ustedes no lo han visto con la música puesta: un desastre absoluto. *Catastgófico.*

—¿Vieron qué bien? —chilló Rutilio—. ¡Sencillísimo! —Hizo una mueca de dolor y se presionó la zona lumbar—. ¡Ay, cojones!

Un perro monstruoso, cruce de San Bernardo, *pitbull* y demonio peludo, se acercó al trote desde algún punto de El Vertedero, con su enorme lengua balanceándose de un lado a otro.

—¡No! ¡No es contigo, Cojones! —aulló Rutilio—. ¡Era un decir! ¡No!

El perro lo tumbó al suelo y le lamió la cara durante un buen rato.

—No deberías haberle puesto ese nombre a tu perro, Manny —dijo Sierra.

—Ya, pero me pareció divertido. Y mira, ¡es divertido!

Sierra asintió, en eso tenía toda la razón. Rutilio se levantó a duras penas y lanzó un trozo de metal lo más lejos que pudo para librarse de Cojones.

—¡Odio a ese perro! —gritó.

—Pues él te adora —dijo el Sr. Jean-Louise.

—Más de la cuenta —precisó Sierra—. ¿Ha vuelto Robbie?

—Sí —contestó Manny, sonriéndole—, ¿no ves los focos encendidos?

—Sí. Gracias.

Los jugadores de dominó asintieron y brindaron con el primer ron de la tarde.

—¿Ya estás preparado para hablar, socio? —preguntó Sierra.

Habían trabajado rápido durante la última hora. Sierra completó un ala del dragón mientras el cielo se cubría de un anaranjado brumoso, los pájaros pasaban revoloteando y, a lo lejos, las familias caminaban rumbo al parque. Robbie había pintado de blanco un enorme trozo de fachada, y su esqueleto llevaba un vestido muy barroco y mostraba una gran sonrisa. Los ojos de Papá Acevedo parecían mirar a un enemigo invisible. Desde el día anterior, sus colores se habían difuminado hasta el punto de ser casi transparentes.

—Robbie —dijo Sierra, al ver que el chico no le contestaba.

—¿Mmm?

—¿Qué son?

—¿Qué son qué?

—¿Qué son los formasombras?

Robbie suspiró. El andamio se agitó con violencia, lo que significaba que Manny estaba subiendo. Sierra habló a toda velocidad.

—Algo pasa y tiene relación con mi abuelo y con ese tipo horrible de la fiesta y con la tal Lucera. ¡Soy la única que no sabe nada de nada!

—Oigan, chicos —dijo Manny, jadeando, al llegar a la plataforma—, ya terminé por hoy.

—Manny —dijo Sierra—, tú conocías a ese tal Vernon que desapareció, ¿verdad?

Robbie se puso tenso.

—Sí —contestó el periodista—. Fuimos amigos hace unos años. Pero eso es agua pasada, Sierra.

—Pero ese tal Vernon, mi abuelo y tú estaban muy unidos. ¿Por qué?

—Te diré una cosa —dijo Manny, y miró a ambos lados como para asegurarse de que no los espiaban.

Sierra entornó los ojos.

—¿Sí?

—Tú abuelo era muy bueno contando historias.

—¡Oh! —Sierra intentó disimular su decepción—. Bueno, eso ya lo sé. Todo el mundo lo dice. Sin embargo, apenas recuerdo que nos contara cuentos, salvo cuando éramos muy pequeños.

—¡Ah! —Manny levantó la mano—. Pues ese viejo nos tenía hipnotizados. Nosotros, unos hombres hechos y derechos, nos quedábamos sentados escuchándolo en silencio como niños miedosos, pendientes de cada una de sus palabras. Hasta el dominó tenía que esperar.

Ese detalle sí era una proeza; los muchachos del dominó tenían fama de jugar tranquilamente en medio de todo tipo de catástrofes, incluso de un tiroteo.

—Los formasombras, Manny —insistió Sierra—. Háblame de ellos.

El viejo periodista arqueó las cejas.

—¡Ah!

Sierra oyó a Robbie moviéndose de un lado a otro a sus espaldas.

—¿Ah, qué? —inquirió.

Manny suspiró.

—Era un club social, Sierra. Un club de jóvenes, ya sabes, para que los muchachos del vecindario se reunieran de vez en cuando, como esos que llevan gorras raras y demás... pero sin las gorras, gracias a Dios.

—Pero, entonces, ¿quién es Wick y por qué describe el club como si fuese una especie de hermandad espiritual? —dijo Sierra.

—Bueno... —Manny sonrió con tristeza—. Mejor lo dejamos para otro día. Yo no suelo hablar de eso. Quizá tu amigo Robbie, aquí presente, pueda explicarte algo más. —Se pasó las manos por los pantalones—. En fin, me voy.

El andamio se bamboleó rítmicamente hasta que el periodista llegó al suelo.

—Buenas noches —se despidió desde abajo.

—Buenas noches —contestó Robbie, y su voz sonó muy, muy lejana.

Sierra se volteó y le lanzó una mirada fulminante.

—Ya tendrás tiempo de contármelo mientras me acompañas a casa, socio.

DIEZ

—Verás, es que no suelo hablar de eso con... nadie —le dijo Robbie a Sierra, con las manos metidas en los bolsillos.

Ambos estaban en un extremo del andamio, donde La Torre formaba un ángulo recto con la fachada trasera del viejo edificio de ladrillo.

—Ya, pero esta situación es especial —repuso la chica—. ¡Todo se está desmoronando!

Robbie se rio sin ganas.

—Sí, especial sí es. Pero es que cuando hablas de estas cosas, la gente suele pensar que estás loco, ¿sabes? Además... prometimos guardar el secreto.

—¿Tú también eres formasombras? ¡Lo sabía!

—No es fácil de explicar —dijo Robbie, sonriendo.

—De acuerdo, no te prometo que no vaya a creer que estás loco.

—Gracias.

—Pero, aunque lo crea, seguiré siendo tu amiga y te ayudaré a terminar el mural.

—¡Pero si es tu mural! ¡Soy yo quien te está ayudando!

—¡Era una broma, hombre! Relájate.

—Bueno. Verás, yo pinté eso, ¿no? —dijo Robbie, señalando el retrato de Papá Acevedo.

—Sí.

—Papá Acevedo, Mauricio, fue mi maestro. Yo era casi un niño cuando lo conocí, a los doce años, pero él percibió que yo tenía algo... y me enseñó.

—¿A qué?

—Tanto a pintar como a... trabajar con espíritus, a formasombrar.

Cerca de un centenar de pensamientos confusos y contradictorios se agolparon en la mente de Sierra, pero se limitó a espantárselos de la cabeza y asentir. Sí, parecía una locura. Una cosa eran las historias raras sobre exprofesores universitarios o incluso sobre familiares, y otra muy distinta era que alguien de tu edad te contara algo así, y que lo dijera tan serio. "Trabajar con espíritus". Había algo en ello que sonaba tan real. Sierra sabía en parte lo que el muchacho iba a decirle, suponía lo que era desde... el principio.

Robbie soltó una bocanada de aire mientras contemplaba a Sierra.

—Pero no son espíritus malignos ni nada de eso. Con los que nosotros trabajamos, quiero decir.

—Los espíritus son como... ¿muertos? ¿Fantasmas?

—Sí, algunos son antepasados nuestros, de los formasombras; otros son simplemente personas que al morir se convierten en espíritus. Todos son nuestros protectores, nuestros amigos incluso, y todos parecen sombras hasta que... —La voz de Robbie se apagó.

—¿Hasta qué?

—Hasta que los introducimos en una forma, hasta que los formasombramos. Mira —añadió Robbie, señalando el ya casi invisible rostro de la pared de ladrillo—, el espíritu de Papá Acevedo está... *estaba* en la pintura.

—¡Por eso lloraba! —exclamó Sierra.

Robbie asintió y una sonrisa se dibujó en sus labios.

—Creí que me estaba volviendo loca.

—Pues no —dijo Robbie y sonrió, pero parecía que iba a desplomarse en cualquier momento—. Viste algo que casi nadie ve, porque su mente no lo deja; para los otros esto no es más que una pintura normal y corriente, sin movimiento ni nada. Papá Acevedo decía que la gente solo ve lo que quiere ver. Así de simple.

Al contemplar el rostro desteñido, Sierra evocó el antiguo retrato, aquel donde el anciano no parecía asustado ni triste. Había sido perfecto: su gran nariz y la forma en que su bigote canoso giraba hacia arriba para hacer sitio a su sonrisa de anciano. Tenía la misma gorra marrón que Sierra recordaba que llevaba puesta cada vez que iba a visitar a su abuelo y a los guerreros del dominó en El Vertedero.

—La cuestión es que tanto su espíritu como su pintura empezaron a desteñirse cuando Lucera desapareció, hace ya más de un año. Al principio el proceso fue tan lento que apenas

se notaba; luego se fue haciendo más rápido, y ahora...
—Robbie apoyó la mano en el retrato y cerró los ojos—. Ya no
lo percibo. No puedo hablar con él. Sabía que iba a irse pronto
y... la última vez que hablamos...

—¿Hablaba contigo? ¿A través de la pared?

—Sí. Me dijo que había fuerzas agrupándose para atacarnos.
No sabía muy bien qué pasaba, pero sí sabía que debíamos pintar
más murales, aunque se destiñeran, y que tendríamos problemas.
Los formasombras, quiero decir.

Robbie le echó un último vistazo al mural. Luego se bajaron
del andamio. Sierra cerró la puerta de El Vertedero y salieron
caminando por Marcy Avenue.

—Pero, ¿por qué empezó a desteñirse el mural? No lo
entiendo —dijo Sierra.

—Hubo una disputa entre tu abuelo y Lucera, aunque yo
no me enteré de nada en aquel momento. Nadie sabe por qué
discutieron ni cómo terminó la cosa, pero Lucera desapareció.

—Un momento. ¿Se puede saber quién es Lucera?

—Era... es... un espíritu. —Miró de reojo a Sierra, que
asentía con la cabeza para animarlo a continuar—. Es un
espíritu muy poderoso. Se dice que ella reunió a los formasombras y que toca con su poder todo lo que hacemos. Pero
supongo que nadie se dio cuenta de lo importante que era hasta
que desapareció, poco antes del derrame de tu abuelo. Entonces,
el grupo se dispersó. Algunos se dedicaron a otras tradiciones
y los demás simplemente volvieron a su vida normal, la de
antes de ser formasombras.

Pasaron junto a una peluquería que estaba abierta toda la noche, y después por una nueva y sofisticada dulcería con el mostrador repleto de pasteles finos.

—¡Demonios! ¿Se fueron todos? —preguntó Sierra.

—Casi todos. Salvo yo, supongo.

—El último formasombras.

Robbie soltó una carcajada alegre y espontánea que hizo sonreír a Sierra. Por lo menos se le veía más animado.

—Bueno, dicho así parece el título de una película de kung-fu, de las malas; pero sí, soy más o menos eso. El caso es que estuvimos buscando a Lucera, pero no encontramos ninguna pista, ni señal, ni nada...

Sierra sacó de un bolsillo el papel de su abuelo.

—"Donde mujeres solitarias van a bailar" —leyó en voz alta.

—¿Eh?

—Me lo dio mi abuelo esta mañana —explicó, entregándole el papel—. Según él, Lucera está ahí.

—¡Vaya! —Robbie se acercó el papel a la cara y entrecerró los ojos para escudriñarlo—. Es la primera pista que tenemos. No sé ni qué decir.

—¿Te suena de algo?

—No, pero... mira, ahí dice algo más... —En la parte superior del papel se podían apreciar pequeñas líneas de tinta—. Apuesto a que si tuviéramos el resto del texto podríamos averiguar dónde está Lucera.

—Sí, pero... ¿de dónde vamos a sacarlo? Mi abuelo no puede o no quiere decir nada más.

Robbie le devolvió el papel.

—Por lo menos es un punto de partida. Ya habíamos perdido la esperanza de encontrarla. Ni siquiera sé dónde están los demás formasombras. Yo solo tenía una relación estrecha con Papá Acevedo, y ahora ni eso.

—¿Y qué me dices del tipo ese de la fiesta? Vernon. Él sigue buscándola.

—Ese no era Vernon —dijo Robbie, frunciendo el ceño—. Era un corpúsculo.

Una mujer rolliza con un colorido vestido saludó a Sierra.

—¿Qué tal?

Los vecinos de Sierra estaban en sus respectivas escalinatas, disfrutando de la cálida noche de verano.

—Hola, Sra. Middleton —le contestó Sierra, y luego miró a Robbie—. ¿Un *corpusqué*? ¿Qué es eso?

—Es... es como... Cuando alguien muere, su cuerpo se convierte en una cáscara vacía, sin espíritu, ¿entiendes?

—Supongo.

—Un corpúsculo es un cadáver con el espíritu de otra persona, como... metido a la fuerza dentro de él.

—¿Un cadáver de verdad? ¡Aj!

—Sí, ya sé. Los formasombras nunca haríamos algo así. Introducir un espíritu en un muerto está mal y es muy complicado. Yo conocía poco a Vernon, pero el responsable de sus actos no es él, sino quien lo haya convertido en corpúsculo. Ese es quien está buscando a Lucera.

Siguieron caminando en silencio. Sierra no hacía más que recordar la mano helada del muerto y su espantoso hedor. Un escalofrío le recorrió el cuerpo una y otra vez hasta que se detuvieron frente a su casa.

—Es aquí.

—Me encantan estas casas —comentó Robbie, contemplando la fachada estrecha de la casa de cuatro plantas.

—Entonces... tenemos que encontrar a Lucera, ¿no?

—Es la única que puede cambiar las cosas. Ni siquiera pensaba que todavía existiera, pero si un corpúsculo la está buscando... entonces sí.

—Ya veo. Oye, ¿conoces a un tal Wick? Hoy fotocopié parte de su archivo de Columbia.

—¿Quién? Ah, ¿ese que solía andar con tu abuelo? Lo conocía poco. Solo lo vi un par de veces.

—Sí, tengo que acabar de leer ese archivo. Quizá él sabía algo...

Robbie alzó los ojos y su mirada se encontró con la de Sierra.

—Suena bien. Oye, y gracias. Por escuchar, quiero decir.

—De nada. Gracias a ti por contarme todo eso.

Robbie sonrió.

—Oye, podría... podría mostrarte cómo funciona lo de formasombrar, así lo entenderás mejor que si te lo explico.

—¿Sí? —preguntó Sierra, extrañada.

—Sí. Nos podemos ver mañana al anochecer, sobre las ocho, en la parada de Church Avenue, en el andén del tren Q.

—Allí estaré.

—Genial.

Se quedaron ahí por unos segundos. Sierra percibía un

sinfín de posibilidades en esta relación amistosa que acababa de comenzar con Robbie, pero no tenía idea de qué pasaría entre ellos a continuación.

—Pues hasta mañana —dijo finalmente, y subió los escalones hasta su casa.

ONCE

Por la mañana, Sierra entró de puntillas al cuarto de su abuelo. El sol naciente jugueteaba en los tejados de Bed-Stuy, centelleaba en los cristales y arrojaba afiladas sombras por las calles y los puentes.

Lázaro yacía con la boca abierta y un hilo de saliva seca pegada al rostro. Durante un segundo, Sierra no estuvo segura de si estaba vivo. Iba a acercarse para comprobarlo cuando al anciano se le dilataron las fosas nasales y soltó un estruendoso ronquido.

"¿Quién es este hombre?", se preguntó.

Su abuelo siempre había sido amable con ella cuando era pequeña; la cargaba a caballito y le hacía trucos de magia, que acompañaba con su carrasposa risa de fumador. Sin embargo, cuando ella entró en la difícil etapa de la pubertad y se llenó de granos, empezó a usar unas gafas enormes y comenzaron a notársele las curvas, el Abuelo Lázaro dejó de ser el mismo. Mamá Carmen siguió haciendo gala de una firmeza serena, y en ocasiones feroz, pero su afecto no sufrió el menor cambio. Se notaba en cada detalle: su forma distraída de arreglarle la ropa, su manera de peinarla o cómo le apoyaba la mano en el hombro. Siempre fue una mujer de pocas palabras; si le preguntaba algo a Sierra, no lo hacía por gusto. El Abuelo Lázaro, por el contrario, se fue distanciando poco a poco, y ella nunca supo cómo acortar esa distancia.

Entonces llegó aquel terrible día en que el teléfono no dejó de sonar, la policía llamó a la puerta y sus padres salieron disparados para el Hospital de Brooklyn, donde su abuelo yacía en coma. A Mamá Carmen se la había llevado un cáncer de hígado pocos meses antes. Como su muerte fue repentina y devastadora, todos creyeron que la incoherencia del anciano se debía a eso.

Sierra lo había ido a visitar a la mañana siguiente. El rostro de su abuelo era una máscara de terror. Mantenía la boca abierta, como esa pobre gente que se convierte en piedra al mirar a Medusa. Tubos y cables le salían por todo el cuerpo y formaban una maraña que desembocaba en una incomprensible red de ondas que pitaban y bolsas de fluidos goteantes. Sierra no derramó ni una lágrima —la impresión reemplazó al dolor con una punzante sensación de vacío—, pero su hermano Juan estaba inconsolable. Un año después, el Abuelo Lázaro seguía casi igual.

Respiró hondo. Quería quedarse allí contemplando la vista del barrio, la placidez del sueño de su abuelo, el nuevo día. Sin embargo, tenía una misión. Pasó sin hacer ruido junto a la cama, hasta llegar a la pared de las fotos. En una de ellas, su abuelo aún sonreía con dulzura mientras Mamá Carmen tenía el ceño fruncido de siempre. En el retrato de los formasombras, el rostro de Vernon continuaba cubierto por la huella negra. Todo lo demás...

Estuvo a punto de soltar un gemido. Había otra cara tapada: la de un hombre alto y esbelto situado detrás de Delmond Alcatraz. Era moreno claro y vestía un traje de listas. A su lado decía: "Joe Raconteur".

Sierra se sentó en el sillón del Abuelo Lázaro y sacó el archivo de Wick de la mochila.

Presiento que estoy cerca de algo, de algo inmenso. Está en mi interior. Me estremece... tanto el conocimiento de lo que se avecina como el poder que confiere su cercanía. Pero, ¿de qué estoy tan cerca? No lo sé con exactitud, lo admito. ¿Serán acaso espíritus? ¿Antepasados? ¿Muertos? ¿Esos silenciosos murmullos que he estado escuchando toda la vida, esos en los que nunca he confiado, esos que enterré dentro de mí todos estos años? Quién sabe.

Sierra se recostó. Había alguien, un profesor universitario nada menos, convencido de que los desvaríos de su abuelo no eran tales. Ni siquiera su mamá, la propia hija de Lázaro, quería hablar sobre la vida secreta de su padre, pero Wick estaba entregado a esa causa. La chica se recogió el pelo de la frente con una banda elástica y siguió leyendo mientras su abuelo roncaba.

Quien para unos es esquizofrénico, para otros es curandero. Reciba el nombre que reciba, sigo queriendo más. Más comprensión, más conocimiento. Más... poder. Porque de eso se trata, de poder. Ese poder que crece en mi interior, indiferente a la necia mezquindad de las intrigas académicas y las tediosas reglas cotidianas. Me estoy iniciando. Jamás diría algo así en voz alta, por supuesto, pero creo que gracias a mis vastos conocimientos de otras culturas y de los sistemas cosmológicos puedo beneficiarme de la magia de L. más de lo que nadie podría sospechar. Si logro combinar los poderes que estoy adquiriendo bajo la guía de la Hermandad de las Afligidas con la magia de la creación de sombras... las posibilidades que se abrirán ante mí serán infinitas. No habrá límites. Pero solo ocurrirá si me es posible encontrar a Lucera. Sin ella, los formasombras acabarán por dispersarse y todo su trabajo se desvanecerá. La única pista que tengo sobre su paradero es el siguiente verso:

"donde mujeres solitarias van a bailar".

—"Donde mujeres solitarias van a bailar" —repitió Sierra en voz alta. Su abuelo le había dado la misma pista que a Wick.

Este verso proviene de un antiguo cántico de alabanza de los formasombras. Lázaro habla de Lucera con un desprecio atroz. Por lo visto, hubo un conflicto entre ellos antes de su desaparición. Cuando lo presioné para que me dijera el resto del poema, añadió únicamente estos versos:

"Ven a la encrucijada, ven, te aseguro

que los poderes se unen, se hacen uno".

¡Dos versos más! Wick había trazado círculos y más círculos alrededor de la palabra "uno". Sierra los copió en un papel y siguió leyendo.

Creo que se refiere a los poderes que se unifican dentro del propio espíritu de Lucera. Como custodia de la magia que conecta a vivos y muertos, ella representa una encrucijada viviente. Imagina lo que eso significa, reunir todos esos poderes en una sola entidad.

Imagina...

Su celular vibró, y Sierra no gritó de puro milagro. Acababa de recibir un mensaje de Robbie:

¿¿Sigue en pie lo de esta noche??

—¡Contra! —exclamó la chica, dándose una palmada en la frente. Se había olvidado por completo de Robbie, y antes quería pasar por El Vertedero para pintar otro poco. Le contestó que sí y se levantó.

El Abuelo Lázaro se abrazó a uno de sus cojines y siguió roncando tranquilamente.

—Ay, abuelo —suspiró Sierra—, ¿qué hiciste?

DOCE

El sudor empapaba la espalda de la camiseta gris de Sierra. La canción del grupo de Juan sonaba en sus auriculares. "Cuando la luna llena...", cantaba Pulpo, el vocalista de Culebra. Su voz envolvió a Sierra como si fuera de terciopelo. El contundente *thrash* rugió hasta convertirse en una locura y, súbitamente, disminuyó y se relajó mientras el *tumbao* sincopado del bajo marcaba el ritmo, seguido por el *clac*, *clac* de las claves, varias notas de trompeta y unos trinos del piano.

Cuando la canción finalizó, Sierra se quitó los auriculares, bajó del andamio, se alejó unos pasos de la pared y, al volverse para mirarla, soltó un suspiro de satisfacción. El dragón ya casi estaba terminado; sus alas se extendían magníficamente sobre El Vertedero, como un irreverente dedo del medio levantado contra la rigidez de La Torre. El animal tenía la misma sonrisa y los maliciosos ojos entrecerrados de Manny. Sus bigotes también imitaban, más o menos, el gran bigote del periodista. Sierra se rio entre dientes.

Robbie había vuelto la noche anterior para trabajar en su pintura: el esqueleto sostenía una guitarra de cuyas cuerdas brotaban remolinos de colores, en los que se veía el esbozo de una ciudad. Sierra ya imaginaba cómo iba a quedar la pared; en una palabra: impresionante.

Manny se le acercó y le puso un refresco en la mano.

—Es un dragón increíblemente apuesto.

—Gracias, señor —contestó Sierra, riéndose—. Hice lo que pude.

—La cosa de Robbie también me gusta.

—Yo aspiro a pintar como él. Todo lo que hace me encanta.

—Oh, tú ya tienes un estilo propio, Sierra, créeme. Y también haces cosas sorprendentes.

La chica se encogió de hombros.

—Gracias, Manny.

Ambos contemplaron en silencio la fachada.

—¿Conoces a un tal Raconteur? —preguntó Sierra de pronto.

—Sierra... —dijo Manny y la miró con severidad.

—¡Ya lo sé! No te gusta hablar del agua pasada o como sea, pero mira, esto es importante. No estoy segura de lo que ocurre, pero creo que tú... que nosotros... que todos estamos en peligro. Ese Vernon, yo...

—Sierra —la interrumpió Manny, con un tono de voz inusualmente grave—. El año pasado y el anterior sucedieron cosas, muchas cosas, entre tu abuelo y los formasombras. Yo sé muy poco... solía quedarme al margen; pero sí sé que en todo esto hay mucho resentimiento. A la gente no le gusta hablar del tema, ¿entiendes? Muchas amistades e incluso muchas familias se rompieron. —Manny miró de nuevo el mural.

—¿Raconteur era formasombras?

El viejo periodista asintió.

—¿Sabes dónde está? ¿Sigue vivo? ¿Sabes algo de él?

—Soy periodista, Sierra; comprendo tu curiosidad, créeme. Pero... por tu propio bien, no te metas en esto. Mantente al margen, ¿me oyes?

—Manny... Se trata de mi familia. No puedes pedirme que...

El Rey del Dominó negó con la cabeza y se marchó sin decir nada más.

Cuando Sierra llegó a su casa la recibió un delicioso olor a arroz con pollo y plátanos, cocinándose a fuego lento. Se le hizo la boca agua. Eso no fallaba; ni siquiera en aquel momento, en el que los murales lloraban y tenía enemigos acechándola, el aroma del arroz con pollo de su mamá perdía el poder de aliviar todos sus problemas, al menos durante unos segundos. La envolvía en una nube fragante que la llevaba flotando a la cocina, borrando sus miedos y sus preocupaciones por el camino.

—Sierra, *mija* —dijo su mamá sin levantar la mirada del fogón—. Tú papá sale para el turno de noche en media hora y tu abuelo está allá arriba protestando. Yo quiero acabar esto y tengo que hacer mil cosas más para mañana. ¿Podrías, por favor, mi hija querida, subir al cuarto de tu abuelo y averiguar por qué grita? Está asustando a Terry.

—Querrás decir a Timothy.

—Mira, niña, no estoy de humor. Tengo demasiadas cosas

en la cabeza. Pica dos ajos y échaselos al mojo antes de irte... por favor, y gracias.

La mamá de Sierra le pasó una cabeza de ajo. Un pedazo de cáscara que revoloteaba como si fuera un ala de papel cayó en el suelo de la cocina. Sierra peló los dos pequeños dientes y los trituró en la compresora metálica. El fuerte olor del ajo la envolvió y se le pegó enseguida a la nariz y a los dedos.

—Mami —dijo, mientras desprendía con un cuchillo los últimos trocitos de ajo de la compresora—, ¿podemos hablar ya del abuelo y de los formasombras? —Húmedos por el penetrante jugo, los dedos le brillaban y resbalaban al mover la punta del cuchillo de un lado a otro—. Solo quiero saber qué está pasando.

María Santiago giró despacio y la miró fijamente. Tenía por costumbre ir de acá para allá como un colibrí ansioso, pero en ese momento se había quedado como una estatua; solo un delgado filamento titilaba en sus ojos negros.

—Acaba con ese ajo y ve a ver qué quiere tu abuelo, por favor.

La puerta principal se abrió de pronto y Rosa, la tía de Sierra por parte de madre, entró como un ciclón.

—¡Buenas tardes, familia! —saludó, impregnándolo todo de inmediato con su perfume empalagoso. Repartió besos en las mejillas de las presentes y se acomodó en una de las sillas que rodeaban la mesa de la cocina.

Los olores del ajo, el pollo condimentado y aquel estrafalario tufo a señorona se quedaron anclados en el aire.

–Hola, tía. Tengo que irme a limpiar el apartamento de abuelo —mintió Sierra.

Su mamá la miró enojada.

—Mi niña —susurró Rosa con tono jocoso—, ¿es cierto que tienes un noviecito?

Sierra sintió que se estaba poniendo roja como un tomate.

—¿Quién?

—Ay, Sierra —dijo María—, ¿quién va a ser? El chico con el que hablabas ayer ahí en la calle.

—¿Quién, Robbie? Qué va, solo es un amigo. Me está ayudando con el mural.

A Rosa se le iluminó la cara.

—¿Robbie, dijiste? ¡Oooh! ¿Cómo es? ¿De dónde es?

Sierra se moría por salir corriendo.

—Es... haitiano —contestó, y se preguntó por qué estaba tan tensa. No había razón, ¿no?

Entonces se fijó en el ceño arrugado de su tía.

—Ay, Sierra, *mija*, no sé qué vamos a hacer contigo. Pero ese chico es... ya sabes...

—¿Qué?

—María —dijo Rosa, volteándose en la silla hacia el fogón—. ¿Qué decía siempre tía Virginia?

La mamá de Sierra se encogió de hombros y meneó la cabeza.

—Si es más oscuro que la planta de tu pie, ¡no te conviene! —dijo Rosa, y soltó una risotada.

Su hermana la miró con cara de espanto.

—¡Rosa! —exclamó.

—¿Es más oscuro que la planta de tu pie, Sierra?

—Tía, por favor... ¿Qué te pasa?

Rosa puso los ojos en blanco.

—Mira que te lo he dicho veces, María. Esto te pasa por dejarla llevar el cabello así tan salvaje.

Sierra sintió el impulso de darle un bofetón a la repintada cara de su tía, pero se contuvo.

—Ya está bien, Rosa —dijo María.

—La dejas ponerse lo que le da la gana...

—¡Rosa!

—Yo solo te digo que estas son las consecuencias.

Sierra salió de la cocina echando chispas.

En la penumbra de su cuarto, Sierra se paró frente al espejo y frunció el ceño. Llevaba toda la vida aguantando los prejuicios de su tía Rosa y, normalmente, los ignoraba. Su mamá, por su parte, solo reprendía con suavidad a su hermana y cambiaba el tema. Pero esta vez las palabras de su tía se colaron en la mente de Sierra y se acomodaron, sin importarles cuánto luchara contra ellas. Se pasó las manos por su peinado afro y pensó en lo que acababa de escuchar: "cabello salvaje". Le encantaba el pelo así, libre, indomable. Lo imaginaba como un campo de fuerza que desviaba los estúpidos comentarios de su tía.

Aun así... nunca acababa de sentirse cómoda frente al espejo. No es que se considerara fea, pero ni su mirada ni su sonrisa parecían las adecuadas y, encima, siempre tenía en la cara algún área de piel seca o, de pronto, una blusa que siempre le quedó bien ahora le quedaba ajustada, o se le veía un tirante del sostén. Y ahora tenía que vestirse para su... ¿cita? con Robbie y realmente no estaba de humor, porque Robbie había destrozado su teoría de que "los chicos son atractivos hasta que abren la boca". Encima de que no tenía un pelo de tonto, la miraba como si la comprendiera, como si compartiesen un lenguaje secreto que el resto del mundo ignoraba; ellos hablaban ese idioma, sin necesidad de palabras.

"Ponte algo informal —se dijo—. Nada del otro mundo. Informal con un toque chic".

Escogió una falda y una camiseta ceñida con una blusa blanca y holgada encima. Pero, en vez de hacer sugerencias, su cambiante cuerpo puertorriqueño se empeñaba en soltar insultos. Algunos días su trasero le parecía enorme, otros ni se lo encontraba. ¿Era porque los pantalones le quedaban anchos? ¿Por la cena de la noche anterior? ¿Por su estado de ánimo? ¿Por el periodo?

Suspiró y se miró de reojo. Su trasero estaba cooperando: hacía el bulto justo para que se notara que estaba allí, pero sin exageraciones. De momento, bien. Se ató los cordones de sus botas militares y volvió a examinarse con los ojos entrecerrados. El cabello le rodeaba el rostro con el toque descuidado de siempre. Bennie estaba empeñada en que fuera a su casa más tarde para hacerle trenzas.

Su piel era otro problema. No estaba mal; un grano por aquí y otro por allá y alguna que otra isla reseca. Pero una vez, mientras chateaba con algún idiota, se le ocurrió decir que su piel tenía el color de un café sin suficiente leche. Entonces hubo una pausa en la conversación y sus palabras rebotaron contra ella, como el eco de un eructo en un teatro vacío. Se preguntó si lo tecleado levantaría ampollas también en su compañero de chat. Entonces él escribió "qué sexy, tú", y ella cerró su laptop de golpe. En la súbita oscuridad, las palabras resaltaron como luces de neón: "sin suficiente".

Lo peor de todo, lo que no podía olvidar, era que aquel pensamiento había salido de ella misma; no de uno de los profesores o consejeros académicos cuyos ojos lo repetían una y otra vez entre sonrisitas babosas; no de un policía de Marcy Avenue, ni de su tía Rosa. Había salido de algún lugar muy profundo de su interior, y eso significaba que cada vez que se encogía de hombros ante esos insultos, algunos de sus pequeños tentáculos se abrían paso hasta su corazón. "Sin suficiente leche". Sin suficiente blancura. *Morena*. *Negra*. Hiciera lo que hiciera, esa vocecita regresaba una y otra vez, persistente y resentida.

"Sin suficiente".

Pero esta vez se miró desafiante al espejo.

—Soy Sierra María Santiago —espetó—. Soy lo que soy. ¡Suficiente! —suspiró. Como si esos días no fueran ya bastante terroríficos, ahora hablaba sola—. ¡Más que suficiente!

Casi se lo creyó. En los bajos, su mamá y su tía se reían de algún chiste que solo ellas entendían.

Sierra frunció el ceño, agarró su mochila y salió del cuarto.

TRECE

La calle de Bennie parecía distinta cada vez que Sierra pasaba por ella. Se paró en la esquina entre Washington Avenue y St. John's Place para asimilar los cambios. A media cuadra de allí se había rasguñado la rodilla hacía siglos, jugando a la peregrina con la panza llena de helados y refrescos. Al hermano de Bennie, Vincent, lo había matado la policía en la esquina siguiente, a unos pasos de su propia casa, tres años atrás.

Ahora, el barrio de su amiga era otro mundo. La peluquería que solían frecuentar se había transformado en una especie de dulcería fina y, sí, el café era bueno, pero el más barato costaba tres dólares. Además, cada vez que entraba allí, el chico blanco del mostrador le dirigía una mirada de "no me metas en problemas" o "quiero adoptarte". El Acaparador (como Bennie apodara al local en una ocasión) llevaba en marcha unos años, pero esa noche había acelerado el paso diez veces. Sierra no veía ni una cara morena. Daba la impresión de que la fiesta entera de una fraternidad estudiantil había invadido la calle; se estaba ganando un montón de miradas raras, como si quien estuviese fuera de lugar fuese ella.

Y entonces comprendió, tristemente, que esa *era* la pura realidad.

Cuando Sierra entró al cuarto de Bennie, su amiga saltó de la cama.

—¡Por fin se te ve el pelo! —exclamó, pasándole por encima a Big Jerome para abrazarla.

—No me digas nada —dijo Sierra; la besó en la mejilla y estiró un puño en dirección al muchacho—. ¿Qué tal, *socito*?

—Ya ves —contestó Jerome, y se encogió de hombros—. Aquí, relajándome, ya sabes, pasando el rato con la señorita B. Se dice por ahí que esta noche tienes una cita con el pintor rarito.

—¡Bennie! —bufó Sierra, y miró a Jerome—. No es una cita y no es rarito, y... sí, quedamos en vernos, nada más.

—Lo que tú digas —contestó el chico.

—¿Estás lista para el Maquillaje Radical, Edición de Brooklyn? —preguntó Bennie. Volvió a apoyarse en el trono de cojines de su cama y agarró un vaso con cubitos de hielo manchados de té—. ¡Será divertido! Y muy, pero que muy doloroso. ¡Pero sobre todo divertido!

—Sí. Siento decirte esto, Jerome, pero tengo que hablar con Bennie —dijo Sierra—. A solas.

Jerome miró fijamente a Sierra, luego frunció la boca y entrecerró los ojos.

—Oh.

—Lo siento.

—No importa —contestó Jerome, y agitó una mano para fingir indiferencia—. Lo entiendo. Cosas de chicas.

—Sí.

—Por lo de tu cita.

—¡No! Por otras cosas de chicas. Como ya sabrás, las chicas no solo hablamos de chicos.

—Ah... claro.

—No es que quiera echarte, pero...

—No, si no pasa nada.

Jerome se levantó de la cama y caminó hacia la puerta. A Sierra le dio un poco de pena.

—Gracias por acompañarme a casa —dijo Bennie.

—De nada, B.

—Por lo menos no tienes que andar mucho —comentó Sierra.

No, estoy a un paso —dijo Jerome sin mucho entusiasmo, y se marchó.

Bennie meneó la cabeza.

—Mira que eres fría, chica; como un témpano.

Sierra se sentó frente al espejo.

—Está bien. Me siento terrible, pero... es que no sé cómo contarte esto.

—¿Qué? ¿Estás nerviosa por la cita?

Bennie se paró detrás de su amiga para cepillarle el pelo.

—No, no es eso.

—Entonces, ¿qué te pasa?

Silencio total. ¿Cómo explicárselo? ¿Por dónde empezar?

Bennie entrecerró los ojos, imitando bastante bien la expresión de suspicacia de su mamá.

—Bueno, me pondré a hacerte las trenzas y a chismear hasta que me lo cuentes —dijo; separó un mechón de pelo y se puso a trenzarlo—. ¿Sabes que Pitkin cortó con Jenny Retaguardia?

—¿Ya? ¡Pero si la fiesta fue el otro día!

—Al parecer le gustan mayores... en todos los sentidos.

—¿Janice? ¡Dios mío, Bennie! Pero si esa tiene como... ¿ochenta?

—Dieciocho, Sierra, ¡por Dios!

Sierra soltó una carcajada, y de súbito comenzó a hablar. Lo contó todo, incluso las rarezas, hasta lo que no sabía cómo explicar; desde los murales cambiantes hasta lo que estaba sucediendo con la misteriosa y amenazada hermandad de su abuelo Lázaro, pasando por Nydia, la bibliotecaria, y la búsqueda del espíritu llamado Lucera.

—¡Vaya! —exclamó Bennie al final de la historia—. ¡Qué locura!

—Pues sí —dijo Sierra, y suspiró aliviada. Le había contado todo a su amiga y no la consideraba una loca de atar. Al menos todavía.

—Nunca había oído algo así en mi vida.

—Me imagino.

—De todas formas, tiene que haber una explicación lógica.

—¡Tú y tus explicaciones!

—No puedo evitarlo —dijo Bennie—. Soy científica. Y nosotros hacemos eso: explicar cosas.

Desde que se conocían, hacía ya una década, Bennie siempre andaba obsesionada con alguna rama de las ciencias, ya fueran las ciencias naturales u otras. Ahora se dedicaba a la zoología, tras pasarse una eternidad con un ojo pegado al telescopio.

—Yo solo digo que a veces las apariencias engañan. ¿Entiendes? —añadió.

—Sí. ¡Ay! —Sierra alejó la cabeza de las manos de su amiga—. ¡Ya, así está bien!

—¿Cómo voy a dejar una trenza a medias? ¡Vamos, mujer! —Bennie volvió a lo suyo, y los tirones continuaron—. Mira —dijo, observando el reflejo de Sierra en el espejo—, ya sé que te entusiasma ver a Robbie esta noche, pero yo creo que no deberías contarle nada más.

—¿Qué? ¿Por qué no?

—¡Piénsalo, Sierra! —Bennie empezó a domar otro mechón de cabello—. Es evidente que está metido de lleno en ese extraño mundo de los formasombras y todo esto.

—Así es.

—Y que desapareció justo cuando la criatura espantosa se coló en la fiesta de Sully.

—¡Eh, para! Lo único que quería era entretenerlo y que lo persiguiera, para sacarlo de allí, creo.

—Yo solo digo que en realidad no sabes si Robbie está de nuestra parte.

—¿Y de qué parte estamos nosotras?

—De la nuestra. Estamos de nuestra parte. Ten cuidado, Sierra. Yo solo te digo eso. Haz lo que tengas que hacer, pero no te vayas de lengua. Sé prudente.

Sierra intentó girar la cabeza, pero Bennie se lo impidió de un tirón.

—Entonces, ¿de qué vamos a hablar? Ya sabes que no me gustan las conversaciones superficiales.

—¡Anda! ¿Y qué crees que hacemos las personas normales en las citas?

—¡Esto no es una cita!

—Lo que tú digas. —Bennie separó otros dos mechones de pelo y siguió trenzando.

Sierra no pudo evitar sentir que su amiga se estaba divirtiendo un poco.

—¿Y si no le gusta mi pancita?

—¿Tu qué?

—Mi panza —aclaró Sierra, dándose unas palmaditas en la barriga.

—¡Ay, Señor! No lo dirás en serio, ¿verdad? Todo el mundo tiene un poco de barriga, y a muchos les encanta. Deja de preocuparte.

Guardaron silencio un momento. Bennie continuó retorciendo y peinando mechones; Sierra, por su parte, dándole vueltas a los sucesos de los dos últimos días como si fuera una lavadora en marcha.

—¡Ay!

—Relájate, ya terminé. ¿Cómo te ves?

—Como si me hubieran estirado la cara hasta la coronilla.

—Maravillosa. Te ves muy sexy... así que a comerte el mundo.

Sierra se bajó del tren Q en la oscura estación de Church Avenue, en el corazón del barrio de Flatbush. El andén estaba desierto y una suave llovizna salpicaba los rieles.

Robbie sonrió al verla pasar el torniquete. Se había recogido las largas rastas en un moño y vestía un circunspecto *blazer*, camiseta y *jeans* desteñidos. Calzaba unas viejas zapatillas deportivas, pero Sierra prefirió ignorar ese detalle.

—No te ves mal —le dijo.

—Tú tampoco —contestó él. Parecía aliviado.

—Bueno, gracias.

El chico se paró frente a ella, quizá demasiado cerca; se inclinó y la besó en la mejilla.

—¡Oye! ¿Desde cuándo eres tan baboso? —preguntó Sierra, apartándose—. ¿Tú no eras más bien calladito y medio tonto?

Robbie se rio con timidez.

—Soy lo más calladito y tonto que hay —contestó—. Lo que estoy es muerto del nerviosismo.

Sierra sintió una sensación de alivio.

—De hecho —continuó Robbie—, eso es lo único que sé hacer y, créeme, lo tuve que ensayar como seis mil veces.

Al bajar la mirada, Sierra notó que el chico tenía los brazos tensos y las manos cerradas.

—¡No pasa nada! —exclamó, riéndose—. Relájate, socio, lo estás haciendo muy bien.

—Bueno —susurró—. ¿Nos vamos?

—¿Adónde?

—A una discoteca que se llama Club Kalfour. Les pinté un mural. Quiero que lo veas.

—Llevas tiempo preparando esto, ¿no? —dijo Sierra; entrecerró los ojos y añadió—: ¿O llevas allí a todas tus amigas?

Tras soltar un eructo por la tensión, Robbie pareció relajarse un poco más. Sierra hizo lo imposible por no reírse otra vez.

—No... sí... Lo he estado preparando —balbuceó Robbie.

Por fin, salieron de la estación hacia la noche.

CATORCE

El Club Kalfour, situado en la intersección de dos calles tranquilas de Flatbush Este, era un local pequeño y discreto cuyo cartel, C UB K LFO R, amenazaba con desplomarse de un momento a otro.

—Muy bonito —bromeó Sierra.

—Escucha —dijo Robbie, y se detuvo ante la puerta de madera—, te dije que te contaría todo lo que supiera de los formasombras y de nuestras obras.

Sierra asintió.

—Y pienso hacerlo, pero en realidad prefiero enseñarte lo que sé. Lo único que te pido es que no te asustes —añadió el chico, muy serio.

—Mira, no sé si me quedaré si las cosas se complican. Ya sabes la semanita que he pasado.

—No habrá corpúsculos, te lo prometo. Confía un poco en mí, ¿quieres?

—Lo intentaré.

—Pero lo importante es que entiendas que esto es algo que no le enseño a cualquiera. ¿Comprendes?

—Sí.

—Y que si te lo enseño a ti es solo porque me resulta más fácil mostrártelo que explicártelo, y porque tú eres...

—¿Qué?

—Porque tú eres Sierra, ¿entiendes?

La chica no sabía qué hacer con la boca. Se le movía sola y sin parar. Apretó los dientes para mantenerla bajo control.

—Sí —respondió con rigidez.

En el interior de la discoteca, una bola de espejos diminutos lanzaba destellos fugaces sobre las caras de las parejas que bailaban, los jóvenes que conversaban en los rincones, los viejos que bebían en la barra y las camareras que iban y venían. El aire estaba cargado de humo de tabaco; no del olor dulzón de los Malagueña que fumaba su abuelo, sino de un tufo desagradable a cigarrillo. Una mezcla de jazz antiguo y calipso sonaba alegremente en un tocadiscos.

Sierra ignoraba por qué, pero enseguida se sintió como en casa. Nadie se volvió a mirarlos, como en la mayoría de las discotecas para jóvenes a las que había ido. Robbie no parecía estar a punto de ponerse a dar saltos. Gente de todas las edades conversaba y bromeaba y, lo que era casi increíble, no había ningún mamarracho comiéndosela con los ojos.

—Me gusta este sitio —le susurró a Robbie en la oreja, y se sorprendió a sí misma al dejar los labios cerca del cuello del chico por un instante.

—Eso esperaba —contestó él, sonriendo embobado—. Ven conmigo —añadió, y la condujo hasta el rincón donde estaba el tocadiscos—. ¿Viste?

—Err... ¿El tocadiscos?

—No, Sierra, la pared.

Había olvidado por completo que aquel local tenía murales de Robbie. Trató de apreciarlos a través del humo. La iluminación era tan tenue que al principio apenas distinguió las imágenes pero, cuando se le acostumbró la vista, le pareció que un remolino de líneas y figuras saltaban de la pared. Siguió con la mirada la pata de un pantalón azul, hasta descubrir un acicalado esqueleto que parecía bailar un vals con su esquelética novia. Tras ellos se balanceaban palmeras y, a los lejos, se apreciaban un cielo rojo ardiente y un océano inundado de bellas sirenas de tez morena y dragones que volaban en círculos.

—Es increíble —dijo Sierra, agitada.

—Gracias —dijo Robbie—. Era todavía más brillante antes de que ocurriera... todo.

Cierto: daba la impresión de que el mural estuviera allí desde antes de que ellos nacieran. En la misma pared, pero más lejos, se veía a un hombre negro alto, ataviado con un elegante uniforme militar de la época colonial, que contemplaba desde la cima de una montaña una jungla repleta de todo tipo de animales tropicales, incluyendo aves esplendorosas. El cielo azul claro del Caribe bullía de ángeles de múltiples colores y formas, que volaban llenos de gozo hacia una fuente invisible de luz.

Sierra giró lentamente. Todas las paredes del Club Kalfour estaban cubiertas de obras de arte con el inconfundible estilo grafitero de Robbie.

—Pues ya ves, según tú no eres baboso, y míranos aquí, en este local pequeño y romántico, rodeados por tus fantásticas pinturas. Más bien me parece que eres muy listo.

—¿Quién, yo? —dijo Robbie, y se encogió de hombros—. Pues hay más.

Era una respuesta arrogante, y a Sierra le hubiera caído mal si no la hubiera dicho con tanta solemnidad. El chico se acercó a la pared y luego se volvió de cara al club.

—¿No ves nada raro por ahí?

Sierra miró a su alrededor. Vio unas cuantas parejas más, una familia de seis cenando en un rincón apartado y una bonita camarera en sus treinta colocando cubiertos en las mesas.

—No.

—Entorna los ojos.

—¿Qué quieres que vea?

—Relaja la vista, si puedes...

—No, no puedo.

—Pues se dice así, "relajar la vista". No mires nada en particular. Solo entrecierra los ojos y mira el local hasta que lo veas borroso.

La chica entrecerró los ojos, dejando que las pestañas interfirieran en su visión. La estancia se transformó en un amasijo de colores y luces giratorias. Nada del otro mundo.

En ese momento, algo cruzó el local en su dirección. Se trataba de una forma alta y oscura, casi invisible en medio del humo. Sierra abrió los ojos de golpe: no había nada.

—¿Qué fue...?

—¡Viste uno! —dijo Robbie, y sonrió.

—¿Un qué? ¿Qué vi?

—Sabía que podrías. Lo supe hace mucho. Muy bien, mira de nuevo la pared.

—Oye, Robbie, tu explicación no me servirá de nada si solo logra confundirme y asustarme más de lo que estoy. Lo sabes, ¿no?

—Dijiste que no te asustarías. Ahora mira la pared y luego sigue mirando a tu alrededor.

Sierra puso mala cara, pero el chico había cerrado los ojos y acercado la frente al pie del esqueleto pintado en la pared. Entonces levantó la mano izquierda y tocó el mural con la derecha. Sierra volvió a entrecerrar los ojos y miró a su alrededor; no se desmayó de puro milagro: la sombra alta que había visto antes arremetía contra ellos, contra Robbie más bien; al llegar a su lado, se fundió con el muchacho, que no se movió ni despegó la mano de la pared.

Sierra miró el mural. No sabía muy bien de qué se trataba, pero la pintura estaba cambiando. Se veía... diferente, más brillante y...

El esqueleto tembló.

—¡Robbie!

—Sssshhh.

La chica observó estupefacta cómo el cráneo del esqueleto giraba levemente, como si los mirara. Sonreía, pero las calaveras siempre tienen esas malditas sonrisas de muerte, así que eso no significaba nada. Entonces comenzó a dar golpecitos con el pie. ¡Al ritmo de la música!

Sierra abrió la boca para gritar, pero logró contenerse. Había prometido que no se asustaría. Además, ¿qué diferencia había entre aquello y los extraños cambios que había visto últimamente en los murales? De pronto, tuvo la sensación de que todo adquiría una especie de lógica... absurda.

—¿Te fuiste? —Robbie seguía tocando la pared, con los ojos cerrados.

Sierra negó con la cabeza, pero recordó que él no podía verla.

—No, sigo aquí.

Más sombras altas y oscuras aparecieron en el local. Sierra las veía por el rabillo del ojo, pero era incapaz de apartar la mirada de la pintura. Las sombras se aproximaron a Robbie y, una a una, se introdujeron en su interior. El mural se iluminó y pareció cobrar vida: sirenas y dragones se estiraron y giraron con sutileza, como si se acabaran de despertar de una épica siesta.

—Yo no... yo no... —farfulló Sierra.

Robbie abrió los ojos y sonrió.

—De eso se trata formasombrar. Las sombras vienen a mí y sus espíritus pasan al mural. Cuando solo son sombras, tienen poca influencia en el mundo de los vivos; solo pueden susurrar y dar vueltas por ahí. Algunas son capaces de hacer algo más, pero se quedan agotadas. Sin embargo, cuando traslado su espíritu a una pintura, cuando les doy forma, se vuelven más poderosas.

—¿Las pueden ver otros?

Sierra no lo podía creer. Nadie miraba, nadie estaba boquiabierto. Los murales cobraban vida y los presentes estaban como "la, la, la, es una noche cualquiera".

—La mayoría, no.

—¿Por qué... por qué no?

—Por lo que te dije la otra noche: no quieren ver.

Sierra seguía examinando la bulliciosa pared.

—Pero esto es real —concluyó Robbie—. En fin... ¿quieres bailar?

QUINCE

Sierra logró despegar la mirada de la voraginosa pintura viviente.

—Sí, pero... no bailo haitiano.

—¿Y salsa?

—Más o menos.

—Eso bastará.

Unos cuantos ancianos con trajes blancos idénticos subieron arrastrando los pies al escenario, situado en el otro extremo de la discoteca. La mayoría de ellos debía de haber superado con creces la edad de jubilación; otros parecían estar a punto de estirar la pata.

—¿No hay toque de queda en el asilo? —preguntó Sierra.

Robbie puso los ojos en blanco y la condujo hacia la pista. Los ancianos agarraron sus instrumentos al unísono y el lugar se llenó de trompetazos y suaves golpes de conga. Luego el pianista interpretó una secuencia de ritmos sincopados y la ronca voz del cantante inundó el lugar. La música se parecía a la de los viejos boleros que Abuelo Lázaro solía reproducir en el tocadiscos de su casa en Myrtle Avenue, pero estaba claro que el tipo bajito del escenario no cantaba en español. Sin embargo, lo que estaba diciendo era desgarrador.

—Entonces... ¿bailamos? —preguntó Robbie.

Sierra no podía quitarle los ojos de encima a la banda. De repente, colocó los brazos en posición y recordó la sensación que sentía en los músculos cuando tomaba clases de salsa de pequeña. Robbie le puso las manos en la cintura y empezaron a moverse; tropezaron un poco al principio, pero luego agarraron el ritmo.

—¡Es salsa! —exclamó Sierra, riendo, mientras sus pies seguían con naturalidad los de su compañero de baile.

—No del todo, pero casi.

La música los envolvió, se movió con ellos, para ellos. Sierra vio que varias parejas bastante mayores disfrutaban de lo lindo, enseñando a bailar a los jóvenes, que en general eran más torpes. Dos niños de ocho o nueve años bailaban alegremente a su alrededor. El furor de la música aumentaba a medida que crecía el número de bailadores, ¿o era al revés? Sierra ya ni sabía, ni le importaba.

Tras bailar unas cuantas piezas, todos estaban bañados de sudor y sonrientes. Un octogenario le dio unas palmaditas en el hombro a Robbie, que cedió gentilmente la mano de su pareja. Sierra bajó la vista sonriendo cuando el señor le rodeó la cintura con sus bracitos y la banda comenzó a tocar otra canción con naturalidad. Cuando Robbie se disponía a salir del tumulto, dos mujeres de mediana edad le bloquearon el paso y lo llevaron de vuelta a la pista de baile.

A Sierra le pareció distinguir algo raro en un rincón lejano del local, así que hizo girar a su pareja para verlo mejor. Las enormes pinturas bailaban y brincaban al ritmo de la música. El apuesto militar que antes estaba en la cima de la montaña había saltado hasta el cielo para bailar con un lindo ángel. El elegante esqueleto danzaba un vals por las paredes con su novia muerta. Las bonitas sirenas morenas hacían un círculo alrededor de un dragón, que alardeaba zapateando un típico baile de salón.

Sierra miró a Robbie; el chico se reía mientras trataba de mantener el frenético ritmo impuesto por sus parejas. Cuando la canción terminó, uno de los trompetistas anunció que se tomarían un descanso de veinte minutos. Robbie seguía intentando recobrar el aliento cuando se reunió con Sierra.

—¿Estás bien? ¿Puedes respirar? ¿Busco a alguien que sepa dar primeros auxilios?

—Esas señoras... —jadeó Robbie, apoyando las manos en las rodillas—. No... te... rías...

Antes de abandonar la pista de baile, la sala se llenó de un atronador ritmo que amenazaba con destrozar el viejo y destartalado sistema de sonido. Sierra frenó en seco.

—¡Ese es mi tema! —exclamó, agarrando a Robbie por el hombro.

En realidad, no lo era en absoluto. Pero la canción que sonaba por las bocinas sí que era contagiosa: el doble golpe de batería le llegaba a uno hasta el tuétano, y los *cliquiti clac* de las baquetas en el aro del redoblante brincaban como un par de fantasmas tartamudos. En casa, para relajarse o hacer las tareas de la escuela, Sierra prefería el metal experimental y el alternativo pero, en una pista de baile, aquello era infinitamente mejor. Guió a Robbie entre el numeroso grupo de jóvenes. El chico sonreía, pero con cara de preocupación.

—¿Qué pasa? —le preguntó Sierra, riendo—. ¿No te atreves a bailar ningún ritmo posterior a 1943?

—Es que...

—¡Vamos! —No era fácil resistirse a aquella música en un club atestado de humo—. Muévete. Haz algo.

Robbie agarró el ritmo enseguida y arrancó a bailar dando unos brinquitos extrañísimos, moviendo los largos brazos en círculos.

—Con eso basta —dijo Sierra, sonriendo.

La pista estaba tan llena que los bailarines se apiñaban unos encima de los otros. Sierra advirtió que los personajes de los murales los imitaban: los ángeles que volaban en espiral se arrimaban a otros ángeles, el militar le hacía mimos a una sirena, hasta las palmeras se acariciaban las ramas oscilando seductoramente.

Sierra sudaba tanto que su piel morena brillaba; solo esperaba que eso fuera sexy y no algo asqueroso, propio de una clase de gimnasia. Al mirar a Robbie, respiró aliviada: él estaba más empapado todavía. Le agarró una mano y giró, envolviéndose a sí misma con su largo brazo.

—No se te ocurra ponerte baboso, ¿eh? Déjate llevar —le susurró.

Robbie se rio y tropezó. Sierra puso los ojos en blanco. El chico le puso una mano en la cadera y poco a poco fue recuperando el ritmo, su cuerpo muy cerca de ella. La canción se acabó de golpe. Varios raperos se acercaron al escenario y comenzaron a turnarse para soltar dieciséis compases en varios idiomas. Robbie y Sierra se quedaron donde estaban, brincando al ritmo del rap, mientras sus cuerpos chocaban empapados, dejando que los otros bailarines, los murales vivientes y la ciudad entera se destiñeran en una única y colorida nebulosa.

Al volverse para mirar a Robbie, Sierra se encontró con la cara del chico increíblemente cerca. Sonrió y apoyó la mejilla en la de él; sintió la caricia de una barba incipiente y olió el sudor mezclado con un aroma a almizcle.

Cuando empezó otra canción grabada, la gente se dirigió hacia las mesas.

—Salgamos —dijo Robbie, jadeando—. Vamos a tomar aire.

La llovizna veraniega les supo a gloria tras el ambiente cargado del Club Kalfour. Se recostaron a una pared de ladrillo y miraron pasar los autos.

—Ha sido la mejor noche de mi vida —dijo Sierra.

Robbie sonrió de oreja a oreja y Sierra se dio cuenta de que la miraba de reojo. ¡Qué fácil sería ponerse de puntillas y plantarle un beso en el cuello! Él la miraría y le sonreiría, y pasarían fuera toda la noche y, de alguna manera, todo tendría sentido.

—¿Robbie? —dijo Sierra, alzando la vista para mirarlo.

—¿Mmm?

Aquel cuello la atraía como el rayo tractor de las películas de ciencia ficción que tanto le gustaban a su hermano Juan. Entreabrió los labios.

—¡Uy!—exclamó Robbie, mirando por encima del hombro de la chica y apartándose de ella.

—¿Qué pasa?—protestó Sierra.

—Viene alguien. ¿Lo ves?

Al final de la cuadra, un alto corpúsculo se erguía en la penumbra, mirándolos fijamente.

DIECISÉIS

—¡Corre, Sierra! —gritó Robbie—. ¡Vete! Yo me encargaré de él. ¡Lárgate!

—Eso dijiste la otra vez, ¡y esa maldita cosa casi me atrapa!

Robbie echó a correr hacia la tétrica figura.

—¡Corre, Sierra! —volvió a gritar.

En ese momento, otro corpúsculo dobló la esquina opuesta y salió disparado hacia ellos. Era Vernon, o más bien su pobre cadáver poseído. Sierra y Robbie estaban atrapados entre ambos.

—¡Corre! —repitió por tercera vez el chico.

Ya estaba casi en la esquina, donde el primer corpúsculo miraba la calle arriba y abajo.

El cadáver de Vernon se detuvo en medio de la acera y clavó los ojos en Sierra, que se quedó sin aliento y retrocedió un paso. El corpúsculo siguió acercándose.

Desde algún lugar, Robbie gritaba cosas ininteligibles. Daba igual. Vernon o quién fuese no mostraba el menor interés por él. Sierra se escurrió a toda prisa por la bocacalle más cercana, que desembocaba en una amplia avenida. Cruzó como una flecha, dobló otra esquina y siguió corriendo a toda velocidad.

Era la primera vez que pisaba Flatbush, así que ni se molestó en pensar adónde ir. Cuando uno se pierde en Brooklyn, encuentra tiendas en casi todas las cuadras, y los dependientes siempre indican el camino hacia la estación de metro más próxima. Pero esta vez Sierra se había metido en una zona casi suburbana, de casas aisladas con jardines y columpios en el portal. Era aterrador. Las mansiones de estilo sureño la miraban con recelo, como si ella pretendiera desvelar sus oscuros secretos o robar sus preciados tesoros. Dobló una esquina tras otra, jadeando, por un interminable laberinto nocturno de calles durmientes bordeadas de árboles.

La llovizna se había convertido en un chaparrón que caía en cascadas sobre el pavimento, repicaba sobre los autos estacionados y formaba charcos a los lados de la acera. Sierra siguió corriendo hasta que sintió que le estallaba el pecho. Cuando por fin se detuvo, no había ningún corpúsculo a la vista, sin embargo...

Algo la seguía.

Estaba tan segura como si lo viera; pero cuando entrecerró los ojos y observó detenidamente las oscuras y empapadas calles, no vio nada.

—Y este tipo se desaparece cada vez que se pone fea la cosa —farfulló—. La próxima vez que lo vea, lo mato.

Dobló otra esquina. Apenas había dado unos pasos cuando sintió una respiración ronca y sibilante. Una sombra alta se alejó revoloteando justo cuando ella se volteó... Tampoco había nadie esta vez.

"Está bien —pensó—. Robbie dijo que los espíritus eran sus amigos y maestros, que ellos lo protegían".

—¡Estoy aquí! —gritó a la calle desierta—. ¡Protégeme! Estaba orgullosa de lo bien que se las había arreglado para fingir serenidad, quedándose allí, de pie y sin temblar, mientras esperaba la llegada de algún espectro misterioso.

—¡Vamos! —volvió a gritar.

Seguía lloviendo. En aquellas mansiones, tras los cristales oscuros, dormían a pierna suelta los blancos adinerados. Puede que alguno estuviera espiando por la ventana, preguntándose qué demonios hacía esa puertorriqueña loca en su calle.

Por encima del interminable diluvio volvió a escuchar aquella especie de estertor. Siguiendo las indicaciones de Robbie, entrecerró los ojos y relajó la vista. Al principio solo distinguió la lluvia y la luz de las farolas. Después, tras un auto cercano, una sombra apareció de repente en absoluto silencio. Era inmensa, mucho más grande que los espíritus del club, y su titilante oscuridad giraba sin parar como si fuera lava negra. Mientras avanzaba renqueando, disparó un largo apéndice hacia delante y siguió andando torpemente sobre dos patas, como un gigante herido.

La compostura de la que Sierra hacía gala unos segundos antes se esfumó al momento. Sus ojos se desorbitaron y la sombra se desvaneció. Cuando se recuperó un poco y entrecerró los ojos de nuevo, la tenía a unos pasos. Le costó muchísimo no acurrucarse en la acera cuando aquel ser siguió arrastrándose hasta cernirse sobre ella. Sintió un olor fuerte y agrio, un hedor antiguo que la empujaba a salir corriendo, pero se mantuvo firme. La infinita vacuidad del fantasma se expandía y se contraía entre jadeos prolongados y estridentes. No transmitía la cálida oscuridad de los espíritus del club, sino más bien un vacío, como si la chica se asomara a un agujero negro.

Una boca, abierta de par en par en un grito mudo, emergió de la estilizada vacuidad de la criatura y luego desapareció. Sierra contuvo la respiración. Otra boca apareció en el hombro del engendro, haciendo muecas y rechinando los dientes. Cuando desapareció, emergieron dos más. Al fin, toda la criatura gemía y rechinaba los dientes y aullaba por sus múltiples bocas.

—Sierra.

No era una sola voz, sino capas y capas de voces superpuestas y discordantes. Sonaba como cuando Juan tocaba en el piano un montón de teclas al mismo tiempo.

—Veamos.

El burlón coro retumbaba en la cabeza de la chica.

—¿Qué han hecho de ti? Hummm... Ven, déjanos ver.

Del espectro salió un nuevo apéndice para tocar a Sierra; de inmediato, aquel brazo siniestro se llenó de bocas agonizantes.

Sierra dio media vuelta y salió disparada. Tropezó con sus propios pies y recuperó a duras penas el equilibrio. Al intentar correr de nuevo, le resultó casi imposible moverse. Tuvo la impresión de que le habían echado una red invisible por encima y la arrastraban hacia atrás. Al girar con dificultad la cabeza, entrevió a la enorme criatura avanzando hacia ella con pasos torpes. Era incapaz de pensar. Solo podía concentrarse en el modo de romper aquello que la aprisionaba. Dio una patada, gruñendo por el esfuerzo, y luego otra. Ardía por dentro. La criatura siseaba, crujía y lanzaba estertores mientras avanzaba. Sierra se dio cuenta de que ya casi la tenía encima.

Gritó y se las apañó para dar otros dos pasos, pero tuvo que detenerse y recuperar el aliento. Miró hacia atrás, jadeando.

La sombra se inclinó hacia delante y la agarró por la muñeca. Todas y cada una de las células del cuerpo de la chica se incendiaron. La horrenda y gélida esencia de la sombra serpenteó bajo la piel de su brazo izquierdo. Sierra sintió que se quedaba sin aire y se desplomó sobre la calle mojada.

—Sierra —dijeron al unísono las voces—. Ahhh... Guardas muchos secretos. Ahora dinos, ¿dónde está Lucera?

Entonces la oscuridad la envolvió y un grito se le atascó en la garganta, cuando la sombra se apoderó de ella.

DIECISIETE

—¿Qué demonios...? —La voz sonaba a kilómetros de distancia—. ¿Pero qué pasa aquí?

Sierra notó que, poco a poco, recuperaba el movimiento.

—¿Quién está ahí? —dijo otra voz, un poco más cerca.

—Es una joven hispana, y parece herida.

A su alrededor, todo estaba teñido por una bruma dorada. Se levantó de la acera pero se quedó en cuclillas, con la ropa empapada pegada al cuerpo.

—¿Lucera? ¿Eres tú?

—¿Llamaron a la policía? —preguntó alguien.

—¿Lucera? —musitó Sierra. La visión se le estaba aclarando, pero el mundo seguía inmerso en un brillo dorado.

—Sí, yo llamé —dijo un hombre; fuera quien fuese, parecía molesto.

Sierra luchó contra la gravedad y consiguió levantarse. A unos metros de distancia, tres imponentes mortajas doradas brillaban en medio de la calle. Parecían gigantes encapuchados en aquella bruma luminosa. Distinguió los bordes de largas túnicas colgando de capuchas que ocultaban los rostros.

Debían de medir más de dos metros de estatura.

—¿Lucera?

Sierra suponía que las mortajas no eran Lucera, no podían serlo. Algo inmenso se desplegó en el aire y la chica se precipitó otra vez contra el suelo. Al mirar hacia arriba, entornando los ojos por el dolor, vio que la espantosa sombra había vuelto y arremetía contra las mortajas, eclipsando su poderosa luz dorada.

—¡Saquen a esa muchacha de ahí! —exigió una mujer.

Al parecer, nadie veía a la sombra ni a las mortajas.

—Es demasiado tarde —dijeron las mortajas. El susurro fue como una explosión dentro de la adolorida cabeza de Sierra—. Has fallado.

Unas bocas aullantes se abrieron a través de la inmensa sombra negra.

—¡NO!

La sombra proyectó un largo brazo hacia las mortajas.

—¿Pero es que nadie piensa ayudarla? —gritó alguien.

Las tres mortajas alzaron las manos al mismo tiempo. La sombra aulló y retrocedió, dando tumbos hacia Sierra, y voló calle abajo hasta fundirse con la noche. Las mortajas se voltearon hacia la chica, la miraron atentamente un momento y luego se desvanecieron en el aire.

Los colores regresaron a las lánguidas siluetas; las farolas destellaban en las capotas de los autos. La espantosa sombra aullante no se veía por ningún sitio.

—¡Será otra drogadicta de ese maldito club dominicano de Flatbush!

—¡Que alguien haga algo!

Cuando Sierra oyó sirenas a lo lejos, sintió un pánico absoluto en el pecho. ¿Qué clase de sombra era aquella? ¿Y las mortajas? Y ahora la policía... Tenía que salir de allí lo antes posible, pero apenas podía mantenerse en pie. Al menos, el chaparrón se había reducido a una llovizna.

—¡Oye! —gritó alguien desde una casa—. ¡Niña, fuera de aquí! ¡Vete!

—¿Pero qué te pasa, Richard? No ves que está herida...

Sierra apoyó una mano temblorosa en el lujoso auto estacionado a su lado y trató de equilibrarse. Alguien se acercaba en bicicleta, pedaleando entre los charcos. La chica miró hacia la calle. No podía ser...

—¡Sierra! —dijo la voz de su hermano.

—¿Juan?

Tuvo que contenerse para no llorar al verlo allí delante de ella, empapado y sonriendo como un tonto. Pero la sonrisa del chico se borró de cuajo en cuanto vio el rostro lloroso y aterrado de su hermana.

—Por Dios, Sierra, ¿qué te pasó?

—No... sé... —suspiró ella, abrazando torpemente a su hermano—. ¡Sácame de aquí!

—Claro, mi hermanita. Sube.

Hacía años que Sierra no se montaba en la parrilla trasera de la bicicleta de su hermano. Exactamente desde aquella preciosa tarde veraniega en que ambos recorrían DeKalb Avenue y Juan se puso a cotorrear con una joven que encontraron por el camino.

Dieron con un bache y ambos acabaron en el hospital Kings County, Sierra con una contusión y una cicatriz permanente en una ceja, y Juan con una muñeca fracturada y el orgullo herido. Mientras yacían uno al lado del otro en las camillas, Sierra juró que jamás de los jamases volvería a montarse en aquella estúpida bicicleta.

Pero, en esta noche terrorífica, la consolaba estar detrás de su hermano con las manos en sus hombros, mirando cómo brincaba su cabeza de pelos erizados, mientras pedaleaban por Ocean Avenue, y los hermosos suburbios daban paso a puestos de verduras y restaurantes asiáticos abiertos toda la noche. Hasta la lluvia era ahora una bendición sobre su acalorado rostro, y el cálido viento de junio se llevaba parte del terror por lo sucedido. La penumbra lúgubre de Prospect Park se asomaba frente a ellos.

—Juan —dijo Sierra, apretándole los hombros—. ¿Cómo me encontraste? Tú nunca vienes en bicicleta a Flatbush. Además, se suponía que estabas con tu grupo en Connecticut o por ahí.

Juan no dijo ni una palabra.

—¿Juan?

—Regresé para ver cómo estaban.

—No sabes mentir.

—Las sombras me condujeron hasta ti.

Sierra apoyó un pie en la calle y la bicicleta casi se vuelca.

—¿Pero qué haces? —chilló Juan, frenando a duras penas.

—¿Qué sabes tú de las sombras?

—Un par de cosas, creo —dijo el chico, apartando la vista.

—¡Juan! —Sierra se bajó de la bicicleta para mirar a su hermano directamente a los ojos—. ¿Qué está pasando?

—Oye, yo podría preguntarte lo mismo. Si me cuentas lo que te acaba de pasar, te contaré lo que sé de las sombras.

—De acuerdo. Tú primero.

Juan hizo una mueca y exhaló un resoplido, el mismo gesto de frustración que llevaba haciendo toda la vida.

—Quien primero me habló del tema fue Abuelo Lázaro.

—¿Cuándo?

—Cuando yo tenía como... no sé, diez años.

—¿Diez años? —Sierra se cruzó de brazos—. ¿Es una broma?

—Para nada. Dijo que me estaba transmitiendo su legado o algo así.

—¿Qué legado?

—Una especie de mundillo espiritual de aquí de Brooklyn al que abuelo pertenecía. Tenía una relación muy estrecha con ese mundo. Él era como el de relaciones públicas con los espíritus, supongo, y realizó su trabajo hasta que tuvo el derrame.

Sierra miró fijamente a su hermano. La lluvia era como una bruma que acariciaba su piel. Los autos sonaban la bocina y les pasaban por el lado, emitiendo fragmentos musicales de cualquiera de los nuevos sencillos que sonaban en la radio a todas horas, pero ella no los oía. Todos estos años se había culpado a sí misma por mantener una relación superficial con su abuelo, y ahora resultaba que estaba metido hasta las cejas en un universo sobrenatural del que solo le había hablado a Juan.

—¿Y Gael sabe algo de esto?

—Creo que el abuelo trató de contárselo antes de que yo naciera, pero Gael no quiso saber nada del asunto.

—¿Por qué... por qué no me lo contó a mí?

—No sé. —Juan se encogió de hombros—. Ya conoces al abuelo. Es de la vieja escuela. O sea, machista. Quizá pensó que no lo entenderías... y con razón.

Sierra tuvo que contenerse para no pegarle una bofetada. Su hermano advirtió sus intenciones.

—Está bien, retiro lo último.

—¿Por qué no me lo contaste *tú*?

—Porque hubieras pensado que me faltaba un tornillo, supongo. Además, el viejo me hizo jurar que no se lo contaría a nadie. Dijo que podía ser peligroso.

Sierra miró las gotitas de lluvia que bailoteaban junto a una farola. El dolor y la rabia se entremezclaron en su interior, y tuvo que contenerse para no llorar a lágrima viva. Ese no era el momento.

—¿Podríamos... marcharnos? —preguntó Juan—. Estoy empapado. Por el camino me cuentas qué te pasó.

DIECIOCHO

Más tarde, aquella misma noche, Sierra esperaba al pie de la cama del Abuelo Lázaro, tiesa como un palo. La lluvia entonaba su amable canción sobre los amplios ventanales y, fuera, las luces de Brooklyn difuminaban la oscuridad. Estudió el rostro ajado de su abuelo dormido —la boca abierta y desdentada, las dilatadas aletas de la nariz—, bañado por el cálido resplandor de la lamparita de leer.

—¿Por qué? —dijo, observando el pecho enflaquecido que subía y bajaba debajo de las sábanas—. ¿Por qué no me hablaste nunca de esto? —Sollozó, y una lágrima se deslizó por su mejilla—. Y sigues sin querer decirme qué está pasando, viejo.

Lázaro se movió un poco, pero no llegó a despertarse. Sierra lo miró fijamente, sintiendo los fuertes latidos de su corazón.

—Esta noche casi me matan. ¿Por qué? ¿A qué clase de club pertenecías que por poco hace que pierda la vida? ¿Creías que ibas a...? —La voz le falló, pero se negaba a llorar frente a su abuelo—. ¿Creías que con tu silencio podrías protegerme?

Se apartó de la cama y salió del apartamento dando un portazo.

Ya en su cuarto, se zafó las trenzas y se quedó mirando al espejo. Su afro ahora llevaba las huellas del trabajo de Bennie, pero no tenía ganas de cepillarse. Bien peinada, mal peinada, qué tonterías. Se tiró un beso a sí misma, le sacó el dedo a una tía Rosa imaginaria y bajó con paso firme las escaleras.

Juan levantó la mirada de su guitarra acústica llena de pegatinas al oírla llegar. Estaba sentado a la mesa de la cocina, con una bolsa de papas fritas y un refresco.

—¿Terminaste de lloriquear? —preguntó—. Porque tenemos que hablar muy en serio de lo de esta noche.

—¡Tienes razón! —Sierra giró una silla y se sentó a horcajadas frente a su hermano.

—Y puedes empezar tú, agradeciéndome por salvarte.

Sierra se encogió de hombros y desvió la mirada.

—Gracias —dijo en voz baja—. Pero, ¿cómo pudiste dar conmigo?

—¿Tienes hambre?

—Juan, ¡son las doce de la noche!

—Ya. —El muchacho se levantó de un salto y empezó a rebuscar por los armarios—. ¡La hora perfecta para el primer desayuno del día!

—De acuerdo, pero no te creas que eso te va a librar de contarme por qué apareciste en Flatbush.

Juan partió unos huevos en un tazón.

—Pues estábamos en casa de un socio al norte del estado...

—¿Al norte de Nueva York? ¿La gente de allí escucha a Culebra?

—¿Qué dijiste? A nosotros nos escuchan en todas partes.

—Pero... ¿viven puertorriqueños al norte de Nueva York?

—Qué sé yo, Sierra, a lo mejor. ¡Pero yo hablo de los blancos!

—¡No me digas!

—¡Te lo juro por Dios! A los blanquitos les encanta nuestra música. Nos adoran. Hasta cantan con nosotros en los conciertos.

—Pero ustedes cantan muchas canciones en español.

—Ya. Figúrate. ¿Me dejas terminar lo que estaba diciendo?

Sierra se entretuvo recogiendo de la mesa unos catálogos de publicidad y papeles del trabajo de su mamá.

—Por supuesto.

Juan abrió el refrigerador.

—¡Mamá hizo yuca! ¡Qué bien! —Sacó un cuenco de cerámica tapado con una envoltura de plástico y echó varios trozos de yuca en la sartén—. El caso es que estábamos en casa del tipo ese, fiestando o lo que sea, pasando el rato, y presentí algo. Tengo las habilidades de los formasombras, digamos; el abuelo me inició, pero las utilizo poco; el asunto me sigue pareciendo bastante desquiciado, la verdad. Pero sentí como un cosquilleo en el pecho, y después me pareció que la habitación se llenaba de gente. Y, de pronto, allí estaban: seis espíritus nada menos.

—¡Vaya! ¿Y tuviste que entrecerrar los ojos y relajar la vista y todo eso?

—Ah, conque ya sabes un par de cosas, ¿eh?

Sierra apartó la mirada de nuevo.

—No gracias a ti.

Juan removió la mezcla de huevos y yuca con una espátula.

—En fin, pues no, yo no hice lo de los ojos. Después de un tiempo, puedes verlos sin necesidad de hacer nada. Y allí estaban, chismorreando entre ellos como de costumbre.

—¿Pueden hablar?

—Más o menos. Los oyes en tu cabeza y te das cuenta de que no son pensamientos. Solo lo puedes comprender cuando lo experimentas.

Sierra recordó la espantosa voz del espectro resonando en su interior y se estremeció.

—Creo que ya sé de qué hablas.

—El caso es que los espíritus me dijeron que corrías peligro, mucho peligro.

Sierra volvió a sentarse a la mesa; era como si le hubieran lanzado un jarro de agua helada, pero por dentro. Era consciente de que tenía problemas, pero esa noche, por primera vez, se había enfrentado a la muerte cara a cara. No obstante, enterarse de que aquellas sombras extrañas podían pensar lo empeoraba todo aún más.

—No sé qué decir.

—Así que tomé el primer ómnibus que venía para acá.

—¿No tenías conciertos?

—Sí, pero los cancelé.

—Ah... Gracias, Juan.

—Eres mi hermana y estabas en peligro. Además, siempre habrá otros conciertos. Le dije al Gordo que nos organizara un *show* acústico en El Mar mañana por la noche. Ya sabes, por los viejos tiempos, o lo que sea.

El Gordo era un viejo cubano grandote que había sido maestro de música de Juan desde que era pequeño. Incluso tocaba con Culebra cuando tenían conciertos en Nueva York.

—Entonces, Robbie... —dijo Juan mientras seguía removiendo su mejunje amarillo lleno de grumos. El fuerte olor del ajo invadió la cocina—. ¿Desapareció? Ese chico siempre ha sido un poco raro.

—Cuando lo vea, le voy a dar un bofetón —soltó Sierra—. ¡Dejarme sola con un montón de fantasmas y cosas raras!

—Sí, eso está muy mal. ¿Me alcanzas dos platos?

Sierra reprimió una sonrisita burlona: le daba un poco de placer ser más alta que su hermano mayor.

—O sea, a ver si entendí —dijo, colocando los platos en la mesa—. Según Robbie, las sombras son espíritus que andan por ahí dando vueltas, hasta que el formasombras va y les da forma, ¿no?

—Exacto —Juan puso los cubiertos en la mesa y le dio un vaso a su hermana—. Les da forma con una pintura, una escultura...

—Y el espíritu de la sombra se mete en esa forma *atravesando* al formasombras, ¿no?

—Y es ahí cuando las sombras se vuelven más poderosas y hacen cosas geniales o lo que sea.

—¿Es eso lo que dice el manual oficial, Juan? ¿Que pueden hacer cosas geniales?

—¡Tú sabes de lo que estoy hablando! —dijo Juan, poniendo los ojos en blanco, y se sirvió revoltillo con yuca.

—¿Y qué tipo de formas hacía el abuelo?

—Abuelo Lázaro era un cuentacuentos, ¿recuerdas? Por lo visto, eso es algo muy raro y poderoso. Normalmente, los formasombras pintan retratos, como el de Papá Acevedo.

—¿Cuentacuentos? Por las noches nos contaba unos cuentos estupendos, pero... —Sierra suspiró. La lista de cosas que ignoraba sobre su abuelo crecía sin parar.

—Pues se le daba muy bien, según dicen. Yo nunca lo vi en acción. Pero he oído que cuando un espíritu se le acercaba, el abuelo se limitaba a quedarse quieto y murmurar. Entonces, lo que estuviera murmurando tomaba forma a su alrededor, literalmente, como salido de la nada, y se ponía a perseguir tipos malos y demás. Las sombras hacían todo lo que él les ordenaba. En eso el abuelo era un gánster de película.

"Y ahora mi abuelo casi no puede ni hablar", pensó Sierra. Suspiró de nuevo. Los pensamientos se le agolpaban en la cabeza, contaminados por la imagen de aquella criatura sombría que daba tumbos hacia ella y la risa inhumana de las mortajas doradas.

—Entonces, ¿no sabes qué era esa cosa enorme? —preguntó Sierra.

—¿La sombra llena de bocas que se te echó encima? Nunca he oído hablar de algo así, y de las cosas doradas tampoco. Eso debe estar a otro nivel. Yo solo conozco a las sombras altas y flacuchas. Lo siento, hermanita.

—No pasa nada —dijo Sierra.

Comió a toda prisa, le dio las buenas noches a su hermano y subió corriendo a su cuarto. Alguien estaba tras ella, tras todos los formasombras. Quizá Wick tuviera la respuesta. Se sentó en la cama y abrió el diario del profesor.

¡Qué desgracia! Yo no puedo crear. Soy un científico. Solo estoy capacitado para la observación y el análisis. No puedo crear de la nada como el pintor Mauricio Acevedo o el Viejo Crane, que es un simple obrero metalúrgico.

Los espíritus, por razones que todavía no entiendo, rehúyen todos mis intentos de canalizarlos hacia mis mediocres obras. Puedo enviarlos a las de otros, incluso dar vida a ciertos objetos, y los resultados son brillantes, pero se niegan a entrar en mi propio trabajo.

Con Lucera desaparecida, hay un gran vacío de poder. No obstante, aquí estoy yo, un extraño tan habilidoso como cualquiera de los sabios, sobre todo considerando el poco tiempo transcurrido desde mi iniciación, y que siempre he sido leal a Lázaro... Sí, con las afligidas he avanzado mucho, y L. no tiene por qué enterarse. Ahora son mis poderes, forman parte de mí.

Las afligidas. Las había mencionado antes. Eso parecía otra cosa secreta de aquella especie de secta. Sierra lo anotó en un papel.

Aun así, cuando le comento a Lázaro lo de llenar el vacío que esa mujer autoritaria dejó, lo único que recibo por respuesta son murmullos e indiferencia.

Este fin de semana le diré otra vez que quiero encargarme de la labor que Lucera ha dejado vacante. Según tengo entendido, solo ella puede ceder los poderes que ostenta.

Seguro que él sabe dónde está. Y si ella no atiende a razones, es posible que él me ayude a convencerla. Lucera debe comprender que uno no puede abandonar su puesto así como así, habiendo tantas sombras que dependen de ella... No. Tal poder debe compartirse. La persuadiré, si no por medio de la lógica, por el hecho de que los desastrosos efectos de su exilio son cada vez más evidentes: la disgregación de los forma-sombras parece imparable. Lázaro no tiene hijos varones para dejarles su legado y sus hijas no quieren saber nada del asunto. (Tiene tres nietos, quizá habría que investigar esa nueva generación de hechiceros). Por todo Brooklyn, los murales han comenzado a desteñirse. Es un proceso lento, pero el hecho de que esté sucediendo debería convencer a Lucera de la urgencia del problema. ¡Hay que salvar a los formasombras! ¡Lázaro debe contármelo todo! Esta noche lo convenceré.

La anotación tenía fecha del 16 de marzo del año anterior, tres días antes del derrame cerebral de su abuelo. ¿Habrá tenido que ver Wick con eso? ¿Qué fue lo que hizo en realidad?

DIECINUEVE

Sierra sentía que muchas manos tiraban de su ropa; otras la sujetaban para impedir que se alejara flotando por un mar infinito y vacío. Supo que la ayudarían a volver a la superficie si era capaz de averiguar en qué dirección iba. Durante un momento se mantuvo en las profundidades, entre la euforia y la más absoluta desolación, completamente sola, pero rodeada por las manos de un millón de antepasados susurrantes.

Entonces vio una luz titilando a lo lejos, un brillo tenue y dorado que ondeaba como una bandera agitada por una brisa de verano. Se concentró en esa luz y les dijo a las manos del mar adónde quería ir. Se dejó llevar por los violentos remolinos de agua que la empujaban hacia la superficie.

En ese momento, algo chocó contra el cristal de su ventana: *clac*.

La chica se despertó bañada en sudor. Antes de acostarse, estaba tan cansada que ni siquiera se había quitado la ropa de calle. De la rabia y el miedo que había sentido durante las últimas horas solo le quedaba un fuerte dolor de cabeza. La noche la rodeaba como una gruesa manta, rota únicamente por las pequeñas líneas rojas de los números del despertador. Era casi la una.

Clac.

Miró por la ventana, pero solo pudo distinguir las luces en los patios de los vecinos. ¿Quién andaba a esa hora en la parte trasera de su casa? Cruzó la habitación como un rayo y se detuvo a un lado de la ventana, con la espalda contra la pared, en posición defensiva; extendió el brazo y abrió la malla de la ventana.

—¿Vas a dejarte ver o solo quieres romper los cristales? —susurró en la oscuridad.

—¡Soy yo! —dijo alguien desde abajo.

—¿Y quién es yo?

—Robbie.

Ah, otra vez la rabia, acompañada de un poco de nerviosismo.

—Sube, anda —dijo Sierra, intentando disimular el enfado.

La escalera de incendios hizo un ruido y se tambaleó. De pronto, la cara sonriente de Robbie apareció en la ventana.

—¡Hola! —dijo el muchacho.

El bofetón fue olímpico. Sierra sintió en la mano hasta la pelusilla de su barba, nada que ver con la rasposa mejilla de su padre. Robbie giró la cabeza y casi pierde el equilibrio y se cae.

—¿A qué viene esto? —protestó.

—¿Cómo se te ocurre dejar a una chica sola con un montón de tipos malos por ahí? ¡Imbécil!

—Yo...

—No. Tú no. Tú te largaste. Punto.

—Pero yo...

—Si no me dices ahora mismo "Lo siento, Sierra, me equivoqué", te empujo por la escalera, Robbie. Te lo juro por Dios.

Se miraron fijamente durante al menos veinte segundos, hasta que Sierra se dio cuenta de que la expresión del chico se suavizaba.

—Lo siento, Sierra —dijo Robbie, despacio—. Me equivoqué... por completo.

—Lo dices de verdad.

—Pareces sorprendida.

—Las disculpas dadas bajo amenaza no suelen sonar verdaderas.

—¿Puedo entrar?

—No.

—¿Quieres que me vaya?

—En realidad, no.

—¿Y entonces qué hago?

—Quedarte ahí, supongo. —Sierra retrocedió hasta la cama y se sentó con las piernas cruzadas y la cara apoyada en las manos. Aquel bofetón le había dado una perspectiva completamente nueva a la siniestra noche—. Veamos, ¿qué excusa extraordinaria tienes para haberte portado como un cavernícola?

—Pensé —dijo Robbie con cautela— que ese tipo solo me perseguía a mí.

—Eso te pasa por egocéntrico.

—Y entonces, cuando vi al otro, ya era tarde para volver

atrás. En cuanto me libré del primero fui a buscarte, pero ya no estabas.

—Creí que me moría, Robbie.

—Lo siento. Lo siento muchísimo.

A Sierra se le hizo un nudo en la garganta. Recordaba la sombra inmensa arremetiendo contra ella como un monstruo herido, la risa cruel de las mortajas, los secretos de su abuelo, y sentía que todo se le venía encima.

—¿Cómo sé que no estás de su parte? —inquirió, mirando a Robbie con desconfianza. Bennie se lo había advertido—. Cada vez que estamos juntos, pasa algo malo y tú desapareces. ¿Qué pensarías tú en mi lugar?

—Me parecería sospechoso. —Robbie se dispuso a cruzar la ventana.

—Ni lo pienses. No entres —dijo Sierra—. No confío en ti. No te conozco. No eres más que un estúpido que pinta. No me has traído más que problemas.

—Yo no...

—Pssss.

—¿Qué?

—Estoy pensando —dijo Sierra.

El horror que había sentido al huir del engendro de Flatbush la asaltaba de nuevo, pero también recordaba la expresión de Robbie en las dos ocasiones en que fueron sorprendidos por corpúsculos. En ambas, él también parecía muerto de miedo, y eso era muy difícil de fingir.

—Sierra, puedes confiar en mí, de verdad.

—Calla. No te empeñes en convencerme. Me convences más cuando estás en silencio.

—Ah, perdón.

Sierra se levantó y dio un paso hacia la ventana, sin quitarle un ojo de encima a Robbie. El chico se mordía los labios, haciendo todo lo posible por mantener la boca cerrada.

—He pasado... —Sierra se frotó la frente; no quería pensar más, quería dejar que las palabras salieran por su cuenta—. He pasado una muy, muy mala noche, Robbie.

—¿Quieres que hablemos de eso?

—Sí. No. No sé. Algo me atacó en Flatbush después de que te fuiste, y...

—Lo sient...

Sierra levantó la mano para interrumpirlo.

—Calla, calla. Déjame hablar. Mi hermano Juan apareció y me trajo a casa. El monstruo no me hizo daño, creo... Al menos que yo sepa, pero... creí que me iba a matar, nunca me había sentido tan cerca de la muerte, a merced de algo tan enorme y espantoso. Y nadie me ayudó. La gente de ese barrio pensaba que era otra hispana drogadicta o borracha o qué se yo. Juan me confesó que desde niño sabía lo de los formasombras, pero a mí mi abuelo nunca me contó nada, Robbie, nada de nada; y ahora es un vegetal medio tartamudo y mi mamá no quiere hablar del tema y niega lo que tiene delante de las narices, como si la avergonzara, mientras yo solo intento llegar al fondo de un asunto que en realidad no tiene nada que ver conmigo y...

Le tembló la voz; un profundo sollozo se le atoró en la garganta, listo para salir disparado. Robbie escuchaba con la cabeza gacha.

Sierra respiró profundo e intentó calmarse.

—Eso de los formasombras es solo para hombres, supongo, y estoy cansada y asustada y triste, todo a la vez, Robbie, y no sé qué estoy más, porque me siento fatal en todos los sentidos.

—Sierra...

La chica levantó la mirada y vio que Robbie había entrado a su cuarto y estaba muy cerca.

—Y entonces vienes tú y desapareces, el único en quien confiaba, el único que entendía lo que estaba pasando.

—Sierra.

Los brazos de Robbie la envolvieron y Sierra se sintió a gusto. Apoyó la cabeza en su hombro.

—No dije que pudieras entrar, ¿sabes?

—Lo sé.

—Pero puedes.

—Gracias.

Se abrazaron durante unos minutos, respirando al unísono, mientras sus cuerpos se mecían suavemente al ritmo de la música silenciosa que la noche tocaba para ellos.

—Lo siento —dijo Robbie por fin, acariciándole la espalda.

Sierra se preguntó cuánto tiempo se deslizarían por allí sus manos, y deseó que una de ellas le levantara la barbilla para que su boca se encontrara con la suya; aunque no sabía qué tenía que hacer si eso sucedía.

—Eso ya lo has dicho —musitó.

—Pues aún me parece poco. ¿Cómo... cómo era? Lo que te atacó esta noche en Flatbush, quiero decir.

—No... Todavía no estoy preparada para hablar de eso. —Siguió abrazándolo un momento, para que sus manos ahuyentaran el miedo—. Oye, enséñame esos pasos haitianos que bailaste en la disco.

Robbie la tomó de la mano, le levantó el brazo y le apoyó la otra mano en la cadera.

—¡Ooooh! ¡Cómo me gustan las chicas con un poco de pancita!

—¡Cierra el pico! —dijo Sierra, y se puso colorada—. Nadie te ha pedido tu opinión.

—No, pero me gustan.

Sierra le estiró el brazo para mirar detenidamente su extenso tatuaje.

—¡Maldita sea! ¡Qué montón de tinta!

—¿Quieres ver el resto? —preguntó Robbie.

Sierra asintió. El chico se quitó la camiseta y ella se quedó sin aliento.

—Mmmmm —dijo, entrecerrando los ojos—. Yo solo quería ver el dibujo, tonto, no tu pechito flacucho.

—Oh, ah, bien.

Pero era una obra impactante: un hombre calvo, de rostro huraño y con el cuerpo tatuado, estaba parado en la cima de una montaña que se curvaba alrededor de la espalda de Robbie, hasta su vientre. El hombre era musculoso y llevaba varias hachas y garrotes colgando de sus numerosos cinturones y fajas.

—¿Por qué siempre pintan a los indios tan serios? ¿Acaso no sonreían?

—Este es un taíno, Sierra.

—¿Qué? Pero si tú eres haitiano. Yo creía que los taínos habían sido compatriotas nuestros.

—También lo fueron de los haitianos. ¿No lo sabías?

—Pues no.

El guerrero taíno observaba un paisaje urbano que atravesaba el abdomen de Robbie y se prolongaba hasta su espalda. Al ver la torre del reloj, Sierra cayó en la cuenta de que se trataba de Brooklyn. La luna, situada justo debajo de la tetilla izquierda del chico, tenía una mancha extraña.

—¿Qué le pasa a la luna?

—Esa mancha es Haití —contestó Robbie—. ¿Ves este lado plano? Aquí está la frontera con la República Dominicana.

—¡Ah, claro!

Enfrente del taíno, un tipo con aspecto de guerrero zulú esperaba en posición de firmes, rodeado por las luces de Brooklyn. Sostenía un enorme escudo en una mano y una lanza en la otra, y parecía más que dispuesto a liquidar a alguien.

—Y aquí tienes a un africano muy, pero que muy enojado —dijo Sierra.

—Como no sé de qué tribu desciende mi gente, salió bastante genérico.

—Ah, estos son... ¿tus antepasados?

—Sí. Para mí, este es el tipo de mural más sagrado. Mi fuente de poder... ancestral.

Sierra recordó la curiosidad con que miraba de niña los tatuajes que se asomaban por las mangas de Mauricio cuando el Abuelo Lázaro la llevaba a El Vertedero.

—Date la vuelta.

Justo en la axila de Robbie, un hombrecillo con un sombrero de tres picos y uniforme colonial miraba suspicazmente a un lado mientras aferraba su espada enfundada.

—Y también tienes algo de francés, ¿no?

—*Oui* —contestó Robbie—, una chispa.

Sierra puso los ojos en blanco. El puente de Brooklyn se alzaba sobre el paisaje urbano hasta llegar al cuello de Robbie. Las estrellas se desperdigaban por sus hombros. Unas líneas en espiral representaban una ráfaga de viento y algunas nubes. Aquello era una verdadera obra de arte.

—No está mal —dijo Sierra—. Vamos a bailar.

—De acuerdo. —Robbie se puso la camiseta, volvió a tomarle la mano y le puso la otra mano en la cadera—. Mírame los pies.

Se apartó un poco para que ella viera sus pasos. Los movimientos eran rápidos, como en la discoteca; un contoneo sencillo y bonito, antiguo pero informal, como caminar por la calle. Sierra siguió el ritmo con los pies y luego puso en marcha las caderas.

—Ajá —dijo Robbie, sonriendo por fin de oreja a oreja—. Deja que te vea.

El chico la soltó y se sentó en la cama. Sierra mantuvo un suave ritmo de rumba, imaginando la cadencia de las congas acompañadas por una voz suave y vibrante, dejando que los ojos de Robbie la contemplaran. Se volteó sobre sí misma dejándose llevar por el momento. Entonces se entrevió en el espejo de cuerpo entero que colgaba en la puerta de su armario. Por primera vez, se quedó sorprendida por el gran parecido que guardaba con su mamá: la barbilla bien definida, los labios carnosos. La sensación era hermosa y abrumadora a la misma vez. Cerró los ojos y movió lentamente las caderas. En ese momento, las sombras emergieron de los cuatro rincones de la habitación con los brazos al frente, las manos convertidas en garras y las bocas aullantes.

—¡Ay!

La chica giró con brusquedad y apoyó la espalda de golpe contra el armario.

Robbie se levantó de un salto.

—¿Qué pasa?

Estaban solos. No había garras atroces, no había espectros que aullaran en silencio. Sierra meneó la cabeza.

—Nada, imaginaciones mías.

—¿Qué te atacó esta noche? —preguntó Robbie—. ¿Qué tipo de criatura era?

—No lo sé. Se parecía a... a una de las sombras del Kalfour, pero era mucho más grande y tenía los brazos largos y horrendos y... ¡estaba llena de bocas, de bocas que gritaban sin hacer ruido! Y cuando hablaba, era como si hablasen muchas voces a la vez, pero todas sonaban desafinadas y horrorosas y...

Robbie se puso pálido.

—Un tropel de espectros.

—¿Un qué?

—Es como un... es un... ¡Uy...!

—Termina la frase, hombre.

—Solo sé de eso por rumores y dichos y cosas así, pero el tropel de espectros aparece cuando alguien, alguien poderoso, utiliza un conjuro de amarre para esclavizar a un grupo de espíritus y fusionarlos en una sombra. Por lo que me has contado, el que viste esta noche seguía siendo una sombra, ¿verdad? Pero si adoptara una forma real, si algún formasombras le diera forma... no quiero ni pensarlo.

—¿Qué es eso del conjuro de amarre?

—Verás, los formasombras trabajamos en equipo con los espíritus. Unificamos nuestros objetivos con los suyos, en una especie de toma y daca. Cuando creamos, atraemos a los espíritus que tienen algo en común con nosotros. Y entonces les damos forma: nos aliamos.

—Creo comprender.

—Pero el conjuro de amarre esclaviza al espíritu. Es igual que lo que ocurre con un corpúsculo. Por ejemplo, en el caso de Vernon, el formasombras capturó un espíritu y lo introdujo en el cadáver del anciano para esclavizarlo. Además, ese formasombras puede ver y hablar a través del espíritu y de su forma. El tropel de espectros es lo mismo, pero multiplicado por diez.

Sierra comenzó a dar vueltas por su cuarto.

—Entonces tiene que ser un formasombras... ¿Y cómo aprendió eso de los conjuros de amarre?

—Tuvo que enseñárselo algún trabajador espiritual más poderoso... o un espíritu.

Sierra miró al chico.

—¿Alguna vez oíste hablar de las afligidas?

—Un par de veces, creo. Es un antiguo grupo de fantasmas, muy poderoso. Al parecer, desprenden una especie de resplandor dorado. No se sabe mucho de ellas. ¿Por qué?

Sierra se paró en seco.

—¿Resplandor dorado?

—Sí, ¿por qué?

—Esta noche, después del ataque de esa cosa, del tropel de espectros, aparecieron tres espíritus que brillaban... En realidad, todo el mundo tenía un resplandor dorado. Y le dijeron al tropel ese que había fallado, que era demasiado tarde.

—Sierra, ¿tú *viste* a las afligidas? Y sigues viva... ¿Es que no sabes...?

—¿Ellas pueden enseñarle a alguien los conjuros de amarre?

—Por lo que he oído, sí, desde luego.

Sierra se quedó de una pieza. Wick. El profesor quería salvar a los formasombras adquiriendo los poderes de Lucera. Ahora lo entendía: unos días después de su última anotación en el diario, Wick había ido a hablar con el Abuelo Lázaro para convencerlo de que debían encontrar juntos a Lucera. Pero algo había salido mal. Su abuelo nunca volvió a ser el mismo, se volvió un inútil cuando Wick le arrebató su magia de contar historias. El antropólogo era formasombras, pero los poderes que recibió de las afligidas le habían dado una ventaja sobre los demás.

Ese hombre se había metido en la hermandad de su abuelo y lo había destruido todo. Todo.

—Sierra —dijo Robbie—. ¿Qué pasa? No haces más que dar vueltas por el cuarto. ¿Estás bien?

Sierra se detuvo justo enfrente de Robbie y lo miró a los ojos.

—¿Recuerdas que te dije que estaba investigando a ese tipo, Wick?

—Sí, y yo te dije que solo lo había visto un par de veces. Parecía bastante agradable. Hacía muchas preguntas sobre lo de formasombrar.

—No lo dudo —refunfuñó Sierra.

—¿Crees que está metido en esto?

Un extraño se había aparecido y había conseguido que lo iniciaran en los misterios de un legado familiar que a la propia Sierra se le había ocultado durante toda su vida. Y ahora ese extraño quería destruirlo todo y, para conseguirlo, casi había matado al Abuelo Lázaro. Además, había acabado con Joc Raconteur, Vernon Chandler... y quién sabía con cuántos más. Todos habían desaparecido por los caprichos de ese tipejo.

—¿Robbie?

—¿Sí?

—Quiero que me conviertas en formasombras.

—No puedo. No sé hacerlo.

—¿Cómo? —Sierra retrocedió para apartarse de él y se cruzó de brazos—. Pero yo creía que...

—Lo que quiero decir es que puedo hacer muchas cosas, pero iniciar a alguien... Esas son palabras mayores. Debe hacerlo alguien con más conocimientos y más experiencia que yo. Todavía no estoy en ese nivel.

—Ah... —Sierra agachó la cabeza.

—Pero...

—¿Pero qué?

—Quizá... puede que... ¿Sabes qué? Déjame ver tu mano, la izquierda.

Sierra levantó la mano. Robbie la apoyó sobre las suyas y cerró los ojos.

—¿Qué? ¿Qué haces?

—Puedo sentirla —musitó—. Vive en tu interior. La magia de formar sombras. Ya la tienes, alguien te la ha concedido.

—¿Pero... cómo? —Sierra se miró la mano. No brillaba ni nada.

—¿Acaso importa? —Robbie le tomó la mano—. Ven.

—Espera...

Sierra recordó la imposible vacuidad del tropel de espectros arrastrándose para perseguirla, la negrura que eclipsaba las calles de Flatbush, las bocas aullantes, el fuego helado que reptaba por su brazo izquierdo.

—Lo que acabas de hacer... —continuó— es lo mismo que me hizo esa cosa.

—¿Cómo?

—El tropel de espectros. Lo sentí dentro de mí, dentro de mi brazo izquierdo —dijo Sierra, y se estremeció—. Estaba comprobando algo. Esa cosa quería saber... Wick quería saber si soy formasombras.

—Tiene sentido, de un modo espeluznante, pero tiene sentido —dijo Robbie.

—Wick sabía de mis poderes antes que yo.

—Ven conmigo, Sierra —dijo Robbie, calzándose las zapatillas.

—¿Adónde?

—¡Eres una formasombras! ¡Vamos a probar tu poder!

VEINTE

—Muy bien —dijo Robbie—. Intenta relajarte y respira profundo.

La chica cerró los ojos. Estaban de pie en una curva del paseo asfaltado que circundaba Prospect Park, justo debajo de una farola. A su alrededor, el bosque urbano resonaba con el canto de los grillos y el suave murmullo de los árboles. En algún lugar fluía un río. El parque era como una ciudad de madera contenida en un mundo de cemento y metal mucho mayor. El sol no saldría hasta dentro de unas horas.

—¿Preparada?

Sierra abrió los ojos y asintió.

—Sí.

—Verás —dijo Robbie—, todo empieza por un acto de creación. —Se sacó un trozo de tiza roja del bolsillo, se agachó y se puso a dibujar en la acera.

—¿Siempre llevas tiza cuando sales?

—Claro. Piénsalo.

—Espera... No tendrá eso que ver con que el Sr. Aldridge esté siempre quejándose de que no haya tiza en el aula, ¿no?

Robbie dejó de dibujar y le lanzó una mirada llena de picardía.

—Me acojo a la Quinta Enmienda. Ahora mira —dijo, y volvió a su dibujo: el esbozo de un tipo de aspecto agresivo que blandía un tubo metálico—. No tiene que ser perfecto, ¿de acuerdo? Basta con que se parezca un poco a lo que estés imaginando.

—¿Y lo tengo que dibujar yo, o puedo formasombrar con tu dibujo?

—La magia es más intensa si dibujas tú misma, porque entonces tienes mayor conexión tanto con el dibujo como con los espíritus.

—Ya. Creo que lo entiendo.

—Al formasombrar, las dos cosas más importantes son el material y la intención.

—¿Debería tomar apuntes?

Robbie se rio.

—Intentaré simplificar un poco. —Extrajo de su bolsillo un trozo de tiza azul con la que sombreó varias zonas del dibujo que acababa de hacer—. Un mural pintado es un recipiente más poderoso que un pequeño esbozo de tiza.

—Entiendo.

—Tanto por la resistencia del material... la tiza es solo polvo, ¿no? —Robbie borró de un soplido parte del tubo para demostrarlo—, como porque el mural suele tener mayor calidad pictórica. Ofrece al espíritu más posibilidades de interactuar con él. —Volvió a dibujar la parte borrada—. Es como si fueras a una pelea... ¿te gustaría aparecerte con un alfiler o con un machete?

El chico sombreó el último trozo del tipo gruñón y le añadió unas alas y unos dientes afilados.

—La intención es importante porque el espíritu se conecta con ella; es lo que lo atrae. Estoy haciendo este esbozo para que tú le des forma a una sombra. Si no lo hiciera para ti también serviría, pero la magia no sería tan potente. El espíritu responde a las emociones. Cuando entre aquí comprenderá nuestra amistad. Si yo te tuviera miedo, el dibujo seguiría siendo poderoso, pero tendría otra clase de poder. Aunque los más fuertes son los retratos, como el de Papá Acevedo, normalmente no puedes hacerlos, porque no sabes cómo era el espíritu en vida. Así que no hay más remedio que ser creativos.

—Como con las sirenas y lo demás del Kalfour.

—¡Exacto!

—Entonces, en mis dibujos no tienen por qué entrar necesariamente *mis* parientes fallecidos, ¿no?

—No, puede entrar cualquier espíritu. Con tu intención atraes a mentes afines a la tuya. En fin, esto es solo para practicar, los detalles no importan demasiado. Ya lo irás entendiendo. Y ahora, ¿ves algún espíritu por aquí cerca?

Sierra miró la calle, las aceras, los árboles que se extendían a ambos lados. Un poco más adelante, la calle ascendía hasta perderse en la oscuridad. Si no hubiera sido por el ruido del tráfico de Flatbush, hubiera pensado que se encontraban en medio de un bosque.

—En el Kalfour había un montón —dijo Sierra—. Oye, no me digas que los espíritus son como los policías, que nunca aparecen cuando...

—Vuelve a mirar y relaja la vista.

La chica dejó que se le nublara la vista y casi de inmediato vio una figura alta que avanzaba lentamente hacia ellos.

—Vaya... Sí, ya viene uno. —Se puso tensa. No se parecía en absoluto al tropel de espectros, pero...

—No pasa nada —la tranquilizó Robbie—. No nos hará daño.

—Si tú lo dices... —Sierra se concentró en relajarse, mientras la sombra seguía aproximándose.

—Ahora, mira esto. —Robbie levantó la mano izquierda.

—Esa es tu mano.

—Gracias, Sierra, ya me he dado cuenta. Ahora, haz tú lo mismo.

—Ah. Un momento, ¿quieres que yo lo haga? Pero...

—Sierra.

La chica arrastró los pies y estudió el rostro decidido de Robbie.

—Ya voy, ya voy. —Levantó la mano izquierda. El espacio que ocupaba el espíritu osciló. Sierra entornó los ojos. La sombra arremetía contra ellos—. Está... Robbie, está corriendo.

—Ya lo sé. Toca el dibujo.

—Pero, ¿cómo sabes que...?

—Hazlo. ¡Ya!

Sierra se dejó caer sobre una rodilla y apoyó la mano derecha en el dibujo de Robbie. Cerró los ojos y se preparó para la intrusión del espíritu en su cuerpo.

—No te muevas —susurró el chico.

Una ráfaga de aire frío la atravesó, reptó por su brazo

izquierdo levantado, pasó por su pecho y voló hasta su mano derecha. Los ojos de Sierra se abrieron de golpe cuando el hombre dibujado en tiza se estremeció en el pavimento y se hizo pedazos.

—¡Vaya! —dijo Sierra, poniéndose de pie—. Eso no es lo que se suponía que pasara, ¿verdad?

Robbie sonreía.

—No pasa nada, estás empezando. —Se acercó a ella—. Es cuestión de práctica. Prueba otra vez.

—Pero, ¿qué le pasó al espíritu que intentaba meterse en el dibujo? —preguntó Sierra, mirando hacia el bosque.

—Estará dando vueltas por ahí. Verás... hay distintos tipos de espíritus. La mayoría desea una forma. Para eso vienen, ¿entiendes?

—En realidad, no.

—Es que esto es como... un intercambio. Tú les das forma, ellos trabajan para ti. *Contigo*, en condiciones ideales. Los dos trabajan para conseguir lo mismo. Ellos lo saben, así que cuando aparecen suelen estar dispuestos a entrar en el dibujo. Pero a veces lo único que quieren es fastidiar, meterse en cualquier forma que tengas a mano para hacer su voluntad. A esos tienes que ignorarlos.

Sierra trató de disimular su asombro.

—Como tú digas.

Robbie le dio una tiza verde. La chica se agachó y dibujó a una joven vestida de ninja.

—Qué bonita —comentó Robbie, mirando por encima de su hombro.

Sierra intentó ignorar el calor que el cumplido provocaba en sus mejillas, cerró los ojos y luego los entreabrió. Una pequeña sombra se le acercaba. Levantó la mano izquierda y, de inmediato, sintió que el espíritu se lanzaba a su interior. Entonces puso la mano derecha sobre el dibujo. Esta vez, el viento frío la recorrió a mayor velocidad. De pronto, un arroyo burbujeante brotó de las yemas de sus dedos. La ninja se estremeció y se estiró.

—¡Lo conseguí! —gritó Sierra. La figura describió un círculo sin salir del pavimento, le hizo a Sierra una reverencia y le puso una mano enguantada junto al pie; después se alejó bailoteando—. ¡Robbie! ¿Lo viste?

—Te ha dado las gracias —explicó el chico, sonriendo.

—¡Vamos, socio! ¡Quiero ver adónde va! —Sierra echó a correr calle arriba, tras el brillo verdoso que se alejaba.

—¿Adónde quieres tú que vaya? —preguntó Robbie tras ella.

—¡Que se suba a un árbol! —contestó Sierra.

La ninja verde, que se deslizaba por la acera, viró y desapareció entre la hierba. Un segundo después, subía como una centella por el tronco de un roble cercano.

—¡Es increíble, Robbie!

El chico se rio.

—Lo hiciste muy bien. Lo único es que no necesitas decirle en voz alta lo que quieres que haga; como el espíritu está conectado contigo, obedece tus pensamientos.

Sierra se volteó y vio que Robbie se había quedado unos pasos atrás. Estaba tan contenta que pensaba que la boca se le escaparía flotando de tanto sonreír.

—Una vez que entran en el dibujo, ¿se mueven siempre cerca del suelo, así como esta, o se levantan y se vuelven tridimensionales? —preguntó.

—Pueden volverse tridimensionales, pero eso es muy difícil y requiere mucho poder por parte del formasombras. Los espíritus tienen una energía limitada, así que es preferible usarla con prudencia. Adoptar las tres dimensiones los agota. —dijo Robbie, y se acercó un paso.

—Y cuando son espíritus en 3D, ¿los ven otras personas?

—Si miran, sí.

—Pero normalmente no quieren ver —dijo Sierra, y dio un paso hacia él.

—Exacto.

El parque parecía de repente muy silencioso. Sierra no supo qué pensar. ¿Adónde se fueron todos los autos? ¿Por qué los animales nocturnos guardaban silencio? ¿Serían imaginaciones suyas? Tenía la cara de Robbie muy cerca y podía sentir su aliento. Ya no sonreía; estaba muy serio, casi triste. Seguro que si le ponía la mano en el pecho, sentiría su corazón latiendo a ciento sesenta kilómetros por hora... y seguro que el suyo lo imitaba y hasta explotarían a la misma vez.

Cuando abrió la boca para hablar, algo agitó las ramas de los árboles sobre ellos. Ambos miraron hacia arriba. Entre las hojas titilaban las estrellas. Una forma verde brillante pasó como un rayo, las ramas crujieron y una cascada de hojas les cayó encima.

Sierra miró a Robbie, reparando en todos y cada uno de los detalles de su rostro: la barba incipiente, la ancha nariz, las largas pestañas. Por un segundo fugaz, no hubo Wick, ni fantasmas, ni extrañas historias familiares, ni pinturas. Solo el rostro sereno del chico y el rumor de las hojas mecidas por el viento.

Abrió la boca de nuevo, pero las palabras se le atoraron en la garganta.

—¿Qué? —preguntó Robbie.

—¿Y ahora qué hacemos?

El chico cerró los ojos, los volvió a abrir lentamente y le sonrió.

—Practicar.

—¿Lo de dar forma a las sombras?

—Lo de combatirlas —contestó él, y echó a correr—. Sígueme.

—Robbie, ¿qué...? ¡Espera!

Pero ya se había ido.

VEINTIUNO

Sierra luchó contra el pánico que intentaba dominarla y miró a la oscuridad de los árboles que la rodeaban.

—¡A este chico le encanta desaparecer! —masculló, poniéndose en cuclillas.

Agarró de nuevo la tiza verde, respiró hondo y dibujó tres pares de ojos. Después levantó la mirada. La calle seguía desierta.

—Ánimo, espíritus, sé que están ahí.

Entornó los ojos; por unos segundos solo vio el brillo apagado de las estrellas y las farolas. Entonces, tres sombras pequeñas y regordetas brotaron de la oscuridad y se mecieron delante de ella.

—Allá vamos.

Procuró que la mano izquierda dejara de temblarle, la levantó y tragó en seco. Las tres sombras se sumergieron apresuradamente en su interior y el frío remolino corrió hacia su mano derecha. Cuando la puso sobre los ojos de tiza, estos se movieron en todas direcciones para examinar la acera.

Sierra les dedicó una sonrisa.

—Busquen a Robbie —susurró.

Los tres pares de ojos se deslizaron por el pavimento en dirección a los árboles.

—¿En serio? Tenías que meterte en lo más negro del matorral. ¡Ah! —dijo Sierra, molesta. Se incorporó y siguió a sus creaciones.

Nunca había estado en una oscuridad tan absoluta. Extendió los brazos al frente e intentó avanzar lo más rápido posible, intentando ignorar los fuertes latidos de su corazón. Por fin vislumbró un fulgor verdoso trepando por un tocón, unos metros más adelante, y allí se dirigió.

—Tengo que hablar seriamente con este tipo en cuanto lo encuentre —gruñó.

Cuando Sierra escuchó el zumbido, no fue porque acababa de empezar; era como si hubiera estado sonando todo el tiempo. Le sucedió como cuando pasaba cuarenta y cinco aburridos minutos en una clase y de pronto notaba el ruido del estúpido radiador, que llevaba sonando sin cesar desde el comienzo. Las voces se iban intensificando a su alrededor, como si se tratara de una nube sonora.

"Ooooooooooooooooooooooooooooooooooooooooh..."

Parecía el coro de la iglesia de Bennie: bonito pero escalofriante. Las voces pasaron de un murmullo afligido a un grito alborozado; se entremezclaron en tonalidades graves y agudas que colmaron la noche. Aunque Sierra se detuvo y miró a todas partes, la negrura del bosque era impenetrable. Hubiera querido gritar, pero se acordó de que eso era lo que siempre hacían las chicas en las películas de terror antes de que se las comieran; así que guardó silencio y se quedó inmóvil mientras el zumbido ascendía y decrecía en armoniosas oleadas.

Era demasiado tarde para volver atrás. El ruido la rodeaba y se agolpaba en su interior.

—¡Idiota! —exclamó—. Ahora me toca morder solita el anzuelo de este estúpido bosque. —Dio un paso en la dirección en que esperaba encontrar campo abierto—. Y te metes voluntariamente en esta estúpida, muy estúpida situación. —Otro paso; el volumen del zumbido aumentaba sin parar—. Como si no hubiese sido suficiente lo que pasaste la estúpida semanita pasada.

El ruido se volvió insoportable. Sierra sintió que ya no aguantaba más, que la cubría, que la atravesaba.

"¡Raaaaaaaaaaaaaaaaaaaaaaaaaaaaaaaaaaaaaaaaaaaaaaaa aaaaaaaaaah!"

Echó a correr sin importarle contra qué pudiera chocar ni en qué dirección avanzaba. Lo único que quería era escapar de aquel ruido. Pero este la perseguía, quemándole los oídos, acosándola como un sabueso. Las ramas le golpeaban el rostro y los brazos, lastimándole la piel. Más adelante, al ver un tronco caído en su camino, se apoyó con fuerza en un pie y saltó.

Solo después de saltar y caer a varios metros de distancia notó que algo había cambiado. En primer lugar, había *visto* el tronco, lo había visto bien. Y no era que se hubiese acostumbrado a la oscuridad, no: ahora lo veía todo, hasta el más mínimo detalle. Y después estaba lo del salto. Había pasado en el aire por lo menos cinco o seis segundos, como si hubiese volado antes de aterrizar.

Por un instante fugaz, se pudo ver a sí misma desde lo alto, corriendo por la arboleda, dando larguísimas zancadas. Era fantástico y aterrador al mismo tiempo... ¿Tenía superpoderes? Entonces, de pronto, sintió que era de nuevo la misma, sin perder el paso.

Sin embargo, no había logrado escapar de las voces. De hecho, las oía más cerca. Además, ahora veía formas móviles y oscuras con el rabillo del ojo. Al volverse, con su espectacular vista que distinguía cada nudo de cada tronco de cada árbol, vio altas sombras deslizarse a su derecha y a su izquierda. Cada una emitía un tenue brillo pulsante, el latido de un corazón luminoso. Una descarga de terror la atenazó de la garganta al estómago y sintió temblores por los brazos y las piernas.

El zumbido, que antes tenía un profundo tono de barítono, era ahora un aullido.

"¡OOOOOOOOOOOOOOOOOOOOOOOOOOOOOOOO OOOOOOOOOOOOH!"

Sierra saltó de roca en roca para trepar por una cuesta empinada, asió una rama colgante y se lanzó hacia la cima. Cuando volaba por el aire, le pareció ir en cámara lenta. Las sombras revoloteaban a su alrededor como un enjambre de mosquitos que intentaba atraparla.

Vio un camino empedrado más adelante. Corrió hacia él. Pese a todo, sintió que aquellos espíritus tenían algo que la ayudaba a correr, que la empujaba, que la protegía. Lo sentía con todo el cuerpo, como si el brillo que emitían llegara hasta su propio corazón.

Siguió corriendo, apenas consciente del movimiento de sus pies. El camino desembocaba en un claro, más allá del cual debían de estar el enorme prado de Long Meadow y la plaza Grand Army. Apuró el paso. Los árboles que la flanqueaban se transformaron en un borrón.

"¿Y Robbie?".

En respuesta a su silenciosa pregunta, apareció un par de ojos verdes que se dirigió al prado. Sierra siguió corriendo bordeando el bosque, con las sombras girando y danzando a su alrededor. Robbie había dicho que practicarían cómo combatirlas. Él mismo debía de haberle preparado aquella encerrona. No podía salir de allí con un montón de sombras amorfas. Sin perder velocidad, sacó su tiza, ya reducida a un trocito, y la arrastró por los árboles que pasaba. Cuando había marcado más de una docena, dio media vuelta, levantó la mano derecha y volvió sobre sus pasos, tocando cada marca por el camino. Las líneas verdes cobraron vida mientras los espíritus la atravesaban.

—¡Genial! —exclamó cuando su pequeño batallón de lanzas verdes se colocó en formación a sus pies.

Una vez más, le pareció que la noche contenía el aliento y todo era quietud. Giró sobre sí misma y corrió hacia el límite del bosque. Sombras y lanzas verdes le abrieron paso como una ola. Al salir a campo abierto, alzó la cabeza justo a tiempo para ver que una mancha roja brillante cruzaba la hierba en su dirección. Sierra saltó hacia el árbol más cercano, se aferró a una rama y se colgó de ella hasta que la marea roja de Robbie pasó.

"¿Pero dónde está?"

Los tres pares de ojos se deslizaron por el prado hasta detenerse en una zona oscura del otro lado del parque.

"¡Adelante!", le ordenó Sierra al batallón de lanzas. Se dejó caer de la rama y echó a correr. Las lanzas revoloteaban junto a ella.

"¡Vayan allí!"

Las lanzas la adelantaron y se dirigieron hacia los ojos. La marea roja de Robbie volvió a aparecer, pero esta vez no la tomó desprevenida. Sierra saltó hacia el cielo renegrido, rodeada por las luces palpitantes de las sombras, y aterrizó mucho más allá de donde la marea la pudiera alcanzar.

—¡Fantástico! —gritó Robbie desde su escondite.

Sierra sonrió y se lanzó al interior de una oscura arboleda cuando otra marea roja trató de atraparla. Se agachó entre la maleza y gastó la poca tiza que le quedaba dibujando sobre un tronco. Cuatro espíritus más se convirtieron en líneas quebradas.

"Ojos", llamó en silencio. Los seis ojos aparecieron en el suelo, frente a ella. "Guíenme". La obedecieron al momento. "Lanzas, cuando los ojos encuentren al chico, atáquenlo". Caminó a zancadas por el bosque, en pos de su aguerrido batallón. "Pero flojito", matizó.

Salió del prado para adentrarse de nuevo en la oscuridad, pendiente de los destellos verdes. Su valiente ejército encontró a Robbie. Hubo un fulgor rojo que desapareció casi al instante.

—¡Ay! —se quejó el chico.

—¿Qué te pasa? —gritó Sierra.

—¡Ay! ¡Quítamelos de encima! ¡Maldita sea, Sierra, ganaste! ¡Me rindo!

"Atrás —pensó ella—. Retrocedan".

—Perdón —dijo en voz alta—, es que todavía no lo domino. ¿Te rindes?

—¡Sí! ¡Cielos! —Robbie salió a trompicones de la oscuridad, con la cara llena de manchas verdes—. ¿Dónde aprendiste a hacer eso? —preguntó, sonriendo.

Sierra pensó que no podía evitarlo.

—Es que... —respondió, encogiéndose de hombros—, me salió solo, creo.

Ni siquiera ella sabía muy bien qué había ocurrido. Lo de volar por los aires... ¿se lo había imaginado o formaba parte de aquel mundo mágico? ¿O es que había algo más en juego? En cualquier caso, se sentía de maravilla.

—¿Repetimos? —sugirió.

VEINTIDÓS

Otra vez bajo el agua. Cientos de millones de almas extendían sus largos dedos sombríos desde las profundidades. Y llevaban siglos haciéndolo, con un movimiento lentísimo, ascendente, espeluznante, desesperado; suave y letal como la marea. Sierra flotaba en medio de todas, un foco de carne viva entre los muertos. Las almas la envolvieron, se filtraron por su nariz, se volvieron su sangre, y su nostalgia le purificó el espíritu. Inhaló y el mundo recuperó el aliento; exhaló y una ola gigantesca vació el mar.

Miles de manos la sujetaban, la soltaban, se le acercaban, la volteaban y la apartaban.

"Sierra".

Las almas susurraban canciones sobre su vida y su muerte, un remolino de amores perdidos y recuerdos, himnos y baladas.

"Sierra. Despierta".

Eran tan vitales que resultaba fácil olvidar que estaban muertas. Latían de amor por los seres vivos, con un deseo infinito.

"¡Sierra!"

Abrió los ojos y se despegó de mala gana de la reconfortante marea del mundo espiritual.

"Tienes que concentrarte, *mija*".

Aquella voz parecía un eco lejano, apenas audible. El sol de las primeras horas de la tarde dibujaba formas geométricas en su cuarto. Había vuelto a casa al amanecer y llevaba durmiendo desde entonces. Y lo de la noche anterior, ¿había sido un sueño? No. Su mente se llenó de resonancias: el ataque del tropel de espectros, los tatuajes de Robbie, el cosquilleo que sentía cuando los espíritus la atravesaban para llegar a sus dibujos.

Se incorporó y se frotó los ojos. Wick estaba ahí fuera, tramando algo, enviando cosas muertas para arruinarle la vida. Sintió un escalofrío. Saltó de la cama y se vistió. Su cuaderno estaba abierto sobre el escritorio, en la hoja donde había copiado las frases del diario del antropólogo. Lo cerró y lo guardó en su mochila. Hoy era un día perfecto para resolver el enigma.

Cuando abrió la puerta de su cuarto, las risotadas de su tía Rosa hacían eco por toda la casa.

—¿Qué ruido es ese? —preguntó Timothy, asomándose por la barandilla de la planta superior.

Sierra le sonrió.

—La tonta de mi tía. Perdona. Es la prueba viviente de que en mi familia hay sangre de hiena.

—¡Ah, ja! —dijo el chico, y se sonrojó—. De acuerdo, solo quería saber si todo estaba bien.

"Bien" no era la palabra más adecuada, pero Sierra siguió

sonriendo mientras decía adiós con la mano y bajaba las escaleras.

—¡Sí, bien, como siempre!

María Santiago parecía agotada; las arrugas de su rostro se notaban más pronunciadas.

—¿Pa' dónde vas, *mija*?

Sierra se detuvo en la puerta y puso los ojos en blanco.

—A salir.

La cafetera soltó un gluglú.

—¿Quieres un cafecito, cielo?

—No, mami, lo que quiero es hablar de una vez por todas de lo que está pasando.

—¿Qué quieres decir? —preguntó su tía Rosa.

—No estoy hablando contigo, tía —replicó la chica, sin desviar la mirada de su mamá.

Rosa resopló.

—¡Sierra! —le reprochó María—. ¡No le contestes así a mi hermana!

—Lo único que quiero es hablar de lo que está pasando aquí desde hace años. Quiero saber la verdad sobre el abuelo y los formasombras.

Las palabras se quedaron colgadas un momento en el aire.

—La verdad —contestó Rosa— es que tu abuelo está loco. Ya lo estaba antes del derrame, pero ahora lo está más. ¿Me oyes? Perdió la cabeza. Hace mucho. Ya ni me acuerdo de la última vez que dijo algo coherente... ¿Tú te acuerdas, María? Lleva parloteando sobre espíritus desde que nacimos. Es la vergüenza de la familia. Casi consiguió que lo encerraran en un manicomio porque no había quién lo hiciera callar y...

María asió la cafetera y la plantó de golpe sobre la mesa.

—¡Ya! Basta, Rosa.

Rosa suspiró y se puso a juguetear con sus largas uñas pintadas.

—Tu hija quiere saber la verdad...

—Dije que basta. De ese tema no se habla. ¿Ya estás contenta, Sierra? ¿Era eso lo que querías oír?

En lugar de contestarle a su mamá, la chica miró fríamente a su tía.

—No me extraña que seas tan infeliz —le espetó.

—¡Sierra! —exclamó María.

—¿Qué quieres decir, niña? —preguntó Rosa, mirándola con los ojos entrecerrados—. ¡Oh! ¿Sigues con el berrinche por lo del negrito ese con el que estás saliendo?

—¿Negrito? Es más alto que tú. ¡Y no estamos saliendo! Mamá, en serio, ¿vas a permitir que me hable así?

—Yo solo digo... —empezó Rosa.

María la miró con los ojos muy abiertos.

—No me interesa lo que tú digas —añadió Sierra—. Ni me interesan tus estúpidos chismorreos ni tu maldita opinión sobre la gente, ni si su piel te parece más o menos oscura o su pelo más o menos salvaje. ¿Acaso te has mirado al espejo, tía?

Rosa se puso al rojo vivo y su rostro se contrajo.

—¿Has visto alguna vez esos viejos álbumes familiares que mamá guarda por ahí? —retomó Sierra—. Nosotros no somos blancos. Y tú avergüenzas a todo el mundo y lo miras por encima del hombro porque no eres capaz ni de mirarte al espejo. Pero nadie va a cambiar lo que somos. Y nadie va a obligarme a que me case con alguien más blanco que yo. ¡Porque yo soy feliz! Me encanta mi pelo, me encanta mi piel. Me importa un bledo tu opinión sobre mi vida y no quiero oírla. Ni ahora ni nunca.

—Pe... pero bueno... —tartamudeó Rosa, descompuesta.

Sierra bajó la voz, un poco.

—¿Dé que huyes? —preguntó.

—Yo...

—¿De qué tienes miedo? —Miró a su mamá, que tenía la boca abierta de par en par—. ¿De qué huyen las dos?

—No sé qué tiene que ver eso con las incoherencias de tu abuelo —dijo María, a duras penas.

Sierra dio media vuelta y salió de la casa como un relámpago.

VEINTITRÉS

Sierra sacó su celular mientras avanzaba dando zancadas por Lafayette. Si no era capaz de obtener información de las mujeres de su propia familia, la conseguiría en otra parte.

—¿Diga? —contestó Nydia, la bibliotecaria de Columbia. Parecía estresada.

—Hola, soy Sierra. Sierra Santiago, de Brooklyn. ¿Te llamo en un mal momento?

—¡Oh! ¡Hola, Sierra! No, para nada. ¿Qué pasa?

A Sierra le pareció que la bibliotecaria no era la misma persona con la que había hablado unos días atrás. Dejó caer los hombros y expulsó el aire. Se quedó parada delante de la bodega de Carlos, a unas cuadras de El Vertedero. Decirle cuatro cosas bien dichas a su tía había sido un verdadero alivio, como liberar la presión acumulada durante una eternidad, pero su cuerpo seguía temblando.

—Pues... de todo —contestó Sierra, sin saber por dónde empezar—. Me persiguió... una cosa, y no sé muy bien qué...

—¿Qué?

Sierra echó a andar de nuevo. Sus pensamientos se negaban a concretarse en frases comprensibles.

—No lo sé, Nydia. Es muy difícil de explicar.

—¿Corres peligro?

—Ahora mismo no —dijo, y miró a su alrededor—. Creo.

—Eso no suena bien. ¿Hay alguien que pueda ayudarte?

—Sí, creo que sí.

Un auto frenó a su lado y uno de los pasajeros se puso a gritar.

—¡Oye, niña! ¡Ven aquí, linda! ¡Un segundo!

Sierra hizo caso omiso y siguió caminando.

—Tengo un amigo, Robbie, que me está ayudando. Y también tengo a mi hermano Juan.

—¡No te hagas la dura, nena! —chilló otra voz—. ¡Ven acá!

Sin volverse, Sierra les sacó el dedo y dobló una esquina, no sin antes comprobar que la calle era de una sola dirección y el auto no podría seguirla.

—¡Ay, maldita sea, qué pena! —dijo uno de los tipos—. ¡Pues quédate con tu feo trasero, niña!

El auto se alejó con un chirrido de neumáticos.

—Sierra —dijo Nydia—. ¿Qué ruido es ese?

—Nada, la misma porquería de siempre, no te preocupes. Escucha, ¿has oído hablar de las afligidas?

Se hizo silencio. Sierra miró el celular.

—¿Hola?

—Creo que Wick las mencionaba en sus notas —contestó Nydia por fin—, ¿no?

—Sí. Dice que las afligidas lo ayudaron a obtener más poder.

—Hay poca información sobre ellas. Todo son rumores y mitos. Según se dice, han embrujado no sé qué iglesia abandonada al norte de Manhattan, por el río. Dicen que allí las veneran en un santuario... con algún tipo de magia antigua. Todo es muy extraño, la verdad. Y, por supuesto, son puras leyendas.

—Por supuesto.

Hubo otro momento de silencio.

—Quizá pueda averiguar algo más —dijo Nydia despacio—, si quieres.

Las manos de Sierra volvieron a temblar.

—Sí, claro. Gracias, Nydia.

—Mantenme al tanto, Sierra, y... cuídate.

El Vertedero estaba cerrado a cal y canto, lo cual era rarísimo. Sierra echó un vistazo para asegurarse de que nadie la había seguido. Luego abrió la puerta con la llave que Manny le había dado y entró.

—¡Manny! —gritó.

No había nadie, ni siquiera se veía a Cojones, el perro más amistoso del lugar. La chica se abrió camino entre los montones de chatarra y, al llegar al pie de La Torre, se quedó sin aliento. Robbie, desde luego, sí había estado allí: una ciudad entera trepaba por los remolinos musicales que se elevaban desde la guitarra de la mujer esqueleto.

Su dragón, casi terminado, la contemplaba fieramente. Sierra ordenó sus pinturas y empezó a trabajar. Ahora que sabía que era formasombras, el mural adquiría otra dimensión. De algún modo, ella misma se convertía en parte de la imagen; sabía que, cuando la acabara, su vínculo con la impactante y colorida figura sería confirmado por los espíritus. El dragón pasaría a formar parte de aquel insólito legado familiar que solo empezaba a comprender y que, en ciertos aspectos, le seguía pareciendo una colección de mitos o una historia de fantasmas. Sin embargo, cuantas más vueltas le daba al asunto, más real se volvía. Alguien la había iniciado hacía tiempo, algún misterioso formasombras la había incluido en la hermandad, quizá en contra de los deseos de su propio abuelo. Le pasaban tantas cosas por la mente que solo atinó a sonreír.

Era formasombras, como Robbie. Recordó la sonrisa avergonzada del chico, su rostro manchado de tiza verde cuando salió de Prospect Park. Él la admiraba. Estaba clarísimo. Era por la fuerza de su magia, sí, pero había algo más. Respetaba su fortaleza, su mente, su poder. Jamás había sentido algo así de parte de un chico.

—¡Sierra!

Se quitó los auriculares y miró hacia abajo. Tee la miraba fijamente, con las manos apoyadas en las caderas.

—¡Cómo te concentras, chica! Te estamos llamando desde hace diez minutos, por lo menos.

Izzy estaba a su lado, abriendo y cerrando la boca, canturreando en silencio algún nuevo rap.

—Sí, lo siento —contestó Sierra.

—¡Baja! Trajimos helados y luego nos vamos a uno de esos

cafés que a esta la vuelven loca. Bennie y Jerome se nos unirán más tarde.

—¡Está bien, ahora bajo!

—¿Y qué tenemos para esta noche? —preguntó Tee mientras caminaban hacia Bedford Avenue chupando paletas.

—El grupo de mi hermano toca hoy —dijo Sierra—. Deberían venir a verlo.

—Es ese que hace salsa *thrash*, ¿no? —preguntó Izzy.

—Sí, Culebra. Pero esta noche van a tocar con guitarras acústicas y sin amplificadores, en ese restaurante dominicano donde suele estar el Gordo.

Izzy se rio de buena gana.

—¿El Gordo? ¿Ese español enorme que nos daba clases de música en cuarto grado?

—Sí —contestó Sierra—, pero es cubano.

—Ah, pues yo voy, seguro —dijo Izzy—. Ese tipo me encantaba. Si no habías hecho la tarea, bastaba con ir y decirle: "Oh, señor Gordo, cuéntenos sobre el día en que conoció a Beyoncé o a quien fuera".

Todas se echaron a reír.

—Es verdad —convino Sierra.

—Y él iba y decía: "Oh, pues bien, estábamos dando un concierto en el palacio con Esteban y Julio, pero cuando entró la hermosa dama, dejamos de tocar".

—Pero no creo que te dejara llamarlo señor Gordo, ¿no? —preguntó Tee.

—¡Te lo juro por Dios! —contestó Izzy, entre carcajadas.

—Sí —dijo Sierra—, insistía en que lo llamáramos así.

—Ya llegamos —anunció Tee.

Se detuvieron frente a una vidriera. Sierra hubiera jurado que hacía una semana ese lugar estaba vacío y abandonado. Ahora, unas vigas de madera recién pintadas enmarcaban un elegante vitral multicolor. Por detrás se veían macetas con plantas y libros viejos, colocados sobre un saco de yute para café.

Frunció el ceño.

—¿Están seguras de que quieren entrar, chicas?

Tee le dio un codazo.

—Vamos, tonta. ¡Será... divertido!

Tee tomaba un café aromático en una taza diminuta.

—¡Yo te digo a ti que estos *yuppies*...! —gritó.

—¡Por Dios, chica! —Izzy se plantó una mano en la frente—. ¿Tienes que gritar? Estamos rodeadas. Además, estos no son *yuppies*, son hípsters.

Sierra levantó la vista de su té con hielo.

—Pero, ¿no son lo mismo?

—Hasta donde yo sé —contestó Tee—, los hípsters son básicamente *yuppies*, pero con los pantalones más ajustados y las gafas más grandes. Sean lo que sean, hacen un *mocaccino* delicioso.

—¿Qué demonios es un *mocaccino*? —inquirió Sierra.

—Es café con chocolate, creo. ¿Quieres probar?

—¡Oh, Dios mío, va a desafiar a los gérmenes! —chilló Izzy.

Sierra negó con la cabeza.

—Me gusta mucho más el Bustelo. Este té helado es pura agua marrón. ¡Puaj!

—Pues costó tres dólares con veinte centavos —le recordó Tee—, así que más vale que lo disfrutes.

—Mira que son ridículas —dijo Izzy, mirando a su alrededor—. Totalmente ridículas.

Todos los presentes estudiaban en silencio o hablaban en susurros por teléfono. Las paredes del lugar estaban cubiertas de pinturas con manchas grises y marrones; detrás del mostrador, una pizarra enumeraba la colección de exóticos nombres y escandalosos precios de las diversas bebidas.

"Donde mujeres solitarias van a bailar...", pensó Sierra. Pese a todos los rodeos de Wick sobre las "encrucijadas", ese verso seguía siendo la única pista que podría conducirla a Lucera, aunque no le dijera absolutamente nada. El profesor lo había escrito en su cuaderno al menos doce veces con distintos tipos de letra, desde la más grafitera hasta la más estilizada. Por gusto. Las mujeres solitarias iban a bailar a discotecas, fiestas, bodas...

—¿Bodas? —preguntó en voz alta—. No, ¿verdad? No.

Izzy y Tee pusieron los ojos en blanco.

—¡No! —dijeron a la vez.

Sierra les había contado todo a sus amigas, excepto las cosas sobrenaturales que había presenciado. No parecían muy convencidas, pero a pesar de eso, le seguían la corriente.

Funerales. No, en los funerales no se bailaba, ¿o sí? Recordaba vagamente que el Gordo les había dicho que en ciertas partes de África se celebraban grandes festejos y desfiles cuando alguien moría. Y esa tradición había llegado al Caribe; los haitianos desfilaban formando grandes círculos en torno a un ataúd, para que el espíritu del muerto no pudiera encontrar el camino de vuelta a casa a fastidiar a todo el mundo. Y en

Nueva Orleans... en Nueva Orleans había algo...

—Voy a escribir un libro —anunció Tee—, y va a tratar de gente blanca.

—Oye, Tee, en serio —dijo Izzy, frunciendo el ceño—. Deja ya de gritar. Te está oyendo todo el mundo.

—Claro que en serio —replicó Tee—. Si ese Wick se puso a investigar lo del abuelo de Sierra y sus espíritus puertorriqueños, ¿por qué yo no puedo escribir un libro sobre su gente? Pienso titularlo *Hípster vs. Yuppie: Un estudio antrocultural.*

—Pero también hay hípsters negros y latinos —objetó Sierra—. Mira a mi hermano Juan.

—Y mi tío es todo un *nuppy*, o sea, un *yuppie* negro —apuntó Izzy.

Tee hizo un gesto de hastío.

—Añadiré un apéndice, chicas, por favor.

—Además, ¿qué diablos es eso de "antrocultural"? —inquirió Izzy.

—Es el nuevo término de moda de la antropología cultural.

—¡Lo acabas de inventar!

—¿Y qué? Yo estoy en la vanguardia. Y si digo que es la palabra de moda, lo es.

Sierra soltó una carcajada.

—¿Por qué no dejan de distraerme? —dijo.

Las campanitas detrás de la puerta del local tintinearon al entrar Big Jerome, que todavía llevaba su elegante traje de ir a la iglesia.

—¿Cómo andan, señoritas? —preguntó, inclinándose para plantar un beso en la mejilla de cada chica.

—Mira tú, qué estiloso —comentó Izzy—. Pues nada, aquí, haciendo el ridículo como de costumbre, y Sierra dando la lata con no sé qué misterio.

—Como debe ser —dijo Jerome—. Voy a pedir un café.

—¡Pues prepárate para gastar los ahorros de toda tu vida! —gritó Tee mientras el muchacho se dirigía al mostrador.

Izzy se encogió de vergüenza.

"Donde mujeres solitarias van a bailar...". Fiestas de disfraces. Discotecas. Iglesias. No. Sierra recordó a su ninja trepando rápidamente por un árbol. Se preguntó qué otros espíritus la estarían vigilando.

—Oigan, ¿ustedes saben de dónde eran sus antepasados? —preguntó.

—Pues claro —respondió Tee, levantando la vista de una novela gráfica que había llevado.

—Tú eres haitiana como Robbie, ¿verdad, Tee? —preguntó Jerome, poniendo su café en la mesa y acercando una silla.

—En realidad...

Izzy suspiró ruidosamente.

—Todo el mundo piensa que porque se llama Trejean y es negra, tiene que ser haitiana. Hay otras islas caribeñas de habla francesa, ¿saben?

—Izzy... —advirtió Tee.

—Pues es martini... *martinicaña*, como se diga. De Martinica.

—Pero Izzy, dijiste lo mismo de mí cuando nos conocimos, ¿recuerdas?

Jerome soltó una risita.

—Sí, bueno, pero no es lo mismo —replicó Izzy.

—Pues la respuesta a tu pregunta, Sierra, es que sí —dijo Tee—. Nací en Martinica y mis padres también. Mis abuelos maternos eran también martiniqueses y mi padre es medio francés, medio nigeriano, de la etnia igbo.

—Vaya —dijo Sierra—. No estabas bromeando cuando dijiste que sabías de dónde venía tu gente.

—¿Y tú, Sierra? —preguntó Jerome—. Eres hispana, ¿no?

—Si esta es hispana, yo soy francesa —se burló Tee.

—Ustedes saben lo que quise decir.

—Eres puertorriqueña, Sierra, ¿no? —dijo Tee.

Sierra se arrepentía de haber sacado el tema.

—Vamos, Jerome, tú sabes que decir hispana es simplificar demasiado.

—Sí, bueno, pero nosotros *decimos* hispana, como la comida hispana. Bueno, da igual, nosotros lo decimos así.

La gente que los rodeaba empezó a levantar la vista de sus libros y a quitarse los auriculares. Sierra sintió que las orejas se le ponían coloradas.

—Dudo que a sus antepasados africanos y taínos les guste mucho ese "da igual" —objetó Tee.

—Tee, ¿desde cuándo te preocupan a ti los antepasados? —preguntó Sierra, sorprendida.

—¿Te crees que los puertorriqueños son los únicos que tienen historias de aparecidos? Por favor. Mi tío Ed lleva contándome cuentos de fantasmas desde que era pequeña. Una vez me dijo que no pudo traerlos a Nueva York porque aquí hace mucho frío o algo así. Y ahora está tan deprimido que no quiere salir de su cuarto. La mitad de mi familia cree en los fantasmas.

—¿Cómo andamos, gente? —saludó Bennie—. ¿Quién me invita a un café?

Las chicas miraron a Jerome.

—¿Qué? —dijo él, con cara de pocos amigos.

—¡Nada, nada! ¡Me invito yo!

Bennie se acercó al mostrador y, al poco rato, regresó con un café en un vaso de papel.

—¿De qué hablaban? —preguntó.

—Del tío loco de Tee —contestó Jerome.

—¡Cállate! —protestó Tee.

—Sierra nos preguntó por nuestros antepasados, durante unos segundos en que se olvidó de la adivinanza que tiene que resolver —informó Izzy—. Y esta —añadió señalando a Tee— está haciéndose la tonta y avergonzándonos, para no perder la costumbre.

—¡Son insoportables! —dijo Tee.

Bennie sonrió y tomó un sorbo de café.

—Parece interesante.

—Oye —dijo Jerome—, ¿saben que hoy no salió el *Searchlight*?

—Ah, es verdad —contestó Izzy—. Mi mamá estaba histérica. Dice que Manny no ha dejado de publicarlo ni un solo día desde mil novecientos setenta y tres.

Sierra sintió un vuelco en el estómago. ¿Qué estaba pasando? No había visto a Manny en El Vertedero. Ahora que lo pensaba, Manny estaba en la foto de su abuelo, era uno de los formasombras... Se levantó y se abrió camino entre las sillas.

—¿Podrías venir conmigo un segundo, B?

—¿Adónde van, niñas? —inquirió Izzy.

—Asuntos privados —respondió Bennie.

Las chicas se alejaron unos pasos del grupo.

—Algo anda mal —le susurró Sierra a su amiga—. No vi a Manny cuando estuve en El Vertedero.

Bennie frunció el ceño.

—Y su periódico no salió. Esto no me gusta. ¿Crees que le pasó algo?

Eso era precisamente lo que Sierra temía, aunque no se atreviera a decirlo. Se retregó los ojos.

—No lo sé, pero hay una forma de averiguarlo.

VEINTICINCO

El trayecto en el autobús B52 se les estaba haciendo interminable, pero era el mejor medio para llegar a ciertas partes de
Bed-Stuy.

—Ya verán cuando aparezcan un par más de cafeterías finas
y tiendas de moda —dijo Bennie cuando el autobús se detuvo por enésima vez—. Pondrán estaciones de metro por todas
partes.

—Seguramente —respondió Izzy, en tono irónico.

—¿De qué hablas? —preguntó Tee—. Si a ti te encanta
sentarte en esas cafeterías a escribir poemas.

—¡Eso no tiene nada que ver, idiota! —soltó Izzy, ofendida.
Big Jerome puso cara de aburrimiento.

—¿Van a seguir? Llevan así desde que empezaron las
vacaciones —dijo.

—¡Y lo que falta! —protestaron las dos al unísono.

Sierra no estaba de humor para chacharear. Se puso a
contemplar Brooklyn por la ventanilla, mientras aquella tortuga
de ómnibus seguía su camino. No hacía más que recordar los
tres días anteriores, aunque no por eso les encontrara mayor

sentido. Y estaba casi segura de que a Manny le había pasado algo y de que, en cierto modo, la culpable era ella.

—¿Estás bien? —le preguntó Bennie, bajito.

Sierra asintió, y entonces notó que la expresión de su amiga cambiaba. Acababan de pasar por delante del mural de su hermano Vincent.

—Ya casi no se ve —dijo Bennie, casi sin aliento.

Sierra le tomó una mano y le dio un fuerte apretón.

—¡Está aquí atrás, creo! —gritó Jerome.

Estaban parados frente a una iglesia en ruinas que tenía el aspecto de haber sufrido dos huracanes y un tifón. El patio lateral estaba lleno de maleza. Después de colarse por la verja, Jerome se había arriesgado a atravesar el patio y miraba la parte trasera del edificio desde una esquina.

—Las oficinas de Manny están detrás, en el sótano. Hay que bajar unas escaleras, si mal no recuerdo —dijo al regresar junto a las chicas.

—¿Cómo lo sabes? —preguntó Tee.

—El Sr. Draley nos trajo una vez en una de esas excursiones de "conoce tu barrio" que organizaba en sexto grado. Pero parece que no se pusieron bien de acuerdo porque cuando llegamos, Manny no estaba. Había salido a hacer unas gestiones y no pudimos ver la imprenta.

—Qué chasco.

—¿Viste la entrada? —preguntó Sierra.

—Creo que sí. Vamos.

Las chicas siguieron a Jerome por el patio lateral. No les quedó más remedio que atravesar la repulsiva maleza, que se les pegaba como un viejo pervertido en la calle. Sierra apretó los dientes, asqueada, y siguió avanzando.

—Dios —protestó Izzy—, imagínense las ratas que habrá por aquí.

—Tú siempre tan positiva —le reprochó Tee.

—Seguro que hasta juegan dominó y quién sabe qué más.

Sierra estaba a punto de decirles que se callaran, pero no hubo necesidad. Al doblar la esquina del edificio, todos se quedaron mudos.

—Esto tiene mala pinta —dijo Bennie por fin.

La trampilla del sótano estaba totalmente abierta, dejando ver unas escaleras de cemento que se perdían en la oscuridad.

—No creo que Manny haya dejado esto así —dijo Sierra.

—A lo mejor se fue a tomar un café y olvidó cerrarla —sugirió Jerome.

Sierra se llenó de coraje y avanzó un paso.

—Voy a entrar.

—Estás loca —protestó Izzy.

—Te acompaño —dijo Bennie.

—Están locas las dos.

Tee hizo una mueca.

—Puf. Yo también voy. No puedo creer lo que soy capaz de hacer por ustedes, nenas.

Izzy suspiró profundamente.

—Yo también, qué remedio —dijo, sujetando con su manita

morena la mano bronceada de Jerome—. Pero me llevo al chico grandote. Vamos, Jerome.

En cuanto Sierra bajó los primeros escalones, la oscuridad la rodeó por completo. Al cruzar la puerta de entrada, que también estaba abierta, comenzó a palpar a ciegas las paredes, pero no encontró ningún interruptor.

—Saquen los celulares, chicos —dijo, encendiendo el suyo. La débil luz azul no servía de mucho, pero al menos supo por dónde avanzar sin chocar contra una pared.

Izzy soltó una palabrota al tropezar con algunos escombros al pie de la escalera.

—¿Ves algo? —preguntó Bennie, justo detrás de Sierra.

—Nada —contestó la chica, que solo veía las lucecitas saltarinas de los teléfonos, y extendió el brazo para tocar un frío pilar de ladrillo.

En realidad, Sierra veía algo más: manchas similares a las de una lámpara de lava que giraban en la oscuridad y desaparecieron a medida que sus ojos se acostumbraron a las tinieblas. Pensó que cada una de esas manchas era un gigantesco y acechante tropel de espectros. Por lo que sabía, podían estar rodeados por esos monstruos.

Dejó de avanzar cuando escuchó un ruido en el techo. Al principio, solo hubo silencio; pero luego el ruido se repitió: le parecía una exhalación rasposa. Tras una pausa, oyó otra.

"Aquí abajo hay algo", pensó.

La respiración continuó, enfermiza e irregular, pero Sierra no sabía de dónde venía. Dio una vuelta con el celular en alto, pero no veía nada en la oscuridad.

—¿Oyeron eso?

—¡Ay, vamos, Sierra! —se quejó Izzy—. No fastidies.

—¡No estoy fastidiando! —Sierra hizo lo posible por controlar la voz—. Yo solo... ¿de verdad no lo oyeron?

¿Se lo había imaginado? Por un segundo no oyó nada en absoluto. Entonces volvió: un estertor horrendo. El mismo de aquella noche en Flatbush. Estaba por todas partes.

—¡Aaaay! —chilló Bennie.

—¿Qué te pasa? —preguntó Jerome, que estaba un poco más lejos.

—A mí nada —contestó Bennie—, pero a mi dedo gordo del pie, un montón. No paro de golpeármelo.

Sierra se acercó a Bennie con cautela y vio que el celular de su amiga iluminaba los antiguos y oxidados engranajes de la imprenta.

—Este tipo es de la vieja escuela, desde luego —comentó Bennie.

Los grandes brazos metálicos de la máquina se extendían en la oscuridad. El rodillo plateado despedía reflejos espectrales.

—Oigan, chicos —gimoteó Izzy—. Esto no me gusta.

—Ni a nosotros, nena —contestó Tee—. Pero tenemos que averiguar qué pasa. Aquí hay algo raro.

Sierra había dejado de oír los estertores. Siguió avanzando por al lado de la imprenta, apoyándose en ella para no perder el equilibrio. En el preciso momento en que su pie tropezó con algo, su celular decidió apagarse. Pulsó un botón y dirigió el brillo azul hacia abajo para ver qué era. Una bota. La sorpresa la hizo seguir adelante y volvió a tropezar. Esta vez se le cayó el celular y aterrizó sobre algo situado a varios pies de altura, algo con todo el aspecto de ser una panza humana.

—¡Ay, Dios mío! —gritó, apartándose asqueada.

—¿Qué pasó? —gritó Bennie, acercándose.

—¿Dónde están, chicas? —preguntó Izzy—. ¿Qué ocurre?

Sierra gateó hasta encontrar el celular.

—Estoy bien —dijo—, pero aquí hay alguien. Creo que es Manny.

Lo único que quería era salir corriendo de aquel sótano y marcharse lo más lejos posible, pero tenía que saber qué había sucedido. Levantó el celular.

Era Manny, derrengado sobre una silla, con la boca abierta por el terror y los ojos mirando desorbitados a la nada.

Sierra jadeó. Bennie se paró a su lado, la tomó del brazo y sollozó en silencio.

—¡Nenas! —exclamó Jerome desde atrás—. Creo que encontré... —Los tubos de luz fluorescente que recorrían el techo parpadearon y se encendieron, obligándolos a entornar los ojos— el interruptor.

Al ver a Manny, Izzy soltó un alarido. Tee se volteó y también se puso a gritar. Jerome se acercó corriendo hasta donde estaban Sierra y Bennie.

—¡Dios mío! —dijo, mirando el cuerpo hinchado y derrengado sobre el asiento.

Manny estaba sobre una silla de barbero antigua, en la que, según sus amigos, le gustaba sentarse a pensar. Su guayabera abierta dejaba al aire la voluminosa barriga; sus enormes brazos colgaban a los lados. No era la primera vez que Sierra veía un cadáver; había tenido que asistir a suficientes funerales donde se dejaba el ataúd abierto, pero esto era totalmente distinto. El cuerpo parecía tan falto de vida como la silla de barbero... Un recipiente vacío.

Sin embargo, lo que más la afectó fue el rostro. De tan abierta, la boca había dejado de parecer humana. Era enorme, como si la mandíbula se hubiera desencajado intentando expresar un miedo atroz.

Izzy lloraba. Tee le pasó el brazo por los hombros y sollozó bajito. Jerome estaba paralizado, como si cualquier movimiento pudiera empeorar aún más la situación.

—Tenemos que irnos —dijo Bennie con la voz entrecortada—. Quien haya hecho esto puede estar todavía por aquí.

Sierra asintió, pero no le parecía bien dejar a Manny de aquella manera. Lo conocía de toda la vida, todos ellos lo conocían, y ahora era solo un montón de carne sin vida tirado en una silla. A su alrededor, la imagen del Rey del Dominó les sonreía desde todas las paredes, donde aparecía fotografiado junto a varios famosos y antiguos líderes del movimiento por los derechos civiles. Pilas y más pilas de viejos ejemplares de su periódico estaban desperdigadas sin orden ni concierto en torno a la enorme imprenta de metal.

—Sierra —dijo Bennie.

A Sierra le pareció que su amiga le hablaba desde muy lejos. No podía apartar la vista de los ojos de Manny, los ojos ciegos, desorbitados por el terror y fijos en el techo. Sin pensar, se inclinó para cerrárselos.

Manny gruñó.

La chica retrocedió trastabillando y todos gritaron a la vez. El periodista casi no se había movido, pero un levísimo temblor pasó por su atormentado rostro.

—¿No... no está muerto? —jadeó Sierra. No sabía si dar media vuelta y salir disparada o quedarse para ayudarlo. Se acercó un paso.

—¿Qué haces, Sierra? —susurró Izzy—. ¡Vámonos de aquí!

—Pero...

—¡SIERRA! —bramó Manny, pero no era su voz, sino la abominable cacofonía del tropel de espectros.

El pánico se apoderó de los chicos. Corrieron hacia las escaleras, salieron en desbandada a la menguante luz de la tarde y no se detuvieron hasta llegar a la acera opuesta.

—¿Qué... qué fue eso? ¿Qué diablos era eso? —Izzy no dejaba de sollozar.

—Y yo qué sé —gimió Tee—. ¿Qué está pasando, Sierra?

—No sé, pero no podemos dejar a Manny así. ¡Sigue vivo! Aunque ya no sea... Sea lo que sea.

—¿Estás pensando meterte ahí otra vez? —preguntó Bennie, horrorizada.

Sierra observó con desconfianza el solar desierto y la destartalada iglesia.

—No. Pero sé quién puede hacerlo.

VEINTISÉIS

Quince minutos después, Sierra y Bennie volvían rápidamente sobre sus pasos, intentando actuar con la mayor naturalidad posible. La calle estaba llena de ambulancias y patrullas, cuyas rojas y coléricas luces parpadeaban en las paredes de los edificios de ladrillo.

—¿Qué pasó? —le preguntó Bennie a un paramédico de aspecto malhumorado, panza prominente y bigote canoso.

—Nada —gruñó el hombre, arrojando su maletín al interior de una ambulancia—. Otra bromita. ¡Estúpidos chicos!

—¿Cómo que *nada*? —preguntó Sierra.

—A ver si me explico. —El hombre encendió un cigarrillo y la miró fijamente—. Unos chicos llamaron a urgencias para decir que en el sótano de ahí atrás había un muerto, pero no hay ningún muerto. Así que no pasa nada. Absolutamente nada.

—¿Están seguros? ¿Registraron bien?

—¿Quién te crees que eres tú, niña? —bufó el hombre—. Fuiste tú, ¿eh? ¿No sabes que es ilegal hacer llamadas falsas a emergencias? Vamos a buscar a un agente, a lo mejor prefieres que te lo explique él.

En ese preciso momento, un joven agente de policía atravesaba el patio en dirección a la calle. Sus ojos eran de un azul intenso e inquietante, y tenía el ceño muy, pero que muy fruncido.

—¿Hay algún problema?

Bennie agarró a Sierra por la muñeca.

—¡Vámonos! —susurró.

Las chicas echaron a correr y doblaron la esquina. Cuando se alejaron lo suficiente como para que no las oyeran, Sierra levantó los brazos en un gesto de exasperación.

—¡No tiene sentido! ¿Tú crees que Manny podía salir de allí tal y como estaba?

—No sé —contestó Bennie, volteando la cabeza para echarles un vistazo a las parpadeantes luces policiales.

Se reunieron con el resto del grupo en un pequeño parque y les contaron lo sucedido. La tarde daba paso a un crepúsculo grisáceo mientras Brooklyn se preparaba para otra noche de verano.

—¿Pero cómo que no estaba? —volvió a preguntar Izzy.

Tee le puso una mano en el hombro para tranquilizarla.

—Te repito —respondió Sierra—, por enésima vez, que eso fue lo que nos dijo el paramédico malgenioso. Y entonces vino el desgraciado agente y nos empezó a hacer preguntas; así que nos largamos. ¿Qué más quieres que te diga?

Izzy se levantó y comenzó a caminar en círculo alrededor del banco.

—¡Imposible que se haya ido de paseo, digo yo! ¡Estaba como un noventa y nueve por ciento muerto!

—Sí —reconoció Sierra, y escuchó un susurro entre los árboles.

La chica entornó los ojos para comprobar que no hubiera sombras dispuestas a echárseles encima. Al mirar las caras preocupadas de sus amigos, recordó los rostros tapados con huellas de tinta de la foto de su abuelo. Se miró la mano izquierda. Era formasombras, y Wick lo había descubierto antes que ella misma.

—¿Y qué vamos a hacer? —gimió Izzy.

El antropólogo los había atacado a Robbie y a ella usando corpúsculos, pero había fallado. Era muy posible que volviera a intentarlo usando otro formasombras más fácil de atrapar... alguien que no fuera consciente del peligro... Recordó lo que había escrito en su diario: "Quizá habría que investigar esa nueva generación de hechiceros".

Se puso en pie de un salto.

—¿Qué pasa? —le preguntó Bennie.

—¡Juan! —Sierra se colgó la mochila al hombro y enfiló hacia la parada de autobús—. Tengo que advertirle. ¿Me acompañan?

VEINTISIETE

En una noche normal, el público de El Mar consistía en unas cuantas parejitas rollizas que bailaban al compás de un grupo local de bachata o de algún figurín borracho con teclado y una caja de ritmos; vejetes decrépitos apoyados en un arrecife de coral de papel maché, tomando y quejándose de los jóvenes; y, de cuando en cuando, policías o paramédicos que entraban a toda prisa para tomarse un cafecito súper fuerte y coquetear con las camareras.

Sin embargo, cuando Sierra entró al lugar, Culebra sonaba a todo dar y, en vez del relajado público de siempre, una sudorosa masa de punks, quinceañeros y hípsters brincaba al ritmo de la música. Donde antes estaban las sillas y las mesas, ahora se apiñaba una multitud que intentaba colgarse de un timón sujeto a una pared mientras bailaba desenfrenada entre arrecifes de coral. Había tanta gente que no se podía caminar ni por los pasillos. Sierra miró en todas direcciones para ver si había algún corpúsculo al acecho, pero estaba tan oscuro que no distinguió nada.

Mientras observaba alerta, el exuberante sonido del grupo la envolvió. A Juan siempre le daba un poco de miedo tocar guitarra acústica; una hora antes de hacerlo, se ponía insoportablemente hablador y nervioso; pero los resultados valían la pena, y esa noche no era una excepción. Su vieja guitarra española emitió un complicado y cálido fraseo que armonizaba con los feroces golpes de piano del Gordo como enredaderas melódicas. Mientras el piano y la guitarra se lucían con elaborados *loops*, Pulpo, el bajista y vocalista alto y moreno, desató un torrente de notas vibrantes desde el escenario; movía la cabeza hacia adelante, provocando una avalancha de trenzas en cada compás.

La música creció como la bruma entre la multitud, hasta que un único y tímido golpe de baqueta en el aro del redoblante le dio inicio a la percusión. Rubén, un dominicano desgarbado de piel clara y perilla perfectamente recortada, alardeó con atronadoras descargas mientas su hermano Kaz iniciaba un suave *tac-tac-tac* de congas. El gentío enloqueció. Sierra se dejó llevar, hizo a un lado el miedo y la tristeza que la habían dominado desde la visita a la imprenta y se puso a bailar. El ritmo marcado por Rubén se apoderó de su interior, empujándola cariñosamente a moverse.

Cerró los ojos y los volvió a abrir muy despacio. Esta vez no le cabía duda: sombras altas, de largos brazos, se balanceaban por encima del público. Cuando abrió los ojos por completo, todo volvió a la normalidad. Intentó calmarse, sintió la emoción del ambiente y se dejó llevar por el salvaje *thrash* de su hermano.

Cerró los ojos de nuevo y, para su sorpresa, notó que se sentía a salvo. Aquel lugar estaba lleno de vida y aquellas sombras —entornó los ojos y las divisó entre las pestañas—, también.

El grupo tocaba como si fuera un solo intérprete. Las cinco cabezas llevaban el ritmo, que seguía acentuándose hasta niveles exorbitantes. Las sombras giraron más deprisa, sus largas zancadas se extendieron sobre la agitada multitud. Sierra cayó en la cuenta de que esos espíritus estaban protegiendo a su hermano. No era necesario contarle lo de Wick. Estaba a salvo. Soltó el aire y se dejó empapar por la alegría del momento. Era como vivir el más bello accidente de tránsito del mundo, rodeada de tus mejores amigos y un grupo de absolutos desconocidos, convencida de que nada malo podía sucederte.

Entonces, súbitamente, todo acabó. Todos en la sala dejaron escapar un suspiro de satisfacción y luego estalló una ráfaga de vítores. Juan levantó la vista de su guitarra con una sonrisa de autosuficiencia, inclinó la cabeza en dirección al Gordo y comenzaron a tocar otra canción.

—Ahora les vamos a dedicar un tema más tranquilo, chicos —tronó el cubano.

—¡Gracias a Dios! —jadeó Bennie, apoyándose en Sierra—. Oye, ¿estás bien?

Las sombras se habían apartado y esperaban, balanceándose en los rincones oscuros de la sala, mientras la nueva canción cobraba vida. Pero... el rostro de Manny.

—Sí —contestó Sierra. Parpadeó y abrió los ojos—. Pero... Manny.

—Lo encontraremos.

—Ya. Estoy bien.

—Me alegro, porque con todo este lío yo soy la que estoy hecha un pobre desastre sudoroso.

—Te ves bien así, B —alabó Jerome.

—¿Puedes creerlo? —dijo Sierra—. Así se llamaba el grupo al principio: Pobre Desastre Sudoroso.

—Calla —jadeó Bennie—, que no me puedo... reír.

La música proseguía suavemente, como un paseo por el parque, aunque las esporádicas explosiones de percusión y los acordes disonantes de la guitarra de Juan le confirieran un aire siniestro.

"Cuando la luna llena...", cantó Pulpo con un inquietante vibrato.

—Pulpo siempre ha sido mi debilidad —dijo Sierra.

—No me extraña —contestó Bennie—. Con esa voz...

"Mata al anciano sol...", seguía la canción.

—Juro —dijo Tee, que se les acercó con Izzy— que a mí los tipos no me gustan, pero ese está buenísimo.

Izzy la miró con expresión dolida.

—¿Pero qué clase de lesbiana eres tú?

Tee se encogió de hombros.

—Una que sabe apreciar a un hombre apuesto con la voz bonita.

"Ven a la encrucijada, ven, te aseguro..."

—Que canta con estilo una canción —prosiguió Tee—, de la que no entiendo ni papa, pero que suena espectacular. ¿Quién la compuso, Sierra?

—Supongo que Juan. Es quien compone todos los temas.

"*Mujeres solitarias...*"

—Creo que es de su último álbum —añadió lentamente—. Me suena haberla...

"*Van a bailar*".

—¡Un momento! ¿Acaba de decir "*Mujeres solitarias van a bailar*"?

Todos se volvieron hacia Sierra.

—A mí me sonó a "ban de bar bar" —contestó Izzy—, así que puede ser.

—¿En serio, nena? —Tee se rio—. ¿Ban de bar bar?

—¿Por qué lo dices? —preguntó Bennie.

—¡Es el poema! —jadeó Sierra—. ¡La canción! "Donde mujeres solitarias van a bailar" —repitió.

—¿Te refieres al poema ese que intentabas descifrar en la cafetería? —preguntó Tee.

—¡Sí! —gritó Sierra—. ¡El que dice dónde encontrar a Lucera!

"*Mi voz susurrará*", cantó Pulpo, "*en el trance sombrío...*"

—No lo puedo creer —dijo Sierra—. He escuchado esa canción mil veces. Ayer mismo la oí mientras pintaba, pero no entendía la letra, porque en la versión grabada hay mucho más...

Antes de que pudiera acabar la frase, el grupo inició otra arremetida atronadora de percusión y guitarras. El gentío volvió a ponerse en movimiento. Pulpo seguía cantando, pero la voz se perdía entre los acordes. Izzy y Tee desaparecieron entre la multitud.

—¿Mucho más ruido, quieres decir? —gritó Bennie, al oído de su amiga—. ¡No me extraña que no entendieras lo que decía! Cuando acaben de tocar, le podemos preguntar a Juan.

Sí, desde luego, pero aquellas pocas palabras, aquella muestra de una posible solución, la tenía en ascuas. Siguió pendiente de la letra, captando fragmentos de frases y dándoles vueltas.

"Mata al anciano sol... cuando las sombras..."

En ese momento, un cuerpo que se retorcía de dolor pareció pasar volando sobre la multitud que se encontraba junto al escenario. La gente comenzó a empujar y a tropezar por todas partes.

"Cual balas de pistola..."

"Esto ya no es ningún juego", pensó Sierra, irritada, mientras piernas, brazos y torsos chocaban contra ella. Manny había desaparecido. Corpúsculos y tropeles de espectros salían de la oscuridad. Si quería seguir viva y llegar al fondo del asunto, tenía que dar con Lucera. Y para encontrarla, tenía que averiguar qué demonios vociferaba Pulpo desde allí arriba...

Algo andaba mal. La gente comenzó a pasarle apurada por al lado, no siguiendo el ritmo de la música como en cualquier club, sino llena de pánico.

Bennie la tomó de la mano.

—Bájate de la nube. Hay que salir de aquí.

—¿Qué pasa?

—¡Pelea! —chilló Tee, al pasar corriendo a su lado.

Izzy le pisaba los talones, sujetando la mano de su amiga, mientras se volteaba hacia atrás para lanzar insultos.

—¿Hay que golpear a alguien? —preguntó Sierra al alcanzarlas.

—No, ya le pegamos —contestó Tee—. Vamos a tomar aire.

VEINTIOCHO

En los cristales ahumados de El Mar, el nombre de CULEBRA se desplegaba en letras descomunales y coloridas. El club estaba comprimido entre una barbería y una de esas tiendas que venden de todo, desde cuadros de Jesús en 3D hasta películas porno y juguetes eróticos. Un tren pasó por la vieja estructura metálica encima de Fulton Street, salpicando agua de lluvia sobre la crispada multitud.

—¿Qué les pasó, chicas? —preguntó Bennie cuando se reunieron en la calle.

—Que el imbécil ese grasiento de los pantalones ceñidos quería hacer un trío con nosotras —explicó Izzy—. Y, para colmo, nos pregunta quién de nosotras dos era la mujer.

—Ay, Dios mío... —Sierra se tapó los ojos con la mano.

—Y Tee le dijo: "Tú", y le partió la nariz.

—¡Bien hecho! —exclamó Jerome.

Tee se sonrojó cuando todos comenzaron a darle palmaditas en la espalda para felicitarla, y hasta se puso en actitud de rechazarlas, pero en el fondo parecía halagada.

—Así es ella —dijo Izzy, y se agachó para colarse bajo el brazo de su amiga.

—¿Averiguaste lo de la canción, Sierra? —preguntó Tee.

Sierra negó con la cabeza.

—Solo tengo la letra a medias, así que tendré que pedirle el resto a Juan.

En ese momento, el hermano de Sierra salió del club, luciendo una sonrisa amplia pero cansada. Al lado del impresionante volumen del Gordo, se veía aún más pequeñito. Sierra corrió hacia él y lo abrazó con todas sus fuerzas.

—¡Ha sido increíble, mi hermano! ¡Estoy orgullosa de ti!

—Err... gracias, hermanita.

La chica lo sujetó por los brazos para mirarlo a los ojos.

—Oye, ¿de dónde sacaste la letra de la última canción?

—Es un poema que el abuelo me...

—¡Lo sabía!

—¿Qué pasa, Sierra?

—¡La adivinanza! ¿No te conté que estoy buscando a una tal Lucera?

—Humm... no.

—Se me olvidó; con tanto lío... Da igual. ¡La respuesta está en la letra de esa canción! Tú debes sabértela de memoria, ¿no?

—Sí, pero ¿te importaría soltarme? Nos están mirando.

Sierra no lo soltó.

—¡Dímela, chico!

El Gordo los observaba mientras hacía lo de siempre: fumar los rancios habanos Malagueña que tanto disfrutaba el Abuelo Lázaro y sonreír. Parecía un Papá Noel cubano.

—"Donde mujeres solitarias van a bailar" —cantó bajito.

—¡Sí! —exclamó Sierra, soltando por fin a su hermano—. Esa es. ¡Eres el mejor profesor de música de cuarto grado del mundo! —le dijo al Gordo.

—En realidad, ahora soy el mejor profesor de música de cuarto y de quinto.

Sierra sacó una hoja de papel de su mochila.

—¿Podrías dictarme la letra? —le pidió a su hermano.

—¿Ahora?

Sierra lo arrastró lejos del grupo.

—Escúchame —gruñó—. Manny ha desaparecido o está muerto o qué se yo...

—¿Cómo? —A Juan casi se le saltan los ojos.

—Y a mí me persiguió una sombra come espectros la otra noche, por si no te acuerdas, y quién sabe qué otras cosas horrendas puedan pasar. No sé dónde encontrar a esa tal Lucera, y ella es la única que puede sacarnos de este lío. Así que, si de verdad has vuelto a Brooklyn para ayudar a tu hermanita, por favor, Juan, ¡escríbeme la maldita letra y deja de comportarte como el Rey de los Imbéciles!

—¿Pero qué le pasó a Manny?

—Estaba en coma o algo así. Lo encontramos en la imprenta y llamamos a urgencias, pero, cuando llegaron, ya él se había ido. Creo que... —Sierra se detuvo. ¿Cómo explicárselo?—. No sé.

—Maldita sea. —Juan estaba pálido.

—Por favor, hermano.

—Ya voy. ¿Tú estás bien?

—No sé —contestó la chica mientras caminaban al encuentro del grupo—. Estoy preocupada. Ese Wick... Estoy casi segura de que quiere acabar con los formasombras.

—¿Acabar cómo? ¿Matándonos?

—Sí. Ya ha convertido a dos en corpúsculos. Eso intentaba decirme el abuelo con lo de la foto, y también por eso las sombras te avisaron de que corría peligro. Todos estamos en peligro, Juan. Todos nosotros.

—Vaya... De acuerdo. Dame ese papel, Sierra.

Juan frunció el ceño y se acercó a su antiguo maestro; entre los dos comenzaron a tararear la canción mientras Juan escribía la letra. Tee, Izzy y Jerome seguían bromeando sobre el tipo grasiento al que le habían partido la nariz.

—¡Oh! —dijo el Gordo de pronto—, esta parte me encanta: "Feria bordeada de agua, suerte y destino".

—"Feria bordeada de agua, suerte y destino" —repitió Bennie—. ¿Y eso qué significa?

—No tengo idea —contestó Juan.

—¡Pero si es tu canción! —protestó Sierra.

—No, es la canción de mi abuelo. Nosotros la convertimos en una balada triste de salsa metal y le añadimos al final la historia de un tipo que mata a sus padres y... ¡bum! ¡Número uno de música *underground* en Wisconsin!

—Estás loco.

—No. Simplemente soy una estrella de rock.

Por fin, Juan le dio el papel a su hermana, que leyó en voz alta el poema:

Cuando la luna llena mata al anciano sol
y aquellos que se atraen dejan de ser dos,
cuando las sombras arraigan en las formas
y vuelan por el barrio cual balas de pistola.

Ven a la encrucijada, ven, te aseguro
que los poderes se unen, se hacen uno,
que la voz espiritual vence enemigos,
que la fuerza de mil soles ha renacido.

Feria bordeada de agua, suerte y destino,
mi voz susurrará en el trance sombrío,
mi luz será camino, blanca senda lunar
donde mujeres solitarias van a bailar.

—¿Qué significa? —preguntó.

El Gordo y Juan se encogieron de hombros al mismo tiempo.

—Pero suena bien, ¿no? —dijo su hermano.

—Bueno, ya lo descubriremos —repuso Sierra—. Se supone que esto nos dirá dónde está Lucera.

—Oye —dijo Tee—, eso del trance y los susurros... tal vez es que está en una discoteca oyendo música *trance* mientras alguna chica sexy le susurra al oído. ¿O le susurró justo antes de entrar?

—¡La portera! —chilló Bennie.

Tee se partió de risa.

—¡Ay, Dios mío, sí! Lucera, la de las lindas caderas, la portera más sexy de una disco. Sierra, nena, ¿por qué no lo dijiste antes? ¡Vamos a buscarla!

Sierra se echó a reír, pero en realidad estaba muerta de miedo. Se sentía cada vez más atrapada en un callejón sin salida, mientras las tinieblas, con sus largas y afiladas garras, se cernían sobre ella; y esa horrible respiración; además del rostro atormentado de Manny, con la boca abierta como si quisiera devorar al mundo.

—Y, ¿a qué encrucijada se refiere? —preguntó Izzy—. Es que, digo yo, en Brooklyn debe de haber unos mil millones de encrucijadas, ¿no?

—Seguro.

La respuesta se quedó en el aire, balanceándose frente a Sierra. Casi podía olerla. "Ven a la encrucijada, ven, te aseguro / que los poderes se unen, se hacen uno". Pero Izzy tenía razón, esa encrucijada podía estar en cualquier parte; quizá no fuese ni real.

—Pues yo creo que es donde se cruzan Eastern Parkway y Atlantic Avenue —dijo Jerome, firmemente.

Tee lo miró, atónita.

—¿En serio, socio? ¿Y serías tan amable de explicarnos tu magnífico talento de análisis poético?

—Claro. Es que Atlantic y Parkway son las dos calles más importantes de Brooklyn, ¿no? Además, se cruzan justo antes de que Atlantic se convierta en puente y pase por el hotel ese.

Semejante explicación dio lugar a una acalorada discusión. Sierra pensó que si dispusiera de unos segundos a solas para aclarar las ideas, quizá descubriría el sentido del poema. Masculló algo sobre ir al baño y entró de nuevo en El Mar. Los camareros estaban ocupados limpiándolo todo y ordenando las mesas. Sierra pasó a su lado en silencio y se dirigió al baño de mujeres.

La última y frenética anotación del diario de Wick resonaba en su cabeza. Ese tipo tenía poderes espirituales que le había ocultado al Abuelo Lázaro, los conjuros horribles que las afligidas le habían enseñado. Y quería ocupar el puesto de Lucera. La chica miró el estropeado espejo que coronaba el lavabo, más allá de los corazones y los nombres grabados en él. ¿Cómo era posible fabricar corpúsculos y tropeles de espectros con algo tan sagrado y bello como la magia de los formasombras? Lo que sintió al dar vida a sus creaciones de tiza había sido absolutamente indescriptible.

Robbie. Solo de pensar en él se tranquilizaba. Por lo menos tenía un amigo con quien compartir todas estas cosas. Sonrió y se dejó llenar por los recuerdos del Club Kalfour: las pinturas danzantes, la banda de ancianos y su dulce música caribeña, las manos de Robbie en su cintura...

Al abrir los ojos, se dio cuenta de que estaba bailando salsa en brazos de un Robbie imaginario. Miró su imagen deslizarse por el espejo, y algo en su interior hizo *clic*. Estaba sola. Era una mujer solitaria... y bailaba.

—¡El espejo! —exclamó, y salió del baño como una centella.

Los irritados camareros la siguieron con la vista, intrigados, cuando pasó junto a ellos. Sierra los ignoró y siguió corriendo.

—¡Es el espejo! —les gritó a sus amigos.

Todos se quedaron boquiabiertos.

—Ehh... ¿te importaría explicarte un poco, señorita chiflada? —dijo Izzy.

—¿Dónde bailan las mujeres solitarias? Frente al espejo. Cuando estamos solas bailamos allí, mirándonos.

—¿En serio? —preguntó Jerome—. ¿Ustedes hacen eso?

—¡Es lo que acabo de decir!

Bennie se rascó la barbilla.

—No suena mal, creo.

—¡Claro que no! —afirmó Sierra. Estaba tan cerca de la respuesta que podía sentir cada pieza del rompecabezas caer en su lugar—. ¿Pero... qué espejo?

—¿Qué decía el verso anterior? —preguntó Tee—. El de la feria.

—"*Feria bordeada de agua, suerte y destino*".

—Eso me gusta —comentó Juan—, pero no tengo ni idea de lo que quiere decir.

—Pues si hablamos de agua y eso... —dijo Izzy.

Tee se puso unas gafas invisibles y sacó los dientes delanteros.

—¿*Zí, profezora?* —bromeó.

Izzy le dio un puñetazo en el hombro.

—Lo que iba a decir es que el agua es un espejo. En el East River se ven reflejadas las luces de la ciudad. Es el cliché poético más cursi que existe. Oh, la luna, que se refleja en el mar, y bla bla blá, ble ble blé.

—¡Claro! —exclamó Bennie—. ¡Tienes razón! ¡La "senda lunar"!

Izzy la miró con recelo.

—¿Por qué te asombras tanto?

—¡Brillante! —dijo Tee—. Pero... estamos en una isla. Estamos rodeados de agua.

—¡Es Coney Island! —chilló Sierra.

—¿Qué?

—¿Qué otro lugar podría ser? —añadió la chica, dirigiéndose hacia el metro—. Ahora es una península, pero antes era una isla y estaba llena de parques de diversiones, todavía quedan, ya saben; y a esos parques también se les llama "ferias"... *"Feria bordeada de agua, suerte y destino"*. Y la "senda lunar", claro que sí, ¡eso es el reflejo de la luna en el océano! ¡El espejo!

—¿Pero piensas ir ahora? —objetó Bennie—. Es tarde.

—Ahora mismo. ¿Quién me acompaña?

VEINTINUEVE

Llegar a la estación del tren Q no les tomó mucho tiempo, pero la espera en el andén le pareció a Sierra una eternidad. Mientras estuvieran en movimiento, todo iba bien; pero esperar sin hacer nada le destrozaba los nervios. Trató de imaginar alguna situación hipotética en la que Manny estuviera bien, paseando tranquilamente, bromeando con sus amigos del dominó; pero solo le venía a la mente el tropel de espectros que acechaba en la oscuridad de la imprenta. ¿Había estado realmente allí? ¿Había soltado aquel horrendo estertor que oyó cuando se acercaban a Manny?

Izzy y Tee estaban sentadas en un banco, una sobre el regazo de la otra, y conversaban en voz baja. Big Jerome le contaba a Bennie no sé qué de unos policías que lo habían interrogado en Marcy Avenue; de cuando en cuando, Bennie asentía y soltaba un "oh, guau", pero sus ojos recorrían el mapa del metro, y Sierra podía asegurar que su cabeza estaba en otra parte. Juan estaba apoyado en una columna, con las manos cruzadas detrás de la cabeza y las rodillas flexionadas, como una especie de estatua de pelos erizados. Quizá él comprendiera mejor que nadie a qué se enfrentaban; se había criado con ello... sin decirle nada a su hermana, jamás.

¡Y otra vez el resentimiento! Juan y su abuelo habían hablado sin parar de aquel asunto profundamente espiritual y de otros mundos totalmente distintos, de los que la habían excluido por completo. ¿Cómo habían podido hacerle eso? Intentó respirar hondo para librarse de la rabia y miró con impaciencia hacia la oscuridad del túnel.

Le escribió un mensaje a Robbie:

Las mujeres solitarias bailan frente al espejo. Espejo + agua –> Coney Island. Allá vamos. ¿Vienes?

Guardó el celular e hizo lo posible por no esperar la respuesta. ¿Debería avisarle a alguien más? A su mamá no, desde luego. Se asustaría y le diría que no fueran. Sin embargo, llamó a Nydia.

—¿Sierra? ¿Estás bien? —preguntó la bibliotecaria.

—¡Hola, Nydia! Siento llamarte tan tarde, pero, verás, ¿te acuerdas de que estaba investigando a Wick?

—Claro, cielo. ¿Qué pasa?

—Que hemos descubierto una pista y vamos a Coney Island a seguirle el rastro. Bueno... la descubrí yo, creo, más o menos.

Nydia siguió mascando chicle unos segundos.

—No me parece buena idea —dijo por fin—. ¿Coney Island de noche? Puede ser peligroso.

Por lo visto, todas las mamás puertorriqueñas eran iguales, aunque no fueran tu mamá. Sierra hizo un gesto de impaciencia.

—No pasará nada, Nydia, gracias. Tú no te preocupes, ¿está bien? Tendré cuidado.

—De acuerdo. Si necesitas cualquier cosa, estoy en la biblioteca. Me tienen aquí prisionera trabajando horas extras.

—Gracias otra vez. Mañana te llamo.

Después de lo que parecieron siglos y en realidad fueron quince minutos, los brillantes faros del tren doblaron flotando una esquina. Sierra sintió una punzada de emoción. Ocurriera lo que ocurriese, ese tren los llevaría mucho más cerca de Lucera.

El vagón apestaba, gracias a un mendigo muy sucio que estaba echado sobre cuatro asientos. Los chicos se sentaron en el extremo opuesto al mendigo. No muy lejos de ellos estaban dos rusos bien vestidos que dormitaban el uno sobre el otro; en cualquier momento se despertarían sobresaltados y saldrían a toda prisa del vagón, fingiendo haber llegado a su parada.

Sierra miraba por la ventanilla, tratando de no recordar la boca abierta de Manny en aquel sótano, cuando Bennie se inclinó hacia ella.

—¿Sierra?

—¿Qué?

Juan se había sentado aparte y seguía ensimismado. Izzy, Tee y Jerome estaban enfrente de Sierra, mirándola.

—Tienes que contárselo —dijo Bennie—. Han venido contigo hasta aquí y ni siquiera saben por qué. Eso no está bien.

—Sí, ¿de qué se trata todo esto? —preguntó Izzy.

Sierra se pasó las manos por la cara.

—Es verdad, lo siento, es... es que no sé cómo contárselo. Se lo quería decir desde el comienzo, pero no pude.

—Cuéntaselo del mismo modo que me lo contaste a mí —sugirió Bennie—. Diles lo que descubriste sobre la cosa esa horrible y cadavérica, y sobre los formasombras. Son tus amigos, te creerán.

Sierra ni siquiera estaba segura de creérselo ella misma. No obstante, se puso a hablar y, aunque al principio titubeó, poco a poco fue ganando confianza. Juan contribuyó con unas cuantas trivialidades, pero fue ella quien llevó la voz cantante. Uno de los rusos se despertó y la escuchó también con atención.

—Y ya... eso es todo, creo —concluyó. Aunque se sentía como si les hubiera contado toda su vida, solo habían pasado unos minutos. Miró las caras de sus amigos, que la observaban con los ojos desorbitados y la boca abierta—. Humm... ¿Hola?

—¡Increíble! —exclamó Jerome.

—Sí. No sé ni qué decir —añadió Tee.

Sierra puso mala cara. Odiaba tener que explicar algo tan complicado con tanta prisa, pero odiaba aún más que le importara tanto la opinión de sus amigos. Se recostó en su asiento.

Izzy no dejaba de menear la cabeza.

—A mí... a mí me da mucho miedo.

—¿Qué cosa? —preguntó Sierra.

—¡Todo! La sombra llena de espectros que te atacó en Flatbush y que estaba con Manny, los formasombras esos... *corpusculosos*. Es que... no sé ni qué decir. Ahora mismo estoy muerta de miedo —repitió Izzy.

Tee le pasó la mano por la espalda, pero Izzy se la apartó.

—¡No, quita! Lo digo en serio. Además, Sierra, ¿qué pasa si te equivocas? Y lo de ir ahora a Coney Island... No sé, no digo que estés loca ni nada por el estilo, pero...

—¿Qué piensas? —inquirió Sierra—. ¿Que lo he inventado todo?

—No creo que quisiera decir eso —intervino Jerome—. Pero tiene que haber una explicación lógica.

—Lo que yo quiero decir —repuso Izzy— es que en realidad no sabes lo que está pasando. Hablas de fantasmas y cosas raras... Pero quizá se trate de algo totalmente distinto...

—¿Lo dices en serio, nena? —Tee se apartó un poco de su amiga—. Ya viste lo de Manny. ¿Se te ocurre otra explicación?

El tren se detuvo en Avenue J y las puertas se abrieron.

—Estoy segura de que debe de haber una —replicó Izzy, mientras las puertas se cerraban y el tren reanudaba la marcha—. Y estoy segura de que no soy la única que opina que esto parece cosa de loc...

—No. —La voz de Sierra sonó fría y lejana, incluso a ella misma. "Loco". Esa era la palabra con la que su mamá y su tía Rosa describían al Abuelo Lázaro. La que todos decían cuando no entendían algo. Llamar a alguien loco era una manera de cerrarle la boca, de ignorarlo por completo. Meneó la cabeza—. No digas eso. Ni lo intentes... Por favor. Si eso es lo que piensas, vete.

—Sierra, yo no quise decir...

—Sí querías decirlo. Y lo has dicho. Muy bien. Bájate en la

próxima parada y vete a casa, y llévate a todos los que piensen como tú, los que crean que, como estoy loca, debo esperar sentada y muerta de miedo. —Dicho esto, Sierra estudió los rostros boquiabiertos que la rodeaban, menos el de Juan, que miraba por la ventanilla del tren con aire taciturno.

Izzy se levantó en cuanto el tren llegó a la siguiente estación. Tenía los ojos llorosos.

—Yo no he dicho que estés loca, pero bueno. La verdad es que pienso que esto es ridículo y que, encima, tiene pinta de ser peligroso. ¿Tee?

—Lo siento, nena —respondió su amiga con la mayor tranquilidad—, pero yo me quedo con Sierra. Dije que la apoyaría y eso es lo que pienso hacer. Además, tengo curiosidad por ver cómo acaba todo.

Izzy puso cara de haber recibido un bofetón. Los labios le temblaron y entrecerró los ojos llenos de furia.

—Yo también me voy —dijo Jerome, levantándose—. Perdona, Sierra, pero esto es demasiado para mí. No puedo... no puedo acompañarte. No es que no te crea, es que... no puedo. —Se encogió de hombros, como si todo aquello le fuera indiferente—. Al menos me aseguraré de que Izzy llegue bien a casa —añadió, mirando a Tee.

—Qué caballeroso —rezongó Tee, mirando al techo del vagón.

Sierra se volteó hacia Bennie. No quería dar la impresión de estar desesperada, pero nunca había necesitado de su amiga tanto como en ese momento.

—¿Qué? —preguntó Bennie—. ¿Te crees que porque estos miedosos se van voy a irme yo también?

El tren se detuvo y las puertas se abrieron.

—No sé, B. ¿Tú crees que lo he inventado todo?

Izzy y Jerome las miraron, atentos. Bennie les hizo una V con dos dedos.

—Paz, amigos míos —dijo, y miró a Sierra—. No, no creo que hayas inventado nada.

Sierra sonrió e hizo caso omiso de las miradas que Izzy y Jerome les lanzaban desde el andén.

—Gracias.

El tren arrancó de nuevo. Sierra y Bennie chocaron los puños.

—¡Listos entonces! —gritó Tee, perturbando el sueño del mendigo, que se tapó la cara con una sucia gorra de béisbol y rezongó—. Hemos pasado por un momento de lo más incómodo; así que, ¿podemos ir ya a sacar a la tal Lucinda del mar o lo que sea?

—Se llama Lucera, Tee —dijo Sierra, riendo.

—¡Uy, contra! —gritó Bennie—. ¡El poema!

Sierra se quedó mirándola.

—¿Qué?

—Y *aquellos que se atraen dejan de ser dos.*

—¿Y?

—Nada, solo digo que vamos a un lugar siniestro atraídos por la luna, o por su reflejo más bien, y, según dice el poema, la luna mata... ¿al sol?

A Sierra se le cayó el alma a los pies.

—Sea como sea —prosiguió Bennie—, eso explicaría la teoría de Izzy, según la cual nos dirigimos a una especie de trampa, ¿verdad?

Nadie contestó.

TREINTA

—Última parada —dijo la voz distorsionada del conductor por el intercomunicador—. Coney Island. Todo el mundo fuera.

—¿Y ahora qué? —preguntó Bennie mientras caminaban por el andén.

Juan las seguía varios pasos detrás.

—A la playa, supongo —contestó Sierra.

Todos llevaban años sin pisar Coney Island. Ahora les parecía más un planeta alienígena que el parque de atracciones de su infancia. Los desperdicios los rodeaban como las plantas rodadoras de las películas del Oeste. Las farolas apenas iluminaban, obviando esquinas y callejones. Los restaurantes donde vendían pizza y las tiendas de *souvenirs* se ocultaban tras persianas metálicas cubiertas de grafitis. A su izquierda, enormes obras de viviendas en construcción hendían el firmamento. No había ni un alma. Sierra nunca había visto un sitio tan despoblado.

—¡Qué desastre! —comentó Bennie—. ¿Dónde han ido a parar la felicidad y la alegría de Coney Island?

—Debe ser la hora —respondió Tee—. Después de medianoche se convierte en la repelente y terrorífica Coney Island, ¿no?

—Pues sí.

Frente a ellos, la vieja noria se cernía sobre el extenso parque de diversiones, que aún no había sido derruido ni transformado en comercios elegantes. Más allá, el brillante Luna Park irradiaba un resplandor anaranjado en el cielo nocturno. El viento soplaba por el paseo central, entre barracas de feria, casas de la risa y salones recreativos, todos cerrados a cal y canto. Al otro lado de la noria estaba el paseo marítimo entablado, y después la playa. Para llegar allí tenían que atravesar la tétrica zona del viejo parque.

—Esto no me gusta —dijo Sierra, deteniéndose.

—Bah —contestó Bennie—, solo estamos cazando fantasmas en una feria siniestra y desierta. Como aperitivo no está mal.

—Cuando lo dices así... —Sierra apretó los dientes.

—Bueno, bueno, solo intentaba animarte un poco, pero no me salió bien.

—¡Desde luego que no! —protestó Tee.

—En fin, vamos allá —dijo Sierra. Nadie se movió—. Bueno, está bien, yo iré primero. —Dio un paso al frente—. Vengan, no pasa nada. —Siguió avanzando; ya sentía la brisa del mar—. ¡Vamos, chicos! —Se detuvo a mirarlos.

Bennie y Tee se le acercaron y las tres enfilaron hacia la playa. Juan las siguió con cara lúgubre. Carteles grotescos anunciaban que el Felino Humano y el Cíclope Viviente merodeaban por los alrededores. Una especie de jorobado con tres ojos les sacaba una lengua larguísima desde una pancarta. El aire apestaba a comida frita y agua salada.

—¿Y qué hacemos si nos encontramos con uno de esos tipos espeluznantes y cadavéricos? —preguntó Bennie.

Tee la hizo callar y se paró en seco. Todos la imitaron.

—Oí algo —susurró.

—Habrá sido... el viento —murmuró Bennie.

En los callejones traseros de la feria, la oscuridad parecía oscilar. Cada rata escurridiza y cada lata de refresco empujada por el viento multiplicaban por diez el nerviosismo de Sierra.

—Ya llegamos —susurró—. El paseo está ahí delante.

Entonces, ¿por qué le parecía tan lejano?

Un banco de niebla se abatió lentamente sobre ellos y, por primera vez esa noche, una luna casi llena apareció con timidez. Sierra sintió una oleada de alivio al ver el rostro sombrío y brillante de la luna.

—Y cuando lleguemos a la playa, ¿qué vamos a hacer para encontrar a Lucera? —preguntó Bennie.

El paseo marítimo se extendía oscuro y vacío a ambos lados frente a ellos, apenas alumbrado por tenues farolas.

—No lo sé —contestó Sierra—, pero ya lo averiguaremos. ¡Miren!

En cuanto pisaron el entablado, el océano completo apareció de repente, tan oscuro que se fundía con el cielo. La luna, enorme y muy cercana al agua, rielaba en el sendero que partía de la orilla.

—Esto es. El espejo —dijo Sierra—, "blanca senda lunar".

Algo la atraía hacia el agua. Lo único que deseaba era sumergirse entre las olas. La playa estaba desierta, salvo por unos vagabundos que dormían apiñados en pequeños círculos, con sus cuerpos extendidos en ángulos extraños, entre envoltorios de dulces y botellas de cerveza vacías. Sierra sintió en su interior una inquietud muy familiar.

—¡Pero qué barbaridad! —dijo Bennie—. Vayas donde vayas, siempre hay un pedigüeño intentando sacarte cincuenta centavos...

Uno de los vagabundos se había levantado y se acercaba al paseo marítimo dando tumbos. Era más grande que los demás y caminaba con paso inestable. Sierra contuvo el aliento cuando una voz conocida y rasposa sonó en su mente.

"¡Sierra!".

Todos entrecerraron los ojos en la oscuridad.

—¿Y ese quién es? —preguntó Bennie.

Otras dos personas se levantaron y comenzaron a acercarse a ellos.

—No sé, pero no me gusta. Vamos a...

"¡Sierra! ¡Sierra!".

El áspero susurro seguía calcinando sus pensamientos. Era el tropel de espectros, seguro. No se dejaba ver pero se acercaba, a toda velocidad.

Sierra se quedó paralizada, como subyugada por la voz.

Entonces oyó el grito de Bennie cuando las figuras que antes se acercaban trastabillando echaron a correr. Bennie y Tee salieron disparadas hacia la noria. Juan agarró a su hermana de la mano y la haló hacia los puestos de comida.

—¿Qué te pasa? —le preguntó, jadeando, cuando se detuvieron por fin en un callejón mugriento.

—Esa voz me llama —contestó Sierra.

Se restregó los ojos y trató de aclarar sus ideas. La voz parecía la de un hispano: pronunciaba las erres de su nombre demasiado bien. Daba igual. Aunque aquel monstruo fuese puertorriqueño, seguía siendo una cosa horrenda, espantosa, supurante...

—¿Qué voz?

Unos pasos retumbantes se acercaban. El pánico se abatió sobre Sierra, que ya no podía pensar, ni calmarse, ni respirar. Cerró los ojos.

—Ya vienen —susurró Juan—. ¡Tenemos que hacer algo!

—¿Cuántos son?

—Dos.

—¿El grande?

—No. Los dos son flacos. Sierra, tenemos que...

—Viene... otra cosa... —dijo, y sintió una oleada de náuseas. Rebuscó en sus bolsillos, rogando que Robbie le hubiera metido una tiza sin que ella se diera cuenta. En lugar de eso, encontró el bolígrafo con el que Juan había escrito la canción. Tendría que usarlo. Más allá de todo, el océano seguía atrayéndola, con un susurro urgente y lejano, pero la terrible voz que pronunciaba su nombre lo anulaba todo. El tropel de espectros se acercaba cada vez más. Sierra se puso de rodillas.

—¿Qué haces? —inquirió Juan.

—Intento... —La chica rascó furiosamente el paseo entablado con la punta del bolígrafo, pero solo consiguió trazar unas líneas quebradas—. Quiero dibujar algo para formar sombras.

Por el rabillo del ojo, vio que Juan se disponía a correr.

—No hay tiempo para eso, Sierra, ¡vamos!

Cuando logró dibujar una especie de figura, levantó la mano izquierda tratando de ignorar lo mucho que le temblaba.

—¡Sierra! —susurró su hermano.

Tocó el dibujo con la mano derecha y cerró los ojos. Nada. Transcurrieron unos segundos. El retumbar de los pasos iba en aumento.

—Tengo que hacer algo —dijo Juan—. No puedo quedarme aquí cruzado de brazos.

Antes de que su hermana pudiera impedírselo, el chico blandió su navaja y corrió hacia el paseo.

—¡No! —Sierra le dio una palmada al dibujo y sintió que un espíritu la atravesaba. La figura se escapó de entre sus dedos y se deslizó por el entablado.

El horrendo susurro se intensificó.

"¡Sierra! ¡Sierra!".

El tropel de espectros estaba muy cerca.

En el paseo, dos corpúsculos se acercaban a Juan. Sierra reconoció a uno: el primero que vieron al salir del Club Kalfour; el otro era un completo desconocido. Juan se agachó, con la navaja preparada. Justo antes de que lo alcanzaran, la sombra a la que Sierra había dado forma se deslizó por los tablones y trepó por el pantalón del atacante hasta llegar a su cara, donde se le incrustó como si fuera una cicatriz. El cadáver retrocedió con las manos extendidas. Juan aprovechó la oportunidad para derribarlo, dándole un empujón con el hombro. El corpúsculo acabó tendido en el suelo, pero quedaba otro.

—¡Señor Raconteur! —dijo Juan, frenando en seco—. ¿Pero qué... qué hace usted aquí?

—¡No! —gritó Sierra—. ¡No es él, Juan, es un corpúsculo! ¡Corre!

"Sierra".

Las voces del tropel de espectros le revolvieron el estómago. Levantó la vista; el segundo corpúsculo se abalanzaba sobre su hermano. Un rayo de colores salpicó la cara de la criatura, que dejó escapar un grito gutural, se derrumbó y comenzó a arañarse los ojos. Justo cuando el primer corpúsculo se levantó de donde había caído, Robbie salió por detrás de un montón de cajas viejas y levantó la mano, con la palma extendida hacia el muerto.

Juan se quedó atónito.

—¡Robbie! ¿Qué haces...?

Robbie pegó un grito. Sus tatuajes se deslizaron por su brazo y saltaron sobre el cadáver de Raconteur, que retrocedió a trompicones, agitando las manos frente a su rostro de repente plagado de colores; cayó de rodillas, aullando. Los antepasados de Robbie rodearon agresivamente el cuello del corpúsculo: un borrón de colores contra su pálida piel, un hacha levantada, un machete blandido. El corpúsculo se levantó a duras penas, dio unos pasos y se desplomó.

"¡SIERRA!".

La llamada enfurecida estuvo a punto de arrojarla al suelo. El océano. Su única posibilidad de salvación estaba en aquel mar infinito. No lo comprendía del todo porque ya ni siquiera podía pensar, pero debía alejarse de la voz y adentrarse en el agua.

Los dos corpúsculos yacían en el suelo, inmóviles. Robbie miró a Sierra y a su hermano y les sonrió.

—Bien hecho —dijo Juan.

Robbie asintió, y sus ojos se toparon con los de la chica.

—Sierra, ¿qué te pasa?

"¡¡SIERRRRAAA!!".

El tropel de espectros estaba sobre ella. A punto de atacar.

La joven echó a correr y atravesó el paseo marítimo, hacia la enigmática oscuridad de la playa.

TREINTA Y UNO

Sierra corría por la arena. Se acercaba a las olas, pero el tropel de espectros le pisaba los talones. Oía sus resonantes zancadas y su horrendo estertor, más alto y estridente que aquella noche en Flatbush. Era un engendro inmenso y estaba muy cerca. Sintió que le faltaba el aire y que el nudo en su pecho se apretaba cada vez más.

—¡Sierra! ¡Sierra! ¡Soy yo!

Pensaba seguir corriendo y lanzarse al agua de cabeza de ser necesario. Le pareció que quizá, solo quizá, había logrado alejarse de su perseguidor.

—¡Soy Manny, Sierra! ¡Espera!

La chica se detuvo cerca de la orilla. Dio media vuelta. Manny, el Rey del Dominó, estaba a unos tres metros de ella, jadeando. Tenía muy mal aspecto: la boca abierta, manchas amarillentas debajo de los ojos y la mitad del rostro oscurecido por una barba incipiente. Pero lo peor de todo era su piel morena, ahora de un gris apagado, como si llevara meses sin ver el sol. Sierra sintió un escalofrío.

Manny avanzó un paso, y ella retrocedió.

—Sierra —dijo el periodista, aparentemente ofendido—.
¡Soy yo! No... Tranquilízate, por favor.

La chica meneó la cabeza y se echó a llorar.

—Sé lo que eres, Manny —dijo entre sollozos—. Sé que esa
cosa está dentro de ti.

—Te entiendo, Sierra. Solo quiero que me des una oportunidad para explicártelo todo, por favor. —Avanzó otro paso.

Sierra se quedó quieta, con los ojos entrecerrados.

—Te lo explicaré todo.

Todo. La simple idea de que alguien pudiera explicárselo
todo hizo que se mareara de esperanza; porque eso quería decir
que existía una explicación lógica, aunque viniera de una
espantosa versión cadavérica de su amigo.

—¿Qué es lo que sabes?

—Muchas cosas, Sierra. Tu familia, el viejo Lázaro...

—Ah, ¿ahora te decides a hablar? ¿Después de todo lo
ocurrido?

—Él... era un poderoso hechicero, Sierra.

—¡Quieto ahí!

Manny se le había acercado, ¡y ni siquiera lo había visto
moverse!

—Y tú nos has traído hasta Lucera, ¿verdad? —De pronto
su voz había cambiado; su acento puertorriqueño había
desaparecido.

Sierra percibió que sus ojos mostraban algo más que el
pícaro encanto del periodista. Algo...

—¡Qué lástima! —Los labios azulados de Manny comenzaron a proferir gemidos burlones de múltiples voces, sus

gruesos dedos rodearon la muñeca izquierda de la chica y tiraron de ella—. Tendrás que unirte a nosotros.

Bocas diminutas y aullantes brotaron de la carne grisácea, como ronchas.

A Sierra se le atoró el aliento en la garganta. Primero sintió náuseas, y luego dolor, una áspera quemazón que abrasaba su cuerpo igual que en Flatbush. Todo empezó a moverse en cámara lenta. Tuvo la vaga noción de haber lanzado el puño derecho contra el rostro de Manny, al tiempo que liberaba el otro brazo. El puño alcanzó su objetivo, pero el periodista ni se inmutó. Su piel se sentía fría y seca.

No fue un plan, fue terror en estado puro. Lo único que le quedaba era el océano. El agua estaba muy cerca. Sierra se inclinó hacia un lado justo cuando Manny arremetía contra ella. Estuvo a punto de caerse sobre la arena, pero se apoyó en una mano y salió embalada hacia la orilla del mar.

Al dar el primer paso, sintió que los espíritus la rodeaban; con el segundo, más largo, planeó por el aire un instante antes de aterrizar y seguir corriendo hacia el agua. Sombras altas de largos brazos avanzaban a su lado, tarareando; eran las mismas que la habían acompañado en el parque la noche antes. Su cántico aumentaba en amables crescendos, al ritmo de las olas que acariciaban la arena.

"*¡¡Ooooooooooooooooooooohhhhh!!*"

Sierra se percató de la suave armonía que asaltaba su desbocado corazón, de sus pasos golpeteando la orilla, de la azarosa marea, del coro de espíritus, de la luna... Toda una sinfonía de huida tomó forma en la noche.

"De acuerdo —pensó —. Sé lo que debo hacer".

Una oleada de energía brotó en su interior. Imaginó que una luz brillante parpadeaba desde algún lugar oculto de su corazón, palpitando al unísono con las luces de los espíritus. Sin pensarlo, giró el pie izquierdo y se lanzó al agua.

TREINTA Y DOS

No se dio cuenta de que tenía los ojos firmemente cerrados hasta que los abrió. Allí estaba, flotando a casi diez metros por encima del océano, rodeada de sombras. Abrió la boca y gritó lo más fuerte que pudo, para liberar el inmenso gozo que bullía en su interior, pero el viento se tragó su voz. Los espíritus entonaban un himno jubiloso, acelerando en picado hacia el agua, para luego volver a elevarse. Algunos se deslizaban sobre las olas, como nubarrones en camino al trabajo; otros eran más altos y tenían forma humana; sus largos brazos oscilaban a los costados mientras sus piernas describían veloces arcos sobre el océano. Pero todos vibraban con la misma luz con que brillaban en Prospect Park. Y esas luces ganaban intensidad según se alejaban de la orilla.

Más adelante, el sendero de agua iluminado por la luna parecía estremecerse ilusionado. A Sierra hasta le pareció que los llamaba. Entonces, súbitamente, los espíritus revolotearon sobre el resplandeciente reflejo, mientras las olas rugían a su alrededor. La procesión de sombras formó un amplio círculo en torno a Sierra y sus oscuros rostros la miraron, esperanzados.

—¡Lucera! —gritó Sierra, dirigiéndose al agua—. ¡He venido a buscarte! ¡Necesito tu ayuda!

Algunas gaviotas pasaron chillando por el cielo. El océano bramó, indiferente a la súplica de la chica.

—¡Lucera! —repitió Sierra, su voz casi inaudible en la tempestad.

El agua se veía más brillante, o al menos eso le pareció. Sierra entrecerró los ojos ante la cambiante luminiscencia del reflejo de la luna, tratando de ajustar la vista, y entonces estuvo segura: un brillo intenso se acercaba a la superficie, justo debajo de sus pies.

—Lucera —musitó.

Sobre el agua apareció un brillante círculo de luz que la llenó de calor y energía. Todavía cerniéndose sobre las olas, Sierra se inclinó para tocar el agua. A su alrededor, los espíritus tarareaban sus armoniosos cánticos y murmuraban serenamente entre sí; su brillo vibraba al mismo ritmo con que se intensificaba el círculo de luz en la oscura profundidad del mar.

Del océano salió una mano fulgurante; Sierra estuvo a punto de caer de cabeza al mar, pero la mano se elevó un poco más, tomó la suya y la sujetó. Era cálida y parecía zumbar con una sutil carga eléctrica. Sierra tiró de ella. La luz se hizo más potente y estalló en un destello resplandeciente.

La chica sintió que se elevaba volando. Se oyó a sí misma gritar, pero el vendaval ahogó su grito mientras ella continuaba ascendiendo. Algo ardiente presionaba su espalda, un fulgor dorado envolvía estrechamente su cintura. Cerró los ojos y se detuvo.

—Abre los ojos. —La voz de Lucera era cálida y áspera, como de quien habla mientras sonríe.

Sierra negó con la cabeza.

—No.

—Sierra.

La chica entreabrió un ojo. Oscuridad y puntitos de luz. Abrió los dos de par en par.

Jadeó. Brooklyn se extendía a sus pies en una centelleante cuadrícula de calles y avenidas, interrumpida tan solo por el vacío del East River y la Bahía de Nueva York. Cualquiera que hubiese sido la magia espiritual que avivara sus sentidos en el parque la noche anterior, estaba ahora en pleno apogeo. A su izquierda, Manhattan era un laberinto de torres que subían y bajaban, luces entrecruzadas, señales de tráfico, anuncios parpadeantes. Más arriba, el Bronx y Queens se achicaban hasta entremezclarse con los suburbios del norte. Coney Island titilaba debajo y, detrás, el océano Atlántico se fundía con la oscura noche.

Los espíritus giraron lentamente en círculos, permitiéndole a Sierra contemplar todo el panorama.

—Mírame, *mija*.

"¿*Mija*?", la chica se volvió para mirar a Lucera.

—¿Mamá Carmen? —preguntó. La piel alrededor de los ojos del viejo espíritu se arrugó de tanto parpadear para ahuyentar las lágrimas. No cabía la menor duda: Lucera era Mamá Carmen, su abuela—. Eres... eres...

Poco a poco, comenzaron a descender en círculos hasta la

orilla, acompañadas por un hermoso séquito de espíritus. Sierra abrió la boca pero no fue capaz de hablar. Todas sus dudas, sus esperanzas y sus miedos se habían ido, dispersos en el aire salado de la noche. Las dos se miraron a los ojos un instante, mientras las sombras bailaban a su alrededor.

—Sierra... —Carmen lo pronunció despacio, como si no quisiera que el nombre se desmoronara en sus labios—. Sierra María Santiago.

La chica asintió.

—Has venido. Sabía que lo harías.

—Abuela.

El rostro de Mamá Carmen reflejó una sonrisa esplendorosa que llegó hasta Sierra envuelta en luz dorada.

—¡Eres Lucera!

La anciana asintió; brillantes lágrimas se deslizaron por los surcos de su rostro.

—Todo este tiempo... toda mi vida... —dijo Sierra con voz temblorosa. También sentía ganas de llorar, pero se contuvo.

Carmen levantó una mano y se deslizó hacia su nieta.

—Muéstrame tu mano izquierda, *mija*.

—¡No! —Sierra retrocedió. Los espíritus dejaron de danzar y se detuvieron a observarlas.

—¿Por qué no? Solo quiero ver...

—No —repitió Sierra, bajando la voz. Miró atentamente la cara de su abuela—. Tú no eres mejor que Abuelo Lázaro. Tú... me dejaste sola sin decirme nada de... de esto. Toda mi vida... Tengo que regresar. Tengo que ayudar a mis amigos.

Mamá Carmen asintió y su rostro adquirió esa expresión severa que Sierra recordaba tan bien. La chica se dirigió al séquito de espíritus que las rodeaba.

—A la playa —dijo.

Bajaron a toda prisa, acompañadas por el gemido del viento. Los espíritus resplandecían y se apagaban rítmicamente. Rodeaban a Sierra, iluminaban la noche. Mamá Carmen era el corazón luminoso del reino sombrío. Unos cuantos espíritus las adelantaron para llegar antes a la playa.

—Te llevaré con tus amigos —dijo Mamá Carmen—. Pero los espíritus llegarán primero, para ayudarlos. Y ahora, Sierra, *mija*, por favor, enséñame la mano.

Sierra siguió negándose.

—¿Por qué no me hablaste nunca de los formasombras? Y encima desapareces... y nos abandonas a todos. A todos.

Carmen suspiró.

—No, *mija*. Yo deseaba tanto... Es que tú no lo entiendes.

—Es verdad, no lo entiendo. En absoluto. Y nadie me quiere contar nada, abuela... Lucera.

—Llámame abuela. Todavía sigo siendo tu abuela, Sierra.

—Y yo me quedé aquí y no tengo ni idea de cómo ayudar a mis amigos, ni de cómo ayudarme a mí misma, ni de cómo ayudar a nadie. ¡Porque tú nunca me contaste nada! Y te peleaste con el abuelo porque él inició a Wick, ¿verdad? ¡Y entonces te marchaste!

Carmen cerró los ojos y bajó la cabeza.

—No.

Sierra intentaba mantener a raya la tristeza, pero las lágrimas seguían empeñadas en escapársele.

—¿Qué quieres decir?

—La pelea no fue por Wick. Lo que hizo tu abuelo no me gustó, por supuesto, sobre todo después de repetirle una y mil veces que no confiara en ese hombre. Pero no me fui por eso. El motivo de la pelea fuiste *tú*.

—¿Yo?

—Sí, *mija*. Yo quería que entraras en la hermandad desde que naciste, pero Lázaro lo impidió.

—¿Por qué?

—Porque antes lo intentamos con otra persona y no salió bien.

Durante unos segundos, Sierra solo oyó el azote del viento mientras se deslizaban suavemente por el cielo. Cerró los ojos.

—Mami.

—Sí, tu mamá. —Carmen asintió con la cabeza—. Quizá intenté iniciarla demasiado pronto, quién sabe. Tenía catorce años. Estábamos en esta misma playa, con los espíritus de nuestros antepasados bailando a nuestro alrededor, como esta noche. Sé que ella los veía... Noté que espiaba sus movimientos sobre el agua, pero me dio la espalda, me llamó loca, me dijo que no quería oírme hablar de ese tema nunca más. Ya sabes lo que es el deseo de encajar, de ser "normal". Después de aquel día, se distanció tanto de mí como de tu abuelo.

—Ahora entiendo por qué se pone tan nerviosa cuando le pregunto por los formasombras.

Mamá Carmen suspiró.

—Me imagino. Y Rosa era aún peor... con ella ni lo intentamos.

—¡Bien! —gruñó Sierra.

—Cuando tú naciste, yo... Por supuesto, María no quiso que te iniciara y Lázaro se negó rotundamente. Además, por aquellos tiempos, estaba empeñado en que formasombrar era cosa de hombres, y eso me lo decía *a mí*, precisamente.

—¿Y qué pasó?

—Cuando tu abuelo inició a Wick, en contra de mi voluntad, me harté de todo. Lázaro estaba dispuesto a hermanar a un extraño y a dejar a su propia nieta en la mayor ignorancia respecto al legado familiar. Eso sí, todo sucedió después de que mi cuerpo físico falleciera. Una noche, ya tarde, entré en tu cuarto mientras dormías y te obsequié el poder de formar sombras, *mija*.

Sierra no pudo contener las lágrimas ni un segundo más. Al asentir lentamente, percibió que las palabras de su abuela se filtraban en su interior, calándosele hasta los huesos. La verdad, por fin.

—¿Y el abuelo lo descubrió?

—¿Descubrirlo? ¡Ja! Se lo conté yo. Se puso como una fiera y me desterró.

—¿Te desterró? Pero... tú eres más poderosa que él. ¿Cómo pudo...?

—Ay, Sierra, no se puede curar a quien no quiere curarse. Quizá debí quedarme y luchar, pero... hubiera sido terrible. Imagina una guerra entre formasombras con el marido liderando un bando y su mujer liderando el otro. La tradición no lo hubiera soportado. La vejez volvió a tu abuelo muy testarudo, lo endureció. Así que vine aquí; el océano es el santuario de los espíritus ancestrales.

—"Donde mujeres solitarias van a bailar".

Carmen esbozó la sonrisa más triste del mundo.

—Cuando tu mamá era niña, yo le cantaba esa canción todas las noches; igual que tu bisabuela, Cantara Cebilín Colibrí, me la cantaba a mí; como su mamá María, por quien le puse el nombre a tu mamá, se la cantaba a ella. Es una antigua plegaria de los formasombras. Los detalles cambian de generación en generación, según el momento y el lugar, pero su secreto más profundo permanece.

—¿Eran todas formasombras? ¿Todas las mujeres por parte de mami?

—No solo eso. El papel de Lucera pasa de una a otra. La canción es una nana que ofrecemos a la siguiente generación, una adivinanza. Si pasaba algo, la nueva Lucera sabía que el océano era el lugar al que debía ir.

Sierra se imaginó a su mamá de niña, quedándose dormida, mientras Mamá Carmen le cantaba la adivinanza sobre aquel mundo de sombras, lleno de luz. ¿Cuándo fue que su mamá le cerró el corazón a toda aquella magia? ¿Cuándo se rodeó de muros?

—Yo no lo sabía.

—Claro que no, ella nunca te habló de eso. La noche en que me fui, hechicé esa tonta foto que tu abuelo les sacó a los formasombras tras organizar su ridículo club de hombres.

—¿Las huellas?

—El hechizo se llama marcafotos. Cuando alguien es asesinado, su rostro desaparece detrás de una mancha. Wick aún no había emprendido su cruzada, pero yo la presentí, y supe que no tardaría mucho. —Mamá Carmen frunció el ceño—. ¿A cuántos... a cuántos ha matado ya?

—Por lo menos a cuatro, contando a Manny.

Mamá Carmen cerró los ojos y se estremeció. Por un momento, Sierra creyó que su abuela iba a echarse a llorar.

—Esa es una de las cosas que Jonathan Wick no entenderá nunca. Él cree que eliminando a quienes dan forma a los espíritus logrará hacerse con todo el poder y que ese poder proviene de mí.

—¿Y no es así?

—Sin Lucera, el poder de dar forma a las sombras desaparece; pero sin ese poder, Lucera se extingue. Estamos profundamente unidos. Somos uno solo. Yo obtengo la fuerza de los espíritus y de quienes trabajan con espíritus y se la devuelvo multiplicada por diez. La verdadera fuente de la magia de los formasombras está en esa conexión, en esa comunión, Sierra. Dependemos unos de otros.

—"Que los poderes se unen, se hacen uno".

Mamá Carmen sonrió de oreja a oreja.

—¡Exacto, *mija*! Es un solo poder, pero compartido. Escribí una copia de ese poema y le hice jurar a Lázaro que te lo daría cuando aparecieran marcas en la foto.

Sierra rebuscó en su bolsillo para sacar el papel que le había dado su abuelo.

—¿Te refieres a esto? Pues parece que lo rompió.

—¡Comemierda! —exclamó su abuela, meneando la cabeza.

—Por eso no hacía más que disculparse.

Sierra paseó la mirada por las nuevas arrugas del rostro de su abuela. Asimiló la vieja ferocidad del fantasma y la encontró sumamente familiar. Era ese brillo que en tiempos mejores descubría de cuando en cuando al mirarse al espejo.

—Y yo seré la próxima, ¿verdad?

Mamá Carmen sonrió con tristeza.

—Enséñame la mano, *mija*.

Dejaron de moverse. Ahora que solo estaban a pocos metros de la orilla, planeaban a poca distancia por encima del agua. La chica cerró los ojos y levantó la mano izquierda con la palma hacia arriba. Sintió que se la envolvía un cálido cosquilleo. Su abuela se rio entre dientes.

—Ya probaste lo de formasombrar, ¿eh?

—Sí, es divertido —dijo y, por fin, sonrió.

Súbitamente, el agradable calor que sentía en la mano la rodeó. Un brillo ardiente se infiltró por entre sus párpados.

—Mi niña —le susurró al oído Mamá Carmen—, qué orgullosa estoy de ti.

—Pero...

—Muy orgullosa.

Algo se fundió dentro de Sierra con aquel abrazo, una dulce marea de aceptación cubrió cada rincón de su cuerpo. Todo era real, hasta el menor detalle, y alcanzaba los lugares más recónditos, el corazón de su propia familia. Su abuela, esa mujer que tanto amaba y temía de niña, era Lucera, el Sol del mundo de las sombras.

Sierra hizo un ruido que tenía tanto de risa como de llanto. Su abuela la abrazó con más fuerza y le dio unas palmaditas en la espalda.

—Calla, mi niña, shhh. Está bien.

Cuando Sierra despegó su lloroso rostro del hombro de Mamá Carmen, vio que los espíritus estaban más cerca. En algunos se adivinaba un indicio de facciones, bocas y ojos tan tristes como esperanzados. Se preguntó qué secretos ocultarían, qué poderes. Giraban a su alrededor describiendo pausadas órbitas, tarareando cánticos y vigilando, siempre vigilando.

Esos espíritus iban a ayudarla. Serían sus aliados para vencer a Wick. Y Mamá Carmen lideraría el ataque.

—Bueno, pues vamos —le dijo a su abuela—. Seremos dos Luceras que echen a Wick a patadas.

—Yo no puedo, *mija*.

—¿Cómo?

—No puedo volver.

Sierra se deshizo del abrazo.

—¿Por qué no?

—Una vez que un espíritu se adentra en este reino, no hay vuelta atrás. Ya no pertenezco al mundo de los vivos, Sierra. Si he permanecido aquí tanto tiempo, ha sido solo para que pudieras dar conmigo.

—Pero abuela, acabamos de encontrarnos... y yo... acabo de descubrir quién eres en realidad. Los murales están desapareciendo... Wick está matando a los formasombras. ¿Quién va a...?

El rostro de Mamá Carmen se endureció.

—Tú, Sierra. Tú lo harás.

—Pero tú no puedes... yo no puedo... yo... —Sierra miró a su alrededor. No podía decir "no puedo" cuando, a fin de cuentas, estaba flotando por encima de un mar embravecido frente al extremo sur de la costa de Brooklyn. Aun así...

—Por supuesto que puedes —dijo Mamá Carmen—. Eres una joven fantástica, atrevida, valiente, apasionada.

—Pero yo no...

—Sierra —Carmen la interrumpió en un tono grave—, deja de menospreciarte, no hagas eso, ni ahora ni nunca. Has sido capaz de venir hasta aquí, como supuse que harías. Has seguido cada pista. Te mereces esto; te lo has ganado y casi mueres por conseguirlo. No quiero que mi legado se destruya después de todo lo que hemos sacrificado para que siga vivo. No. Desde hoy tú eres Lucera, Sierra. Con el tiempo entenderás lo que eso significa, pero de momento, tienes que derrotar a Wick.

—¡No puedo hacerlo sola, abuela!

—¿Y quién dijo que lo harías sola? Conoces a gente que está preparada para ayudarte. Porque sí, necesitarás ayuda. No sé exactamente qué trama Wick pero, sea lo que sea, implica la total aniquilación de nuestra familia y nuestros espíritus. ¿Lo entiendes?

—No, abuela. Si ni siquiera entiendo lo que somos...

—Ya lo entenderás. Y ten cuidado, *mija*.

El viejo espíritu envolvió a Sierra en un abrazo y el mundo

se llenó de una luz cegadora. La luminosidad ardió en los ojos de la chica, llegó a su cerebro y estalló con languidez por su espina dorsal, recorriendo todo su cuerpo. Esa luz invencible, imparable, infinita, circuló por sus venas hasta llenar sus órganos, salir por su boca y bañar su piel. Sierra percibió que latía. El mismo ritmo dulce y sereno que surgía de las sombras y de Mamá Carmen, ahora ella también lo sentía. El himno de los espíritus creció más y más, manando de su propio interior. En la lejanía, oyó una voz que cantaba suavemente. Apenas distinguía las palabras.

Y entonces, todo se detuvo: el fragor de las olas, los himnos de los espíritus, el azote del viento. Sierra flotó en un mar de luz, cuyo único sonido era el cántico bajito de una anciana:

"Cuando la luna llena... mata al anciano sol..."

No era Mamá Carmen; era otra mujer, incluso más vieja. Sierra respiró profundo; el olor de la tierra mojada la inundó. Y algo más: el olor del ajo. Ajo sofriéndose a fuego lento en un fogón cercano.

"Ven a la encrucijada..."

Las ráfagas de viento y el fragor de las olas volvieron gradualmente, ahogando poco a poco la melodiosa voz de la mujer.

Cuando Sierra abrió los ojos, Mamá Carmen se había ido.

—¡No te vayas! —suplicó—. ¡No estoy lista!

TREINTA Y TRES

Al volver a la playa, Sierra caminó fatigosamente hacia las borrosas luces del paseo marítimo. Mamá Carmen ya no estaba, ¿cómo iba a aprender sus poderes? ¿Cómo iba a derrotar a Wick? A pesar de las dudas, siguió andando. Tarde o temprano, llegaría al paseo y se encontraría con Bennie y con Juan... ¡y con Robbie!

"Conoces a gente que está preparada para ayudarte", pensó.

Robbie era experto en trabajar con espíritus. Recordó cómo sus arremolinados tatuajes habían rodeado el cuello del corpúsculo durante el enfrentamiento. En ese momento, el muchacho le había salvado la vida, por mucho que en los encuentros anteriores con aquellas cosas la dejara sola. Él sabía toda clase de secretos, entendía las profundidades de aquel mundo misterioso. Podía ayudarla. Juntos lo conseguirían. Y una vez que ella se aclarara la mente y que ambos se encargaran de Wick, entendería de qué trabaja aquello de ser el centro luminoso del mundo sombrío.

Apretó el paso, con las cejas arqueadas y el cerebro a toda máquina. Era formasombras, tenía el poder de transferirles espíritus a las formas. Aunque todo le parecía muy nuevo, ese poder era suyo desde el principio. La idea de que una magia extraña corría por sus venas no dejaba de asombrarla. Robbie había utilizado sus tatuajes como armas para atacar al corpúsculo... ¿Qué más podría hacer?

"Tenemos que hablar de muchas cosas", pensó y aceleró el paso. Los esperaban largas noches tratando de imaginar nuevas formas de canalizar espíritus. Con él, alguien que la entendía.

Frenó en seco. Más adelante, las farolas de Coney Island titilaban en el cielo nocturno. Quería a Robbie. Quería tenerlo a su lado, que su olor la envolviera, que su sonrisa tonta besara la suya. Quería descifrar con él aquel terrible rompecabezas sobrenatural, organizar sus piezas y reír a su lado hasta que todo acabara. Deseaba tenerlo consigo. Sobre eso no tenía la menor duda.

Ya estaba cerca. Sus pies pisaron la arena. De pronto se sintió ligera, sin ese pánico que le provocaba estar sola en aquel embrollo. Encontraría a Robbie, se lo contaría todo, le plantaría un beso en la boca. Ni siquiera le importaba que se lo devolviera o no, ¡aunque seguramente lo haría! Ella era su pareja: alguien tan espiritual como él, una exploradora del laberinto místico de Brooklyn. Él no le había dicho nada, pero no hacía falta: se lo decía con los ojos cada vez que se veían. Descubrirían lo que hubiera que descubrir y se librarían del loco de Wick, juntos.

Subió de dos en dos los escalones que conducían al paseo. Bennie hablaba con Tee y con Juan bajo una farola. Los tres se voltearon a mirarla cuando corrió hacia ellos. El rostro de Bennie, aterrado y anegado en lágrimas, le dijo todo cuanto necesitaba saber.

—Se lo han llevado —sollozó su amiga—. Se han llevado a Robbie.

TREINTA Y CUATRO

El regreso a casa en metro fue una nebulosa. Sierra intentó explicarles a sus amigos su encuentro con Lucera, pero tenía la cabeza en otra parte. Su hermano Juan la escuchaba boquiabierto, incapaz de comprender que su abuela Carmen fuese Lucera y que nadie se lo hubiese dicho. Sierra estaba tan agotada y angustiada que no tuvo ánimos ni para soltarle una ironía.

Bennie y Tee le contaron con lujo de detalles lo sucedido en la playa. Robbie había tratado de seguirla cuando ella echó a correr hacia el mar, pero aparecieron más corpúsculos y lo rodearon. Aunque, según Juan, al menos cuatro cayeron en las redes de sus tatuajes, los restantes acabaron por atraparlo y se lo llevaron. Tee intentó seguirlos para saber hacia dónde iban, pero se perdieron a toda velocidad en las tinieblas de Coney Island. Todo ocurrió muy deprisa, y cuando las sombras aparecieron en la playa, minutos más tarde, no pudieron hacer nada.

—Lo siento mucho, Sierra —dijo Juan.

—No te preocupes —contestó la chica para consolarlo.

Después, todos permanecieron en silencio hasta que el tren Q se detuvo en la estación de Prospect Park.

—Juan —dijo Sierra mientras caminaban por Lafayette Avenue en dirección a casa—. ¿Sabes algo, cualquier cosa que pueda ayudarnos a descubrir adónde se han llevado a Robbie?

—No sé, mi hermana. Todavía no concibo que Mamá Carmen estuviera metida en esto y nadie me lo contara.

—Hummm. Conozco la sensación.

—Sí, ya, lo tengo merecido.

Sierra estaba cada vez más angustiada. ¡Podían convertir a Robbie en corpúsculo!

—¿Y si a Wick lo está ayudando alguien? ¿Otro forma-sombras quizá?

—No creo, ¿quién se iba a meter en esto? Casi todos los formasombras dejaron la hermandad. Si no fuese así, te diría de ir a buscarlos para que nos ayudaran. Si todavía hay algunos que sigan formando sombras... Ni siquiera sé dónde encontrarlos, y no creo que ahora tengamos tiempo para eso.

Subieron los escalones de la entrada, pero Sierra le impidió que abriera la puerta de la casa.

—¿Qué? —inquirió él.

—Necesito que pienses, Juan.

—¡Estoy pensando!

—¿No había ningún formasombras que te pareciera raro o fuera de lugar?

—Que yo recuerde, no.

—¿Y alguno que le tuviera envidia al abuelo?

—¿Y por qué tiene que estar ayudando a Wick algún formasombras? ¿Por qué no puede ser alguno de tus amigos?

Sierra estuvo a punto de protestar, pero no lo hizo: su hermano podía tener razón.

—Piensa un poco —dijo él mientras abría la puerta y entraba a la casa—. ¿Sabía alguien más que íbamos a Coney Island?

Sierra protestó, pero lo siguió al interior.

—¿Qué tal, jovencitos? —Tío Neville estaba sentado a la mesa de la cocina, con sus largas piernas estiradas y una taza de café humeante en la mano—. ¿Cómo los trata la noche?

Sierra no supo ni qué decir. Sintió la presencia del abuelo como un peso sobre los hombros mientras subía a la cuarta planta.

Entró a su apartamento como un ciclón, cargada de preguntas, acusaciones y reproches, pero cuando vio a su abuelo durmiendo plácidamente, meneó la cabeza y se dirigió a la pared de las fotos.

Se le cortó la respiración. Más de la mitad de las caras estaban tapadas. La de Manny, por supuesto, la de Raconteur, la de Vernon y las de otros que no conocía. Aparte de Papá Acevedo, los únicos que no tenían una huella encima eran Caleb Jones, un joven pelirrojo de piel clara, con peinado afro y tatuajes en el cuello; Theodore Crane, un viejo requeteviejo con los brazos cruzados; Delmond Alcatraz y Sunny Balboa, que administraban la barbería de Marcy Avenue; y un tipo robusto y ceñudo con ropa deportiva y sombrero Stetson, llamado Francis True.

Allí no había nada útil. Si alguien estaba ayudando a Wick,

podía ser uno de los formasombras supervivientes, pero ¿cómo averiguar cuál? Sierra le echó una última mirada de rabia a su abuelo y regresó a su cuarto.

Ignoraba qué hacer o a dónde ir. Solo sabía que tenía que salir de casa y buscar a Robbie. Metió cosas al azar en una bolsa de viaje: linterna, pilas, cuerda. Una idea vaga se coló en su mente; una posible respuesta. Aún no la tenía clara, pero estaba ahí. Estaba ahí y le resultaba inquietante... hasta podría desbaratar todos sus cálculos. Había alguien que conocía sus movimientos.

¿Por qué? Porque cada vez que hacía algo o que iba a algún sitio, se topaba con corpúsculos. Como si un ojo omnipotente la vigilara desde lo alto. O un espía.

"Un espía..."

—¿Sierra? —La molesta voz de su mamá seguía insistiendo tres plantas más abajo—. ¿Dónde estás, *mija*?

"Alguien en quien confiaba", pensó.

—¡Aquí arriba! —gritó, sin molestarse en ocultar su mal humor.

Se sentó en su escritorio y se restregó la cara. La tensión vibró furiosa por su cuerpo cansado. La respuesta coqueteaba con ella, quedándose justo al borde de su imaginación, asomando solo un poquito la cabeza. Sintió los pasos de María Santiago subiendo por las chirriantes escaleras. Hubiera deseado que la respuesta apareciera antes que su mamá.

—¿Sierra?

Un leve *toc toc*. Los regaños más sonados de su mamá

empezaban siempre con la mayor delicadeza. Aunque hacía muchos años que tal técnica no la agarraba desprevenida, la seguía sacando de quicio. María abrió la puerta con suavidad y asomó la cabeza. Parecía muy cansada.

—¿Qué te pasa, nena? ¿Puedes hablarme, por favor? —preguntó. Entró al cuarto y se quedó a los pies de la cama, sin saber qué hacer con las manos—. Entras y sales a horas intempestivas. Le gritas a Rosa. No pareces tú, *mija*.

Sierra miró a su mamá a los ojos.

—Yo... es que... —Ninguna de las posibles mentiras tenía sentido—. No puedo... hablar de eso.

—Hija, ¿estás usando drogas?

—¡Mamá! —Sierra golpeó el escritorio con el puño, quizá con más fuerza de la deseada—. Te digo que no quiero hablar y tú sigues insistiendo. ¿Te suena? Molesta, ¿verdad? Mis mayores me han enseñado a ser amable y guardar silencio cuando es debido.

El agotamiento de su mamá se transformó en ira.

—¿Cómo te atreves a hablarme así, con todo lo que está pasando? ¿Cómo...?

—¿Que cómo me atrevo? ¿Que cómo me atrevo? —Sintió que el dique que contenía su ira se derrumbaba; al levantarse estuvo a punto de tumbar la silla—. ¡Tú me has ocultado cosas de mi propia familia durante toda mi vida! ¿Cómo pudiste?

—Sierra —dijo María, ofendida—, ahora no es el momento de hablar de eso.

—Ahora es el mejor momento. ¿Creías que por no hablar de algo, ese algo dejaría de existir? ¿Creías que...? —Sintió que estaba al borde de las lágrimas, así que respiró hondo y miró a su mamá con frialdad—. ¿Creías que por no hablar de eso me protegías? Pues mira lo que has conseguido. Manny... Robbie... —Era incapaz de explicarse mejor sin desmoronarse.

—¿Qué querías que te dijera? —gritó su mamá—. ¿Que tus abuelos eran unos magos desquiciados? ¿Que, según ellos, podían hablar con los muertos? Es una locura, Sierra, una tara familiar, y no tiene nada que ver contigo.

—¡Nada que ver...!

—¡Es una locura!

Al ver que le temblaban las manos, Sierra las cerró, frustrada. Luego las volvió a abrir. Necesitaba pensar; la posibilidad de que alguien estuviera ayudando a Wick la desquiciaba. Tenía que irse. Tomó la bolsa y se dirigió con calma a la puerta.

María explotó.

—¡No te atrevas a dejarme con la palabra en la boca, Sierra María Santiago!

La chica se volteó de pronto, sorprendiendo a su mamá con la guardia baja.

—¿Quieres que te diga cómo sé que crees en nuestros poderes más que nadie? Puedo ver el pánico en tus ojos. Tienes miedo desde que mencioné el asunto por primera vez. Tienes miedo de que lo descubra todo; pero más que eso, todavía les tienes miedo a tus propios padres, porque sabes que eran poderosos. Sabes que su magia era real. Y, además, ves esa magia en mí, ¿verdad, mami? Y te da terror.

Los ojos de María parecían desorbitados. Seguramente

llevaba años tratando de convencerse de que sus padres estaban locos. Tenía que haberse esforzado mucho para creer que era una persona normal, igual que todo el mundo, en lugar de una dotada espiritista vinculada a un legado de magia.

—Y lo que es más —retomó Sierra—, sé que tú también la tienes. Tienes la magia en ti, mami, pero estás demasiado asustada para utilizarla. Te da terror que los otros maestros de la escuela o la misma tía Rosa la descubran, o que ese poder sea tan grande que no sepas ni qué hacer con él. Quizá sea eso... tienes miedo de tu propio poder. —Sierra tenía la nariz congestionada, pero se negaba a derramar una sola lágrima. Apretó la mandíbula y entrecerró los ojos—. Pues yo no tengo miedo. No tengo miedo de mi poder, ni me avergüenzo de él, ni de mi historia, ni de mi abuela. ¿Me oyes?

Aunque muy levemente, María Santiago asintió. Durante un segundo, Sierra pensó que su mamá iba a romperse en mil pedazos.

Una puerta se abrió en el pasillo de los altos y la cabeza de Timothy se asomó por la barandilla.

—¿Quieren que llame a la policía? —gritó.

—¡No! —contestaron las dos a la vez.

La expresión de María se suavizó. Aunque tenía los ojos llorosos, en ellos apareció una especie de calma que antes no existía.

Sierra dio media vuelta y se dirigió a las escaleras. Sentía como si hubiera perdido veinte libras, solo por haber hablado.

Salió al pasillo. La respuesta estaba al caer, seguro. Wick sabía lo de su visita a Coney Island, alguien tuvo que...

Frenó en seco en el descanso de la segunda planta. En su mente vio o sintió un frenesí de movimientos, una sombra que desapareció justo antes de que ella alcanzara a verla. Aparte de sus amigos y su hermano Juan, solo otra persona sabía lo de Coney Island.

Los pies de Sierra apenas tocaban los escalones mientras bajaba las escaleras.

—¡Tío Neville!

El padrino de Sierra sonrió con su taza de café en las manos.

—¿No te ibas a la cama?

—Tío, ¿serías un padrino tan maravilloso como para hacerle un favor a tu ahijada sin comértela a preguntas?

—¡Por supuesto! Si por eso me dicen Neville Disparate.

—Entonces, ¿no te importaría llevarme ahora mismo a Columbia?

La sonrisa de Neville se hizo todavía más grande.

—Ya sabes que me encanta el peligro.

TREINTA Y CINCO

Tenía cierto sentido, pero al mismo tiempo era terrorífico. ¿Por qué había sido Nydia tan servicial con ella? Al fin y al cabo, ella era una desconocida. ¿Por qué una bibliotecaria de la Universidad de Columbia iba a perder el tiempo desenterrando documentos sobre un antropólogo que ya ni siquiera impartía clases? Hasta le había pedido que la tuviera al corriente de su investigación. Nydia debía de haber conocido a Wick en la universidad, o incluso podía haber empezado a trabajar allí para localizarlo.

Y ella le había dado toda clase de explicaciones sobre sus movimientos. Se estremeció. Se había sentido tan bien al encontrar a alguien tan curioso como ella en aquel campus tan hostil, que había caído en sus redes. Seguro que Nydia tenía a Robbie prisionero... escondido en aquel laberinto de estanterías.

"Lo arreglaré, de un modo u otro", pensó, y bajó la ventanilla del auto para que el aire fresco de la noche le refrescara la cara.

—¿Te molesta el humo? —preguntó Neville.

—No, solo quería tomar el aire. Para... pensar.

—Ya sabes que me puedes contar cualquier cosa, se me da muy bien guardar secretos.

—Me encantaría poder hacerlo, tío Neville, de verdad. —Sierra meneó la cabeza. Cuando alguien en quien confías te traiciona, comienzas a desconfiar de todos—. ¿Te han traicionado alguna vez?

Neville soltó una carcajada.

—¡Uy, muchas! Qué fastidio.

—¿Y qué has hecho?

—¿Oficialmente? —Neville aceleró, y se pasó al carril derecho para adelantar a un jeep que iba a paso de tortuga—. ¡Esto no es un paseo dominical por el campo, zopenco! —Se rio y le dio otra calada al cigarrillo—. Lo que quiero decir es que depende de las circunstancias pero, por lo general, expulsaba de mi vida a la parte ofensora y seguía en lo mío. Una vez reparado el daño, claro está.

Entró de nuevo a su carril y aceleró aún más.

—Sí —convino Sierra—, tengo que pensar en cómo haré para reparar el daño.

Su padrino rezongó con compasión.

—¿No puedes correr más? —preguntó la chica.

—Demonios, Sierra, ya era hora de que me lo pidieras.

El guardia nocturno, un viejo irlandés con bastón de madera, miraba atentamente una de esas cajitas que sirven para organizar los medicamentos según el día de la semana. Sierra le puso delante la identificación que Nydia le había dado y la retiró a toda velocidad. El hombre apenas la miró.

—Vaya horas para estudiar, ¿eh? —masculló, sin levantar la vista de la cajita.

—Pues sí. ¿Hay alguien más aquí?

—Una o dos almas solitarias —contestó el viejo.

Sierra se dispuso a entrar.

—Y la señora que siempre está en el sótano, por supuesto —agregó el guardia.

—¿Nydia?

—Ajá, esa misma. Una joven hispana, como tú.

—¿Hay alguien con ella? ¿Un chico alto con rastas, quizá?

El hombre miró a Sierra con los ojos entrecerrados. En el izquierdo tenía cataratas.

—Eres muy preguntona, jovencita.

—Olvídelo —respondió Sierra, y siguió adelante a toda prisa.

No tenía ningún plan, pero tampoco podía ponerse a pensar en uno mientras bajaba como una flecha por las interminables escaleras, en busca de una bruja que seguramente la atacaría con espíritus. Aun así, se decía una y otra vez que necesitaba un plan. Se había limitado a hallar la respuesta de quién pudiera estarla traicionando y se había lanzado de cabeza a resolver el asunto. En el futuro tenía que ser más precavida, si sobrevivía. Si Robbie estaba allí abajo y era capaz de encontrarlo antes de que Nydia la encontrara a ella, podían salir bien parados, quizá. Por otra parte, a lo mejor la bibliotecaria ni siquiera trabajaba para Wick.

Cuando llegó por fin a la puerta metálica del subsótano siete, giró el picaporte con mucha precaución y entró sin hacer ruido. La enorme nave estaba a oscuras, salvo por una luz tenue que parpadeaba al fondo de las estanterías. Al rebuscar en sus bolsillos, Sierra puso mala cara. Si quería dedicarse a formasombrar, tenía que acostumbrarse a llevar algo para dibujar siempre que saliera de casa. Un extintor de incendios acumulaba polvo en un pequeño nicho situado junto a la puerta. Sierra lo descolgó y se lo echó al hombro como si fuera una bazuca. Aunque fuese ridículo, la aliviaba tener algo pesado entre las manos por si las cosas se ponían feas.

"Soy una idiota", pensó mientras avanzaba de puntillas entre los estantes, pero no podía quitarse de la mente que Robbie pudiera estar siento torturado por un tropel de espectros. Sintió un escalofrío y trató de no pensar en eso.

Nydia estaba de espaldas en el centro del pasillo, inclinada sobre una mesa en la que estaban los papeles del archivo de Wick, y farfullaba algo. Sierra contuvo el aliento y se colocó a la distancia adecuada para asestarle un golpe. Aferró el extintor con ambas manos y se preparó para atacar. Con un golpe bastaría, para Nydia al menos. Sin embargo, eso no la ayudaría a descubrir el paradero de Robbie, y Wick continuaría ahí fuera, haciendo su voluntad. Se detuvo.

Nydia se volteó, los ojos se le salían de la cara.

—¡Sierra!

—Lo... lo sé todo.

—¿Cómo?

Sierra se abrazó al extintor y sintió que le faltaba el aire.

—Lo... lo sé todo.

Nydia arqueó una ceja.

—Pues explícamelo, por favor.

—¡No te pases de lista conmigo! Sé que eres formasombras...

—¿Yo? ¡Qué más quisiera!

—¡No, calla! No hables. Sé que trabajas para Wick, sé que me espías...

—¡Oye, oye, espera un momento! —Nydia se le acercó.

—¡Alto! ¡Ni un paso más! ¿Dónde está Robbie? ¿Dónde lo metieron?

Nydia abrió los ojos.

—¿Pero de qué hablas? ¿Crees que trabajo para Wick? Sierra, no...

—¡Claro que sí! Eso lo explica todo. Estabas al tanto de mis movimientos.

—Sierra, escucha. —Nydia hablaba firmemente, sin apartar la mirada—. Yo no te espío a ti, sino a Wick.

Sierra bajó el extintor, pero lo subió de nuevo. La cabeza le daba vueltas.

—¡Deja de mentir!

—¡Pero es la verdad! —Nydia se le acercó otro paso.

—Si te acercas más, te aplastaré la cabeza —amenazó Sierra, pero lo único que quería era echarse a llorar. Todo pasaba demasiado deprisa—. Conoces a las afligidas. Te sorprendiste cuando te pregunté por ellas, como si... como si te hubiera descubierto.

—Sierra, yo estudio el mundo espiritual, sí, pero además estudio a otros antropólogos que se interesan por él. Eso forma parte de mi investigación: cómo los investigadores se involucran en las comunidades que trabajan con espíritus y las transforman, para bien o para mal.

Sierra bajó el extintor.

—Entonces, ¿qué eres? ¿Una especie de antropóloga super-espía?

Nydia sonrió.

—Algo por el estilo. Llevo investigando a Wick desde hace tiempo. Parece tener buenas intenciones, o parecía tenerlas, pero no confiaba en él. Cuando desapareció del mapa, comencé a investigarlo más a fondo. Entonces fue cuando descubrí lo de las afligidas. Empecé a seguirles la pista hace dos meses. Es... —Negó con la cabeza—. Es algo nefasto.

—Pero...

—Sierra, quiero ayudarte. Confía en mí.

—Sabes dónde encontrarlas, ¿no? A las afligidas. Dijiste que radicaban en una iglesia abandonada del norte de Nueva York.

Los ojos de la bibliotecaria se desorbitaron.

—Sí, pero...

—Llévame allí.

—¿A ver a las afligidas? No, Sierra, no es buena idea. Son terrible e inmensamente poderosas y... te matarían. Nos matarían a las dos.

—¿Y qué otra cosa podemos hacer para encontrar a Wick? ¿Tú sabes dónde está?

—No, pero...

—Wick tiene a mi... tiene a una persona que me importa

mucho. Y quiere atrapar a toda mi familia. Él... —Sierra intentó no atragantarse con el nudo que se le hacía en la garganta—, mató a mi amigo Manny y dejó a mi abuelo como un vegetal. Y ha acabado con casi todos los formasombras. Tengo que encontrarlo. Esta noche. Las afligidas le dieron su poder, pero estoy casi segura de que ya no se llevan bien. Si yo pudiera...

—Sierra, con criaturas tan ancestrales y tan poderosas como las afligidas no hay quien razone. No puedes...

—Dijiste que me ayudarías y que no trabajas para Wick. Si eso es cierto, este es el momento de demostrarlo. Si no, bueno, encontraré esa iglesia yo sola. —Dio media vuelta y se dirigió hacia la salida.

—Espera —rogó Nydia.

Sierra se detuvo.

—Eres formasombras, ¿verdad? —dijo la bibliotecaria.

Sierra asintió. En realidad, era más que eso, pero el título de Lucera aún no le parecía que le pertenecía; seguía pareciéndole algo lejano y extraño que no lograba asimilar del todo.

—¿Y ya sabes que formasombrar no sirve de nada con las afligidas? Lo más probable es que tus espíritus ni se les acerquen, sobre todo si ellas están en su elemento. Su poder emana del santuario que hay detrás de la iglesia.

—¿Eso significa que me ayudarás?

—Significa que quiero que entiendas el riesgo que corres. ¿Sigues pensando en ir allí, sabiendo que tus poderes no te servirán de nada?

—No puedo hacer otra cosa, Nydia. Estoy segura de que

saben dónde está Wick, así podré encontrarlo... a él y a Robbie. He visto a personas que amaba convertidas en monstruos. No estoy dispuesta a perderlo a él también.

Nydia volvió a arquear una ceja.

—Ya has visto a las afligidas, ¿verdad?

Sierra sonrió.

—Te lo contaré por el camino.

Avanzaron rápidamente entre los estantes de libros.

—La iglesia está al norte de Manhattan —dijo Nydia—. ¿Conoces a alguien que pueda llevarnos en auto y aprisa?

—Sí —contestó Sierra.

TREINTA Y SEIS

El Cadillac de Neville hizo un chirrido cuando frenó en una calle desierta, frente a un jardín abandonado rodeado por una verja alta y herrumbrosa.

Nydia soltó un suspiro desde el asiento de atrás.

—¡Ay, mi madre!

Sierra la miró por el espejo retrovisor.

—¿Estás bien?

—Lo estaré. —Con la mano temblorosa, la bibliotecaria le dio unas palmaditas en el hombro a Neville—. Ha sido un gusto conocerlo, señor. Conduce usted como un maniaco, y eso merece respeto.

—El gusto ha sido y será siempre mío —contestó Neville.

Estaban en el punto más alto de Manhattan, relativamente cerca del río, en un rincón perdido detrás de la autopista West Side. Del otro lado de la verja, un camino de tierra se perdía en la oscuridad. Una gruesa cadena cernía las elaboradas hojas de la puerta.

—¿Qué vamos a hacer con esa cadena? —preguntó Sierra.

—De eso me encargo yo —dijo Neville.

—¿Y si viene un policía?

—De eso también me encargo yo.

—Sierra —dijo Nydia—, me gusta tu padrino. Vamos.

Neville sacó un hacha del baúl del auto y las chicas observaron cómo rompía la cadena con cinco golpes certeros. La puerta se abrió con un gemido.

—Damas —dijo Neville, haciendo una reverencia—. Entraría con ustedes, pero creo que seré más útil manteniendo el orden aquí fuera. Además, no me entiendo bien con esa especie de delincuentes que van a ver.

—¿Lo... lo sabes? —tartamudeó Sierra.

Su padrino le guiñó un ojo.

—No olvides que tu abuelo y yo fuimos grandes amigos.

—Pero tú no eres formasombras, ¿no?

—¡Qué va! Aunque sí le cubrí las espaldas en algún que otro momento. Y he visto lo suficiente como para saber qué sucede cuando hay magia de por medio. Yo escogí quedarme en el lado de los tipos malos, muchas gracias.

—Uf —dijo Sierra.

—Ah, y llévate esto —añadió Neville, tendiéndole el hacha.

—Tío, no creo que...

—Ya, ya, pero llévala de todos modos. No saben lo que se pueden encontrar, y yo estaré más tranquilo si van armadas.

—Pero, ¿y tú...?

—No te preocupes por mí. —Dicho esto, chocó los cinco con su ahijada, le lanzó un beso a Nydia y se recostó a la puerta.

Sierra miró a la bibliotecaria.

—¿Preparada?

—¿Está casado?

—¡Nydia! ¡Concéntrate! ¿Hacemos esto o no?

—Sí, sí, vamos.

Sierra se echó el arma al hombro y enfilaron por el empinado sendero.

—¿Tienes un plan? —preguntó Nydia.

—¿Un plan?

—Sierra, tú... te empeñas en enfrentar a unos de los fantasmas más corruptos y poderosos que existen. Y yo te he traído aquí, a su infame guarida, porque me caes bien y porque quiero que atrapes a Wick por lo que le ha hecho a tu familia. O sea, que debes tener un plan, ¿no?

—Tú limítate a enseñarme dónde están que yo haré el resto —contestó Sierra, fingiendo más seguridad de la que sentía.

Nydia meneó la cabeza.

—Ven.

Más adelante, la iglesia se alzaba en la penumbra. Las agujas de los campanarios parecían estirarse a la luz de la luna, las deformes siluetas de las gárgolas espiaban desde las esquinas.

—Esto era antes un convento —explicó Nydia—. En los años setenta se convirtió en hospital psiquiátrico, pero no por mucho tiempo. Después fue una casa de drogadictos. Ahora está abandonada. Supongo que la ciudad no sabe qué hacer con la propiedad.

—Genial.

—Todo en mi investigación apunta a que ahora es el refugio de las afligidas y su centro de poder.

Por fin llegaron a la cumbre de la colina y a la vieja iglesia, cuya gran puerta de madera estaba cubierta de grafitis. Las estatuas que la escoltaban ya no tenían rostro ni manos. Los escalones estaban repletos de basura.

—Ven por aquí —dijo Nydia—, creo que el cementerio está detrás.

Siguieron andando por un sendero de tierra que bordeaba el lateral de la capilla, junto a la que vieron los restos calcinados de una motocicleta.

—Y, ¿cómo pudiste averiguar dónde se escondían las afligidas? —preguntó Sierra.

—Mediante historias orales. Hay muchas, y casi todos los eruditos las ignoran. Básicamente me dediqué a reunir cuentos populares, rumores y documentos históricos. Un cuento sobre encantamientos por aquí, algo de información sobre una antigua maldición familiar por allá...

—Suena bastante asomb...

Sierra se calló de golpe. La senda conducía a un pequeño muro de piedra. Detrás, unos sauces llorones custodiaban como dioses dolientes un diminuto camposanto. Al final, de entre un círculo de pinos, brotaba una luz dorada.

—¡Guau! —exclamó.

Nydia parpadeó.

—Yo no pensaba... yo... guau.

La luz iluminaba los bordes de los sauces y la estatua de un ángel decapitado, cuya sombra llegaba hasta ellas. Transcurrieron unos segundos.

—¿Preparada? —susurró Nydia.

Sierra asintió.

—Pues vamos.

—No. Tengo que... tengo que hacerlo sola.

—Sierra...

—Ya sé. Ya sé que crees que estoy loca y que esto es suicida. Lo entiendo. Pero tienes que dejar que lo haga a mi manera, Nydia. Ya has hecho bastante con traerme hasta aquí, y te lo agradezco mucho, de verdad, pero no quiero que te maten a ti también.

Nydia negó con la cabeza.

—Esto no me gusta, Sierra. En las películas de terror la gente dice tonterías como esas y todo sale bien, pero esto no es una película. No puedes hacerlo sola.

—De acuerdo, pero no estoy sola. —Dicho esto, Sierra le dejó el hacha, la abrazó, dio media vuelta y siguió por el sendero que conducía al cementerio.

Las sombras se alzaron a su derecha y a su izquierda, palpitando con la suave luz que viera en Coney Island mientras planeaban dando largas y magníficas zancadas. Sabía que no siempre estarían con ella, pero su mera presencia durante el corto trayecto hacia el camposanto la reconfortaba.

La chica abrió una puerta destartalada y entró al cementerio. Aunque las sombras dudaron, segundos después traspasaron el muro como si fueran una sola.

El trío de imponentes mortajas salió del círculo de pinos. Sierra sintió en la cara el calor de su brillo dorado. Detrás, en el centro del fúnebre pinar, distinguió tres mujeres de mármol, con las manos enlazadas en alto y las piernas extendidas, como si las hubieran petrificado mientras bailaban al ritmo de una melodía milenaria.

Las sombras se alinearon a cada lado de Sierra, que tomó aire e intentó controlar el temblor de su voz.

—Soy Sierra Santiago. Soy formasombras.

Durante unos segundos, todo lo que oyó fue la cálida brisa nocturna que acariciaba los sauces. Las tres afligidas se deslizaron hacia ella y la rodearon. Las sombras se pusieron firmes, pero Sierra les indicó con un ademán que retrocedieran. Las tres apariciones se acercaron, muy despacio, los rostros ocultos tras las capuchas, las vestiduras oscilando en la brisa.

—Esta es la niña del barrio de las sombras, ¿cierto? —dijo una de las afligidas.

El susurro, afilado y grave, atravesó la mente de la chica.

—Cierto, pero, ¿está preparada? —inquirió otra.

—Pssss —siseó la tercera—. No es tan niña, hermana. Esta es Lucera. Se ha transformado.

—¡Al fin!

—Sí, pero, ¿está preparada?

—Pronto lo estará.

—¡Ya basta! —gritó Sierra—. He venido a buscar información, no a que me miren y hablen de mí como si no estuviera aquí. Díganme dónde está Jonathan Wick.

Las afligidas dejaron de girar y las tres voces hablaron a la vez.

—Ese ha estado vigilando todo el tiempo.

—¿Y eso qué significa?

—Ha estado vigilando todo el tiempo.

—No estoy de humor para adivinanzas. Limítense a decirme dónde encontrarlo y cómo destruirlo.

—No puede ser destruido. Ahora es demasiado poderoso.

—¡No! No lo creo.

—Ese ya no nos preocupa. Nos ha fallado.

—Y mientras tanto está destruyendo todo lo que amo.

—Eso no es asunto nuestro.

Sierra dio un pisotón en el suelo.

—¡Ustedes lo ayudaron a ser lo que es! Son las responsables.

—Quien nos preocupa ahora eres tú.

—¿Qué? ¿Por qué?

Una de las afligidas dio un paso al frente.

—Nuestros destinos se entrecruzan, Lucera. Los del pasado y los del futuro. Pronto seremos una, como siempre ha sido, y ese día, la Hermandad de las Afligidas alcanzará su máximo poder. Así dice la profecía, niña. Fortalecimos a Wick para que se infiltrara en la hermandad de las sombras y asumiera el papel de Lucera.

—O de Lucero, en su caso —precisó otra.

—Parecía digno de esa tarea. Pero, a fin de completarla, debía encontrar a la poseedora de tal título y fracasó, como bien sabes. Le dimos un año, y ya el año pasó. En vez de encontrar a Lucera, Wick se emborrachó con el poder de los conjuros de amarre. Su orgullo sufrió tanto cuando los formasombras no lo aceptaron como líder que perdió el juicio, y empezó a destruirlos con la excusa de salvar su legado. Y en eso también fracasó.

Otra afligida se deslizó hacia Sierra, y se colocó aún más cerca que la anterior. La chica retrocedió un paso.

—Tú, en cambio, sí hallaste a Lucera, y es evidente que te otorgó su poder, niña. Ahora eres ella, ella está en ti. Y Lucera y las afligidas están destinadas a ser una. Tu abuela era de una generación arcaica, no tenía una mentalidad abierta como tú, Sierra Santiago.

—Eso no ocurrirá jamás.

—Solo te pedimos que escu...

—¡No! —cortó Sierra—. Nunca seré una con ustedes. Si no quieren ayudarme, quítense del medio y...

La primera mortaja que le había hablado arremetió contra ella. Sierra se apartó de un salto.

—¿Quién es esta insensata que intenta enfrentar a la Hermandad de las Afligidas con semejante audacia? —La aguda voz de la mortaja cortaba como un puñal oxidado.

—¡Retrocede, Séptima! —aulló otra voz—. No la toques. La niña está mancillada.

—¿Mancillada? ¿Pero qué dicen? ¿Por eso encargan a otros que les hagan el trabajo sucio? ¿Para no "mancillarse" tocando a la gente normal?

—Eres impura —susurró el trío al unísono—. Igual que tu abuela. Creímos que si nos escuchabas y te purificabas, podrías unirte a nosotras algún día.

—Jamás.

—A cambio, te daríamos la información que quieres.

—Ustedes enviaron a un loco a destruir a mi familia, a mis

amigos, ¿y ahora me exigen que me una a su estúpido club para decirme dónde está?

Las afligidas se quedaron absolutamente inmóviles, mirándola fijamente.

—¡Váyanse al infierno! —exclamó Sierra—. Lo encontraré yo sola.

Se volteó y salió como una centella del cementerio, con las sombras a la zaga.

—¿Qué pasó? —preguntó Nydia.

—Dicen que Wick ha estado vigilando todo el tiempo. Es lo único que me han dicho.

—¿Como si te grabara con una cámara oculta o algo así? ¿O tiene un espía?

—No lo sé, pero estoy harta de esto. Dame el hacha.

—¿Qué? Pero Sierra, no puedes...

Sierra le quitó el hacha y enfiló hacia el camposanto. Las sombras se deslizaron a su lado y, al llegar al muro, se alinearon en formación. Sierra les indicó que esperaran y siguió adelante.

—¡Has vuelto, pequeña Lucera! —exclamaron las afligidas.

Al arremeter directamente contra su brillo, Sierra vio con satisfacción que se apartaban.

—¿Adónde vas, pequeña?

La chica se dirigió al pinar, al santuario.

—¡Pequeña Lucera! —aullaron las tres—. ¡No entres ahí!

—¡Basta de adivinanzas! —gritó Sierra. Blandió el hacha describiendo un arco y le dio un buen golpe a la primera estatua danzante. Estampó el arma contra el mármol y arrancó un buen pedazo de la túnica.

—¡Lucera! —Las afligidas se inflamaban a su alrededor—. ¡Detente!

—¡Está loca!

—¡No corrompas a las Reinas de los Fantasmas con tu impureza!

—¿Dónde está Wick? —Sierra clavó el hacha de nuevo, cortándole un trozo considerable de la mano a la segunda estatua.

—¡Detente!

—¡Basta... —Sierra levantó el hacha por encima de su cabeza— de... —La dejó caer sobre el pie de la tercera, haciéndolo pedazos— adivinanzas!

—¡En La Torre! —gritaron al unísono las afligidas—. En La Torre de El Vertedero al que van tus amigos. El ávido profesor ha establecido allí su reino. En La Torre.

Sierra bajó el hacha. Desde luego que había estado vigilando continuamente. Tomándose su tiempo. Escuchando. Se estremeció.

—Allí ha llevado al joven formasombras para crear tropeles de espectros. Porque Wick es un hombre de observación, pero sus propias creaciones no le sirven para dar forma a las sombras. Además, valerse de cadáveres le resulta espinoso, como te habrás dado cuenta. La forma humana en descomposición no puede soportar el poder del espíritu por mucho tiempo. Son tan frágiles, criaturas de sangre y huesos. Mediante sus pinturas, el joven le proporcionará las formas que necesita para su ejército de espectros.

Sierra dio media vuelta y echó a andar por el sendero que la sacaría del cementerio.

—¡Pero si vas allí te destruirá, pequeña Lucera! —Una de las afligidas se le acercó flotando mientras las otras dos se ocupaban de su deteriorado santuario—. Te lo hemos advertido. El codicioso profesor no puede ser derrotado. Y, aunque sobrevivas, Sierra Santiago, regidora de los formasombras, no olvidaremos lo que has hecho aquí esta noche.

Sierra giró como una peonza e intentó agarrarla. La afligida la esquivó, siseando.

—No esperaba otra cosa —dijo Sierra—. Y ahora, apártate. Ya sé lo que quería saber.

TREINTA Y SIETE

—Llegó la hora.

Sierra se estremeció mientras observaban la fachada de La Torre desde la acera de enfrente. Sentía escalofríos solo de pensar que Wick había estado allí todo el tiempo —y quizá estaba ahora— vigilándola. Neville las había dejado en la calle y había salido disparado hacia la casa de Sierra, prometiéndole que cuidaría del resto de la familia. Un gato callejero se alejó corriendo de una bolsa de basura rota. Aparte de eso, no había ni un alma en la calle.

Las lonas azules que protegían la estructura se agitaban furiosas contra la armazón de hormigón. Las ventanas de la planta baja estaban tapiadas, pero en las superiores parpadeaban algunas luces. Robbie tenía que estar allí, en alguna parte.

—Entonces vamos a... —dijo Nydia.

—Subir allá arriba y darle a ese su mereci...

—Sierra —murmuró una voz.

—¡Psssst! —siseó otra.

Sierra se sobresaltó.

—¿Qué demon...?

—¡Soy Bennie! —Su amiga salió de la oscuridad, seguida por Tee y Juan.

—¡Chicos! —exclamó—. ¿Qué hacen aquí? No pueden...

—Sierra —la interrumpió Bennie—. Recibimos tu mensaje de texto.

—Pero era para advertirles que no se acercaran a La Torre, no para que...

—No seas idiota. ¿Quieres morir sola? Nosotros no funcionamos así.

—Pero no pueden acompañarme. No tengo ni idea de lo que podría pasar ahí dentro. No quiero que se metan.

—Es un poco tarde para eso —dijo Tee con una sonrisa—. Además, hemos traído armas. —Sostuvo en alto una pesada pala de jardinería y le dio a Sierra un bate metálico de béisbol—. ¿Y esta chica quién es?

—¿Quién? ¿Qué? Oh... —Sierra cayó en la cuenta de que Nydia seguía a su lado—. Es Nydia Ochoa, bibliotecaria de Columbia. Me ha estado ayudando. Es buena gente.

—¡Hola a todos! —Nydia saludó con la mano e intentó sonreír.

Juan rompió contra su rodilla el palo de escoba que acarreaba y le tendió la mitad.

—Tenga.

—Humm... gracias.

Tee miró al hermano de Sierra y lo empujó por el hombro.

—Saca las manos, que yo la vi primero.

—¡Tú ya tienes pareja! —dijo Juan.

—Escuchen —dijo Nydia, dirigiéndose a todos—, ya sé que esta situación es endiablada, pero ¿están seguros de que debemos entrar ahora? ¿No sería mejor esperar a mañana para recuperarnos un poco?

Tee, Bennie y Juan miraron a Sierra, que a su vez miró a La Torre. Si Wick estaba transfiriendo tropeles de espectros a pinturas hechas por Robbie, tal como afirmaban las afligidas, los enviaría contra ella y su familia. No podían esperar.

Se encaminó hacia el portal.

—¿No puedes esperar ni un día? —insistió Nydia—. Para saber más sobre tus poderes, digo yo.

Sierra miró hacia atrás. Tee, Bennie y Juan cruzaban la calle para alcanzarla, todos con el ceño fruncido... y algo pesado en las manos. Nydia miró a su alrededor y los siguió. Las manos de Sierra no paraban de temblar, y su mente no hacía más que imaginar las más espantosas formas de morir. Pero sus amigos estaban con ella. No moriría sola. Además, no podría seguir viviendo si dejaba a merced de un loco al único chico que le había importado de verdad.

Se volvió hacia La Torre, apoyó la mano en la puerta principal y la abrió.

"No debería ser tan fácil", pensó, justo antes de que todas las luces del edificio se apagaran.

—Menos mal que trajimos linternas —dijo Juan, decidido, mientras entraban.

—Esto no me gusta nada —masculló Nydia.

Se adentraron unos pasos, perforando la oscuridad con los haces de luz. Entonces, de buenas a primeras, las luces se volvieron a encender.

—¿Ven? —dijo Juan—. No era para tanto.

Sierra no estaba tan segura. Se encontraban en una enorme nave de hormigón. Lonas de plástico colgaban de varios andamios. El techo, de puntal alto, era un laberinto de tuberías que serpenteaban por un material viscoso con aspecto de carne humana. La atmósfera apestaba a pintura y aserrín.

Y había algo más. Una inmovilidad absoluta, una quietud abrumadora, un aire denso y pesado que le constreñía los pulmones cada vez que respiraba. Al menos ninguna sombra había salido a su encuentro.

—¿Ves algún espíritu? —le susurró a Juan.

—No —contestó el hermano de Sierra, negando con la cabeza—. Solo veo una monstruosidad de varios pisos abandonada. Fantasmas no. Todavía.

Nydia se acercó a ellos.

—¿Tienes un plan, Sierra?

—Estaba pensado que podíamos dividirnos...

—No nos vamos a separar —susurró Bennie, firmemente.

Las luces del techo se apagaron de nuevo.

—¡Mierda! —dijo alguien.

Todos volvieron a encender las linternas. Sierra suspiró.

—Es que si nos dividiéramos en dos grupos, podríamos...

—¡No! —rechazó Bennie—. Cambia de plan. Si nos dividimos y atacan a un grupo, el otro no se enteraría. Y ni siquiera sabemos a qué nos enfrentamos.

—Bennie tiene razón —dijo Juan—, pero...

Las luces se encendieron de nuevo. Todos gimieron y apagaron las linternas.

—¿Oyeron eso?

Sierra le dio un manotazo a su hermano en el hombro.

—¡Déjate de bromas!

—No estoy bromeando —repuso el chico, muy serio.

—Yo también lo oí —dijo Tee—, pero como estaban hablando, no sé qué fue.

—¿No fue como un grito? —preguntó Nydia.

—Ah —gruñó Bennie—, paren ya, chicos, me están asustando.

—Pudo ser —suspiró Juan.

—Vamos —dijo Sierra, dirigiéndose a la pared del fondo—. Creo que por ahí hay una escalera.

Fueron de puntillas hacia unas escaleras metálicas, y solo se detuvieron cuando Juan pateó un raspador de pintura sin querer. El chico se encogió de hombros al ver que los demás le clavaban los ojos.

La pesadez del ambiente aumentaba según se iban acercando a las escaleras. Sierra se ahogaba, tanto por la falta de aire como por la tensión que la devoraba por dentro. Se restregó los ojos e intentó respirar hondo, pero en vez de eso tosió. Se dirigió hacia el segundo piso. Sus pies hacían ruiditos en cada peldaño metálico. Enseguida sintió los pasos de sus amigos detrás de ella.

—Están cerca —dijo Juan a medio camino.

Sierra sujetó bien el bate y subió los escalones que faltaban para llegar al segundo piso. Casi todas las ventanas estaban sin cristales, dejando entrar una fresca brisa nocturna. Las lonas de plástico oscilaban y se arrastraban por el suelo, provocando un sonido pedregoso. Juan la seguía muy de cerca.

El primer corpúsculo, medio oculto por una lona, estaba totalmente inmóvil, mirándolos fijamente. Sierra tomó aire, alzó el bate y esperó. El cadáver no hizo el menor movimiento. La chica intentó identificar sus rasgos, para ver si era uno de los formasombras de la foto de su abuelo, pero la escasa luz no se lo permitió. Cuando sus amigos se le unieron, sintió que se paralizaban. Por el rabillo del ojo se percató de otro movimiento: un segundo corpúsculo esperaba detrás de otra lona, algo más cercana. Detrás apareció un tercero.

Juan temblaba al lado de Sierra, que podía sentir la rabia y el terror de su hermano tan nítidamente como si fueran suyos. El chico lanzó un grito y se precipitó hacia delante, blandiendo la escoba. Los tres muertos arremetieron contra él. Tee se detuvo un momento al lado de Sierra, jadeando, y después siguió a Juan. Sierra se acercó al grupo y golpeó en el costado a uno de los atacantes, pero este agarró el extremo del bate y tiró con fuerza. La chica gritó y aumentó la presión sobre el mango mientras se tambaleaba; sabía que conservar el arma era su única esperanza de mantenerse con vida. Por fin, tras lograr que el corpúsculo soltara el bate, apoyó bien un pie y le asestó un batazo con todas sus fuerzas.

Algo duro se quebró; el impacto resonó por el bate metálico y Sierra sintió que la reverberación del golpe le subía por los brazos. Por un instante terrible, no tuvo ni idea de lo que estaba ocurriendo. Oía los gritos de sus amigos y los ruidos producidos por las peleas a su alrededor. Vio explosiones de polvo y partículas grises que subían en cámara lenta hacia el techo, y sintió que algo le daba en el rostro. Al retroceder, distinguió que el corpúsculo caía de rodillas y se desplomaba. Tenía la cara aplastada y le faltaba un gran trozo de carne seca sobre el ojo izquierdo.

Sierra se sacudió de la cara los pedazos de cadáver que le habían caído encima. Procuró calmarse y, al volverse hacia sus amigos, vio que otro corpúsculo se le acercaba. Era Bellamy Grey, o lo había sido; su rostro fue uno de los últimos en desaparecer de la foto. Corría hacia ella demasiado rápido como para poder asestarle un buen batazo, así que cargó contra él con su propio cuerpo.

Los repulsivos puños del muerto la golpearon en la espalda mientras ambos se precipitaban al suelo. Durante unos minutos, todo fue un caos. La chica recibió un doloroso puñetazo y sintió que estaba a punto de desmayarse. De pronto, Tee le gritó algo al oído. El corpúsculo serpenteó debajo de ella, se liberó y se le puso encima, aferrándole las muñecas con sus heladas manos, aplastándola con su peso hasta que la dejó sin aire. Una oleada de pánico recorrió a Sierra y se apoderó de sus pensamientos. Era el fin. Lo habían intentado y habían fallado. Luchó, pero el poco aire que lograba aspirar solo servía para aumentar su desolación, esa que la empujaba al más absoluto de los olvidos. Era el fin.

Sin embargo, súbitamente, no lo era. Unas manos tiraban del corpúsculo, manos morenas, las de Tee. Sierra jadeó para tomar aire. El muerto viviente intentaba apartar a su amiga, pero ella no cejaba. Entonces se le unieron otras manos; parecían las de Bennie y las de Nydia. Con las muñecas al fin libres, Sierra aplastó los pulgares contra los ojos del cadáver y apretó con todas sus fuerzas. Allí dentro había un espíritu, un pobre ser esclavizado por Wick, cuyo único fin era acabar con ella. No era simplemente un cadáver. Era algo más. Siguió apretando y sintió que los globos oculares cedían, gorgoteaban y se disolvían en la nada.

El corpúsculo se apartó; Sierra se incorporó, jadeando. A unos pasos de ella, el muerto se tambaleó, agitando los brazos. Nydia se adelantó, balanceó con fuerza su trozo de palo y le pegó un golpe seco en el pecho. La cosa trastabilló hacia atrás, resbaló por el lateral de las escaleras y aterrizó poco después produciendo un ruido terrible. Nydia se asomó con cautela para mirar hacia abajo; después miró a sus amigos, dejándoles saber que todo había acabado.

Sierra se puso en pie, se sacudió los repulsivos fragmentos de cadáver que tenía encima y, con paso inestable, fue a reunirse con Tee y Bennie.

—¿Dónde está Juan?

Bennie señaló con la cabeza en dirección a una de las lonas. Sierra se acercó tambaleándose, tratando de ignorar los ruidos repugnantes que se escuchaban del otro lado. Cuando alzó la lona, vio a Juan inclinado sobre un corpúsculo que estaba tendido en el piso, inmóvil. El chico jadeaba y estaba empapado en sudor. Tenía la mejilla derecha hinchada y amoratada.

—Juan.

El hermano de Sierra cerró los ojos y rompió a llorar.

—¿Qué pasa?

—Lo conocía —susurró Juan, entre sollozos—. Se llamaba Arturo. Era... nos conocíamos desde chicos.

Sierra le apoyó la mano en el hombro tembloroso.

—Pero ya no era él, Juan, era otra cosa. Y ya... acabó.

El chico bajó el palo que aún sostenía y se volteó para mirarla, con el rostro lleno de lágrimas.

—Lo maté.

—No. Mataste el cuerpo. Su espíritu desapareció hace mucho. Ya lo sabes. Vamos, Juan. —Le echó un brazo por los hombros—. Tenemos que seguir.

El joven asintió y dejó que su hermana lo guiara.

—¿Todo el mundo más o menos bien? —preguntó Nydia cuando se reunieron.

—Cortes y moretones —resumió Tee—. Nada roto.

—Lo mismo por aquí —dijo Bennie, con los ojos llorosos y desorbitados.

—¿Y si lo dejamos? —propuso Nydia—. Sospecho que lo peor está por llegar.

—De eso nada —dijo Bennie—. Ya no hay vuelta atrás. ¿Estás bien, Sierra?

—Me duele todo, pero sí, estoy bien.

—Yo también —soltó Juan, antes de que nadie le preguntara.

—¿Habrá más de estos? —quiso saber Bennie.

—Seguro —respondió Nydia.

Pero no eran los corpúsculos lo que preocupaba a Sierra.

TREINTA Y OCHO

Siguieron subiendo las escaleras en completo silencio. Solo en una ocasión Juan detuvo la marcha y miró al suelo, intranquilo. Luego les indicó a regañadientes que continuaran. Sierra sentía que el corazón se le había trepado al cerebro y le palpitaba directamente en los tímpanos. La oscuridad, los crujidos y los chasquidos tejían en su imaginación una asfixiante red de espantosas visiones. Se esforzó por concentrarse y seguir avanzando, pero no podía quitarse de los hombros el tremendo peso de todo lo sucedido esa semana.

De pronto, percibió un cambio en el ambiente. El aire se volvió aún más denso. Algo se estaba congregando, algo que se hinchaba como una ola inmensa antes de romper.

—Hay algo... —dijo mientras continuaban subiendo—. Está pasando... algo. —Todos se detuvieron—. No sé... qué es. —Sierra frunció el ceño y volteó la cabeza para mirar a su alrededor; cerró los ojos—. ¿No lo sienten?

—Sí —contestó Juan—, pero no puedo describirlo. Nunca he sentido nada igual.

—¿Viene hacia aquí? —preguntó Bennie.

—Sí, pero... no nos busca a nosotros —respondió Sierra—. Solo viene. Y no es uno, son muchos, muchísimos.

—Centenares —precisó su hermano—. Miles, quizá.

—¿Y eso que viene es blanco y parece como una nube de polvo? —preguntó Tee, desde lo alto de las escaleras—. Acabo de ver algo blanco que me pareció que se movía.

Sierra subió corriendo a la segunda planta.

—¿Dónde?

—Bajaba por esa pared —contestó Tee, señalando con la cabeza hacia el otro lado de la nave.

La construcción estaba un poco más avanzada en ese piso: entre los pilares metálicos se veían tabiques que dividían el gran recinto en habitaciones, y de los tubos del techo colgaban cables eléctricos. Pero Sierra no veía nada que se moviera.

—¿Estás segura?

Bennie, que se había reunido con ellas, estudiaba atentamente la penumbra.

—Yo no veo nada.

—Pues había algo —insistió Tee—. Era una especie de persona de polvo blanco; se deslizó de arriba abajo por esa pared y desapareció.

Polvo blanco. Tiza. ¿Acaso Robbie había logrado escapar y les enviaba un espíritu para ayudarlos? Sierra sintió un atisbo de esperanza y se dirigió hacia la zona más oscura del recinto.

Bennie intentó impedírselo.

—Sierra...

Fuera lo que fuese a decir, las palabras se negaron a salir de su boca. Una figura blanca flotaba en dirección a ellos. Se veía borrosa —de tiza más densa en ciertas partes y casi inexistente en otras—, pero se podía distinguir su forma humana.

Justo antes de alcanzarlos, perdió por completo la forma y se convirtió en una blancura opaca, una masa nebulosa que se transformó en un rostro aullante. ¡El de Robbie! La boca abierta de par en par; los ojos, dos órbitas vacías rodeadas de espirales de tiza. Durante un momento pavoroso, el fantasma se quedó en el aire, como el reverso de una sombra, los brazos acabados en dedos largos y blancuzcos se estiraban hacia Sierra.

Entonces saltó.

La chica retrocedió, tropezando y dando manotazos. Sentía como si le echaran agua hirviendo en la cara, como si miles de diminutos cuchillos se clavaran en su cuerpo. Oyó gritos y sintió manos por todas partes; rogó que fuesen amistosas porque el dolor no le permitía ni abrir los ojos ni pensar a derechas. Alguien le dio una bofetada, y otra más. Muchas manos le pegaban en la cara y en la ropa. Sintió que la lanzaban al suelo y se dio cuenta de que estaba gritando con todas sus fuerzas.

Las manos siguieron sacudiéndola y, poco a poco, la horrible sensación de apuñalamiento dio paso a fuertes pinchazos. Por lo menos no se ponía peor, y eso ya era algo. Sierra parpadeó y abrió los ojos. Tee, Nydia, Bennie y Juan la miraban con caras llenas de terror.

—¿Qué... pasó? —preguntó Sierra. La cara le palpitaba como si hubiera sufrido la peor quemadura solar de su vida.

—Esa cosa... —dijo Bennie, mirando nerviosa a su alrededor.

—Era Robbie... —jadeó Sierra, asaltada por el recuerdo del fantasmal rostro que se le echaba encima—. Era... ah.

—¿Qué quieres decir? —Nydia se agachó para ayudarla a levantarse.

—Que... que el fantasma de tiza... tenía... tenía la cara de Robbie. Y estaba... gritando. ¿Dónde se metió?

—Mientras te quitábamos la tiza esa de encima, desapareció en el aire —contestó Juan—. ¿Estás bien?

—Más o menos. —Sierra miró a su hermano—. ¿Quiere eso decir... que está...?

—No necesariamente —respondió Juan, negando con la cabeza—. Pero no es una buena señal.

—¡Oye, vienen más! —advirtió Tee.

Los chicos se voltearon. Cuatro, no, cinco fantasmas de tiza se deslizaban de arriba abajo por la pared del fondo. Todos eran como el primero: con la cara de Robbie deformada por un aullido silente.

Nydia se volvió hacia la escalera y gritó:

—¡Corran!

Sierra apoyó la espalda contra un cajón de madera y se deslizó hasta sentarse. Había conseguido subir al cuarto piso, con los fantasmas pisándole los talones. No sabía si era debido al miedo o al agotamiento, pero se ahogaba. Oyó un tintineo metálico a pocos metros de distancia y saltó.

Pasó un minuto de silencio, durante el cual se esforzó por respirar más despacio y por quitarse la opresión que sentía en el pecho. De repente, oyó una carrera desesperada y un grito. ¿Era

Bennie? ¿Tee? Después, nada. Otra vez esa sensación de ahogo, como si unas manos invisibles le exprimieran los pulmones.

"¡Cálmate, maldita sea! —se dijo, y cerró los ojos, pero vio fantasmas de tiza y los volvió a abrir—. Con ponerte histérica, no arreglas nada".

Quería aquietar su respiración y concentrarse en la magia de los formasombras, *su* magia. Tenía que estar ahí, rondando por su interior, esa arma que ni siquiera comprendía del todo. Se estremeció. En cualquier caso, no había visto ni un solo espíritu de sombra desde que entraron en La Torre, ¿de qué le servía su capacidad para formar sombras si no había ni una sombra que formar? Le molestaba haberse separado de sus amigos. Podían estar muertos o algo peor. Y todo por su culpa. Había perdido el bate y, aunque lo encontrara, ¿de qué le serviría contra una nube de polvo?

Algo repiqueteó en el otro extremo de la nave. Si gritaba, revelaría su escondite. Si no gritaba, los espectros acabarían por encontrarla tarde o temprano. Más bien temprano.

Con gran precaución, agarró un trozo de lona que colgaba de una caja a su lado y lo acercó hacia ella. Tendría que correr. No tenía opción. Subiría al piso siguiente y volvería a esconderse. Y seguiría adelante hasta dar con Robbie o...

Empezó un conteo regresivo. Cinco. La lona no era gran cosa, pero al menos le serviría como un escudo contra los fantasmas de tiza.

Cuatro. Correría directamente a las escaleras.

Tres. Ella era una buena corredora. Lo conseguiría.

Dos. Nada, no podía respirar más despacio.

Uno...

Apoyó la mano en el piso, apretó la lona contra su pecho y salió disparada. No tuvo que mirar atrás para saber que los fantasmas la perseguían: una súbita ráfaga de movimiento estalló a su alrededor.

—¡Sierra, corre! ¡Vienen! —gritó Bennie.

Sierra casi se echa a llorar al saber que su amiga seguía viva. Además, con su grito había distraído a los fantasmas, sin importarle revelar su escondite. Recordó su propósito, regañó a sus piernas por temblonas y siguió corriendo hacia las escaleras.

Entonces algo... ¿Un sexto sentido? ¿La magia de los formasombras en acción?... *Algo* le dijo que se diera la vuelta. Un fantasma de tiza estaba a punto de echársele encima, con sus largos y blancuzcos brazos extendidos. Sierra lo golpeó con la lona lo más fuerte que pudo. El trozo de tela se detuvo un instante, como envolviendo una forma vaga, siguió avanzando y dispersó el polvo en el aire.

Sierra no lo podía creer. ¿Era tan fácil?

—¡Bennie! —gritó, cambiando a modo de emergencia—. ¡Usa una lona! ¡Cualquier cosa que deshaga la tiza!

Escrutó la penumbra para localizar a su amiga, pero no vio el menor movimiento. ¿La habrían atrapado?

Más fantasmas se deslizaron hacia ella. Cuatro... cinco... seis nada menos. Subió la lona por encima y por detrás de su cabeza y trató de calcular a cuántos podría borrar del mapa de un solo golpe. Las piernas ya no le temblaban. Por lo menos se le había ocurrido una forma de combatirlos. Y quería combatir.

—¡Sierra, vete a buscar a Robbie! —gritó Juan desde el otro extremo del piso. Dos fantasmas giraron rápidamente hacia su voz—. ¡Nosotros nos encargamos de estos!

—¡Eh! —Bennie había salido hasta el centro de la nave, sujetando un trozo de plástico enrollado como si fuera un látigo—. ¡Vengan aquí, tipejos, estoy aquí!

Otros dos fantasmas se viraron hacia ella para aceptar el reto.

Sierra se quedó sin habla un segundo. Los dos fantasmas restantes se le acercaron corriendo. La chica dio un giro, desintegrando a uno y disolviendo parte del otro.

De un solo golpe, Bennie logró dispersar a sus adversarios.

—¡Sierra, vete!

El fantasma de tiza que había derrumbado gateaba por el suelo como un perro herido. Sierra retrocedió hacia las escaleras. Tres nuevos fantasmas se deslizaban por las paredes. Tenía que confiar en que Juan y Bennie podrían vencerlos. Dio media vuelta y subió los escalones de tres en tres.

TREINTA Y NUEVE

Estaba allí, esperándola. Lo percibió en cuanto llegó al quinto piso. Fue tan repentino que estuvo a punto de caerse. La hediondez del tropel de espectros se filtró en su boca como el regusto de la leche agria.

No. Sierra meneó la cabeza y aquietó el temblor de sus rodillas. No la abrumaría el miedo, ni ese sabor ácido, ni el pánico de enfrentarse a la aberración que la había perseguido en Flatbush y en la playa de Coney Island. No se rendiría. Avanzó con pasos tambaleantes, pero enseguida recobró la confianza.

En la pared del fondo, una escalera de metal conducía a la azotea del edificio. El piso estaba vacío, salvo por unas cajas de madera apiladas en los rincones y una pared central de unos tres metros. Escuchó un suave arrastrar de pisadas y unos arañazos. Al otro lado de esa pared había algo.

"Puede ser cualquier cosa", pensó mientras se acercaba de puntillas. Podía ser Robbie o el tropel de espectros, o más fantasmas de tiza. O algo peor, el aluvión de espíritus que había presentido. Estaba demasiado afectada y demasiado cansada para preocuparse por las horrendas posibilidades. Al llegar a un extremo del tabique, asomó la cabeza.

Robbie estaba de pie, sujetando un pincel con mano trémula.

—¿Sierra? —dijo, con los ojos desorbitados.

El pincel se le escapó de la mano. Se acercó a su amiga dando zancadas y la abrazó fuerte, muy fuerte, como nunca la había abrazado. Sierra intentó recobrar el aliento.

—Robbie —dijo, y lo sujetó por los brazos para estudiarle la cara.

El chico tenía la nariz rota. La sangre seca le taponaba una de las fosas nasales y una fina capa de tiza blanca cubría su rostro y sus hombros. Daba la impresión de estar agotado y su aspecto era horrible... pero estaba vivo.

Sierra lo haló hacia ella, buscó sus labios y los devoró en un beso... caótico, con sabor a tiza, ¡pero tan bueno! ¡Seguía vivo! Lo besó una y otra vez, sintió que lloraba. Se secó las lágrimas a manotazos y lo volvió a besar.

—No estás muerto —susurró.

Robbie negó con la cabeza.

—Y nos salvaste la vida a mi hermano y a mí, en el paseo de Coney Island.

El chico se encogió de hombros.

—¡Tus tatuajes, Robbie! —exclamó Sierra, alzándole un brazo; apenas quedaban restos de la gloriosa obra de arte—. ¡No!

—No te preocupes —dijo Robbie, con debilidad—. Ya volverán.

—¿Qué te pasó?

—No puedo... Es horrible, Sierra. Tienes que marcharte antes de que Wick regrese.

—Pero tú vienes conmigo.

—¡No!

—¿Cómo que no?

—Sierra, si me voy nos matará a todos. A ti, seguro. Lleva toda la noche hablando de eso. ¡Créeme! Él fue quien me obligó a hacer esto. —Robbie señaló la pared.

Sierra se quedó boquiabierta. Estaba tan emocionada de haberlo encontrado que ni siquiera se había fijado en el mural. Seres altos y aterradores acechaban desde la pintura todavía húmeda. Demonios de brazos larguísimos que colgaban de hombros deformes y acababan en garras como cuchillas; tenían los rostros congelados como muecas malignas, o como aullidos.

—Quiere nuevos recipientes para sus tropeles de espectros porque los cadáveres humanos se descomponen enseguida —explicó Robbie.

—¿Pero qué pasó cuando te trajo aquí?

—Lo primero que recuerdo es que me desperté cubierto de tiza —el chico hizo una pausa para contener un sollozo—. Wick estaba en ese rincón, hablando solo. "No basta", repetía. "Con esto no basta". Hubiera peleado con él, pero quería saber qué tramaba antes de escapar. Cuando vio que estaba despierto, me levantó y me estampó la cara contra la pared. Lo hizo para obtener la huella de mi cara manchada de tiza, para darle forma a un espíritu y enviarlo contra ti. Después del tercer o el cuarto golpe perdí el conocimiento. Me desperté con un dolor de cabeza horrible, sangrando, y él seguía por aquí, mascullando no sé qué.

—Ay, Robbie... —Sierra extendió los brazos para tocarlo, pero él retrocedió.

—No, deja que... te explique. Me trajo estas pinturas y me dijo lo que debía pintar. Dijo que nos mataría, a nosotros y a nuestras familias, si no le obedecía. Y yo sabía que él sabía cómo llegar a ti. Sabía tu nombre, tu dirección, todo. Sierra, ¡lo sabe todo! —Robbie estaba frenético y daba zancadas sin parar junto a su pared llena de diablos—. Yo quería introducir una sombra protectora en uno de estos, ¡pero por aquí no hay espíritus!

—Robbie —dijo Sierra, haciendo todo lo posible por mantener la calma—, va a matarnos de todas maneras. ¿No lo ves? Le estorbamos. Al principio solo quería llenar el hueco que Lucera dejó, pero ahora quiere acabar con los formasombras. Con todos nosotros. En cuanto le des lo que quiere, te matará a ti también.

—Sierra, no podemos...

—¿Dónde está? —preguntó la chica seriamente.

—En la azotea —contestó Robbie—. Dijo que... uf... que iba a darles forma a los tropeles de espectros.

—Vamos.

Se dirigieron a la escalera y subieron sin hacer ruido. La puerta estaba entornada y se podía ver una franja de cielo nocturno. Sierra miró por una rendija.

Wick estaba de pie en el otro extremo de la azotea, con los brazos en alto. Vestía camiseta y *jeans*, como un tipo común y corriente. Tras él esperaba el cadáver grisáceo del pobre Manny, respirando con los estertores del tropel de espectros, esos que ardían en la mente de Sierra.

—Ha llegado la hora —llamó Wick—. ¡Vengan a mí, espíritus! Esta noche salvaremos a los formasombras y empezaremos de nuevo.

El aire se volvió denso, como si estuvieran rodeados por una multitud.

—¿Lo sientes? —musitó Sierra.

—Sí —dijo Robbie—. Lo he estado sintiendo toda la noche. Iba y venía. Ahora ha vuelto, más fuerte que nunca.

La sensación alcanzó una especie de clímax, una explosión de movimiento tan fuerte que resultaba ensordecedora.

—¿Qué son?

—Espíritus —contestó Robbie—. Muchos.

—¿Por qué?

—No lo...

—Están ahí. —Sierra observaba el cielo nocturno, por encima de La Torre.

Cientos y cientos de almas llenaban el aire. Se precipitaban por la azotea dando largas y sombrías zancadas, haciendo oscilar sus esqueléticos brazos. Algunas se deslizaban paralelas al suelo, como nubes de tormenta cargadas de rostros y de historias. Otras revoloteaban por el aire como si fueran hojas caídas del otoño.

—Yo nunca... —dijo Sierra.

Robbie meneó la cabeza.

—¡Son tantas! —añadió la chica.

Robbie asintió.

—¡Qué belleza!

El chico volvió a asentir.

Wick giraba lentamente, con los brazos alzados.

—Esto es más de lo que me esperaba —dijo—. Veo que algunas vienen como simples espectadoras. No importa.

Mientras giraba, las sombras se agolpaban en sus brazos. Intentaban escaparse, desesperadas, pero no podían.

"Conjuros de amarre", pensó Sierra. El poder que le concedieron las afligidas le permitía retener a los espíritus, hasta en contra de su voluntad.

Dos enormes masas de almas lo flanquearon. El antropólogo cerró los ojos, hablando entre dientes. Cuando apretó los puños, las masas se desprendieron de él y se solidificaron. Los nuevos tropeles de espectros extendieron largos apéndices plagados de espinas y rugieron. Sierra miró con horror las bocas que se abrían a lo largo y ancho de su negrura, rechinando los dientes y aullando en protesta por su repentina esclavitud.

Wick giró de nuevo, más sombras se amontonaron en sus brazos. A su alrededor, los alaridos encolerizados de los espíritus espesaban el aire. Parecía que iba a estallar una tormenta eléctrica.

—Vengan, hijos míos —ordenó Wick cuando dos nuevos tropeles de espectros se apartaron de él—, ocupen sus nuevos receptáculos.

Wick, Manny y los cuatro tropeles de espectros se dirigieron hacia la puerta. Sierra y Robbie bajaron las escaleras a toda prisa y corrieron a esconderse tras las cajas de madera, al otro lado de la nave.

CUARENTA

Un enfurecido murmullo recorrió la multitud de espíritus restantes, que bajaba de la azotea adelantándose a Wick y a sus tropeles de espectros. Sierra percibió que se encrespaban como una jauría de perros salvajes. El antropólogo se acercó rápidamente a la pared del centro del piso, espantando a manotazos las sombras que arremetían contra él.

—"Ven a la encrucijada, ven, te aseguro / que los poderes se unen, se hacen uno" —masculló; luego se situó frente al primer demonio pintado, puso la mano encima y miró a uno de los tropeles de espectros—. Es la hora.

La horda espectral avanzó hacia Wick, pareció tragárselo por un instante y luego desapareció. El demonio se estremeció, gruñó y saltó al piso. Era tridimensional, un monstruo gigantesco que brillaba por la pintura todavía fresca, con los brazos extendidos al frente mientras corría de un lado a otro.

—Ya sabes cuál es tu misión —le dijo Wick.

El demonio profirió un aullido y salió embalado escaleras abajo.

—¡Va por nuestra gente! —siseó Robbie.

El tropel de espectros contenido en el cadáver de Manny salió de su cuerpo y trepó por el mural. Sierra tuvo que ahogar un grito cuando la acechante sombra emergió de la boca abierta del periodista. Su cadáver se desplomó y el tropel se fusionó con otro demonio. El nuevo monstruo saltó de la pared, correteó por todos los recovecos oscuros y se marchó.

Sierra experimentó una calma extraña, como si la intrépida guerrera que había sido Mamá Carmen la acompañara.

—Robbie —dijo en voz baja.

El chico la miró.

—Lucera entregó su legado —dijo Sierra, y se sintió bien al decirlo; le sonaba verdadero. Habló despacio, saboreando las palabras—. Yo soy la nueva Lucera.

La expresión de Robbie pasó del asombro al embeleso.

—Podemos parar esto —añadió Sierra—. Tenemos que hacerlo. ¿Tienes tiza?

—Siempre. —Robbie se sacó una del bolsillo y se la dio—. Pero un espíritu de tiza no puede enfrentarse a un demonio de espectros, Sierra.

—Bastará con que aguante un poco. Solo necesitamos una distracción para llegar a esa ventana —dijo Sierra, y señaló la pared de enfrente.

Se le había ocurrido cuando los espíritus se congregaban en el cielo: el mural de La Torre; el dragón y la mujer esqueleto de la guitarra llegaban hasta la última planta. No estaba acabado, pero podía servir. Si Robbie conseguía llegar a la ventana y disponía de unos segundos para tocar el mural, lo llenaría de espíritus. Era difícil, pero al menos tendrían una oportunidad y algún apoyo.

Utilizó la tiza para esbozar dos mujeres con machetes y capas largas. Luego levantó el brazo izquierdo y tocó una con la mano derecha. Nada. Los espíritus seguían distraídos, vigilando a Wick y a su ejército en expansión.

—Vamos —musitó Sierra, sintiendo un retorcijón de estómago—. Ven.

Respiró hondo, intentó imaginarse a un espíritu atravesándola, exhaló y plantó la palma de la mano sobre el dibujo. Lo sintió al instante, la súbita avalancha fría recorriendo sus venas. Creyó que iba a desmayarse, pero la sensación desapareció tan pronto como apareció. La guerrera cobró vida y se deslizó velozmente por el piso.

—¡Muy bien! —la felicitó Robbie.

Sierra sonrió. Estaba a punto de dar forma a la otra guerrera cuando uno de los inmensos demonios se dirigió encorvado hacia ellos.

Aunque intentó sobreponerse, la conocida sensación de pánico se abrió paso en las venas de Sierra y se atornilló en su corazón. Se negó a gritar, pese a que todo su cuerpo le suplicaba que liberase aquella súbita explosión de terror.

Su pequeña guerrera cargó contra el demonio, pero se deshizo al chocar contra él. Necesitaba una forma más resistente.

Recordó a Wick salmodiando el poema, *su* poema: "que los poderes se unen, se hacen uno". Mamá Carmen le había explicado el significado de esa frase para que pudiera comprender en qué consistía su legado. "Se hacen uno". Los espíritus formaron un remolino a su alrededor, palpitando al ritmo de su aliento. Sierra percibía la ira de las sombras por las abominaciones de Wick, distinguía los recuerdos de cada una de ellas mientras cuchicheaban por el aire. "Se hacen uno".

Era una luchadora espiritual, igual que Mamá Carmen; era la nueva Lucera. Pues bien, aceptaba su destino. Los deseos de las sombras se unificaron con los suyos, porque aquellos espíritus eran justos y valientes. No estaban dispuestos a que un malvado como Wick destruyera su mundo. No. Ellos —Sierra y los espíritus— no podían ser manipulados ni acosados ni oprimidos. No después de tantos años luchando.

Ignoraba si esos pensamientos eran suyos o de las sombras. Pero sí sabía que la muerte estaba en el aire, respirándole en la nuca como un dios antiguo, como el gigantesco tropel de espectros convertido en demonio que la atacaba. Levantó el brazo izquierdo. Si no tenía ninguna forma donde introducir un espíritu, ella sería la forma.

El demonio cargó contra ella, bramando; solo los separaban unos pasos. Sierra respiró hondo, cerró los ojos y se apoyó la mano derecha en la frente.

De inmediato, un cegador fogonazo dejó el mundo a oscuras, como si el Sol hubiera explotado. Sierra apenas podía moverse; ríos antiguos fluían por sus venas y un océano de ira anegaba su corazón. Debía de estar flotando. Sus pies no tocaban el piso. Esa sensación de ligereza... Parecía como si no pesara nada.

Poco a poco, todo volvió a su estado anterior: vio el gran espacio vacío, la pared de los demonios, y a Robbie muy cerca, conmocionado. El monstruo que se había precipitado hacia ella estaba en el suelo tratando de incorporarse, boquiabierto del asombro. ¿Qué había pasado? ¿Dónde se escondía Wick? ¿Dónde se habían metido las sombras? El aire, antes plagado de almas frenéticas, estaba vacío.

El demonio se levantó por fin y la atacó de nuevo. Sierra alzó un brazo y le asestó un puñetazo brutal. Sintió la escasa resistencia de su materia, sintió que su mano lo partía sin esfuerzo. El monstruo jadeó, se tambaleó y se hizo pedazos.

Sierra se dio cuenta de que necesitaba respirar. "Se hacen uno". "Uno" no era un individuo, sino un estado. Ser uno con los espíritus. Su voluntad, su energía, su poder y su ferocidad se habían unificado con su cuerpo. Ya no era el conducto, era la forma, el receptáculo. Ella, ellos, se habían convertido en uno.

—¡WICK! —gritó, y su voz estremeció todo el edificio, provocando ecos hasta en las lámparas vacías y las tuberías viejas.

Era la voz de cientos de miles de almas; una historia entera de rabia y resistencia que avanzaba con ella. Se sentía fantástica. Pasó sobre los restos del demonio. Wick tenía que estar cerca, ¡ese gusano! Y pensaba ocuparse de él. Iba a destruirlo allí mismo.

En el mural ya solo quedaba un demonio pintado. Eso significaba que había cuatro merodeando por ahí, algunos a la caza de sus familiares y amigos. Sierra rugió. Una ira incontenible crecía en su interior. Necesitaba un pequeño batallón personal, unos cuantos espíritus que se encargaran de esos demonios mientras ella... ¡Pues claro! Ya tenía un plan. Se volvió hacia su amigo.

—Robbie.

El chico la miró lleno de preocupación.

—¿Sierra?

Con la mayor naturalidad, Sierra le puso la mano en la cara y permitió que diminutas partículas de luz se filtrasen en sus células y recorrieran sus vías neurales. Mientras lo miraba, el moretón que tenía Robbie en la cara desapareció.

—Voy a introducir espíritus en nuestro mural y después me encargaré de Wick —dijo—. Ve con ellos a mi casa y asegúrate de que mi familia esté a salvo. Por favor.

El chico asintió.

—Y ten cuidado. Alguno de esos demonios puede estar todavía en el edificio.

Robbie tenía una expresión extraña en la cara, una mezcla de mueca y sonrisa. Pero Sierra sabía que sabría defenderse. Le sonrió, más o menos consciente de que su cuerpo emitía un fulgor sobrenatural.

Robbie le devolvió la sonrisa y se dirigió a las escaleras.

—Vete —dijo Sierra—. Yo me encargaré de Wick.

CUARENTA Y UNO

Sierra se acercó a la ventana. El aire nocturno la refrescó. La nueva Lucera sacó uno de sus fulgurantes brazos al exterior y puso la mano sobre el mural, justo sobre la coronilla del dragón.

—Ven, Manny —le susurró al cielo, segura de que el espíritu del periodista estaba entre los muchos conjurados esa noche.

Dejó la mano donde estaba y permitió que algunos espíritus fluyeran a través de ella y llegaran a las pinturas, asegurándose de darles el tiempo necesario para que se arraigaran. El burbujeante hormigueo de energía era maravilloso; sentía que todas las luces de la ciudad rielaban en su sangre. Poco a poco, la pintura cobró vida: el dragón estiró su largo cuello, como si despertara de un sueño milenario, parpadeó varias veces por el resplandor de las farolas y la miró a los ojos. Tras sostenerle la mirada un instante, la criatura sonrió. En esa sonrisa, Sierra vio a Manny. Su espíritu había entrado en la pintura y estaba tomando el control.

La mujer esqueleto de la guitarra se enderezó junto al dragón. La ciudad envuelta en notas musicales flotó en el aire.

—Vayan —susurró Sierra, en un tono espiritual—. Busquen a los demonios, dispérsenlos, destrúyanlos. Salven a mi familia.

Las pinturas salieron del muro en tres dimensiones, flotaron un segundo sobre El Vertedero y se alejaron a toda velocidad.

Sierra se volvió hacia el interior del edificio. Aún quedaban algunas sombras flotando en el aire. Al cerrar los ojos, se dio cuenta de los muchos espíritus que trabajaban para ella, comunicándole todo lo que veían. Era como tener a su disposición una enorme sala con monitores de vigilancia: allí estaba el hueco de la escalera del tercer piso, donde Bennie se agachaba jadeando detrás de un cajón de madera. Por otro lado, estaban Juan y Tee recostados a un pilar. ¿Y Nydia? La bibliotecaria se encontraba cerca de Bennie, sujetándose el brazo con expresión de dolor.

Robbie llegaba en ese momento al primer piso. Aún no había tenido que vérselas con ninguno de los tropeles de espectros. Sierra se alegró. Seguro que, dentro de nada, ella tendría las manos muy ocupadas.

Un dejo de pánico le hizo prestar atención de nuevo a su entorno, y vio que uno de los demonios espectrales se lanzaba sobre ella desde una viga. La cosa era enorme, un amasijo desgarbado de brazos y patas con garras. La súbita intensidad de su presencia hizo retroceder a Sierra. El demonio aterrizó agachado y aprovechó el impulso para saltar, con las garras extendidas.

Sierra flotaba en el aire. No recordaba haber ascendido, pero allí estaba, furiosa de que la hubieran agarrado desprevenida.

Levantó su fulgurante mano izquierda y descargó un golpe en la cara del demonio, que cayó al suelo despatarrado.

—¡WICK!

La voz espiritual de la chica tenía aún más alcance que la humana. Atravesó Brooklyn y llegó a Manhattan, haciendo que la ciudad se paralizara y se preguntara qué diablos ocurría allí.

—¡Muéstrate! —ordenó Sierra.

El demonio se retorció a los pies de la chica como si fuera una gigantesca chinche de agua. Sierra percibía que Wick estaba cerca, pero la desquiciaba no poder hallarlo. Los espíritus rabiaban y giraban en su interior, ansiosos por encontrar al arrogante humano que había esclavizado a tantos de los suyos.

Algo se movió en un rincón oscuro... otra sombra seguramente cobraba vida. Sierra frunció el ceño, cayó sobre el demonio tendido a sus pies y corrió hacia el rincón oscuro.

—¡Deja de esconderte, Wick!

De improviso, una luz de alarma se encendió en su cerebro. Con su mirada interior recorrió azoteas y estrechos callejones hasta llegar a la conocida esquina de su calle. Uno de los demonios esperaba como una estatua en mitad de la acera, mirando inexpresivamente la puerta de su casa.

"¡Corre, Robbie! ¡Por favor!", pensó.

Volvió en sí justo a tiempo para ver que una sombra parpadeante arremetía contra ella. Otra venía por detrás; sintió las vibraciones de su maldad. Aquellas dos eran fuertes. Wick había reservado sus engendros más poderosos para el final. Sierra pensó que se convertiría en la nota macabra de los obituarios del día siguiente: "La aplastaron entre los dos, la hicieron pedazos y su cuerpo quedó esparcido entre polvorientas cajas de madera".

No. No lo iban a conseguir. Se echó a un lado y el demonio que se acercaba por su espalda pasó de largo. Era aún más grande de lo que pensaba, y al no calcular bien la distancia, una de sus garras le cortó la cara. La sangre goteó por su mejilla, y sintió náuseas. Veneno. El menor contacto con aquel enjambre de espectros enfermaba el alma.

Mareada, retrocedió unos pasos mientras el segundo tropel en forma de demonio la atacaba de frente. Entrevió un instante a Wick en la pared del fondo, con los ojos enormes y aterrados. Estaban pasando demasiadas cosas a la vez. Sierra lanzó un golpe con la mano derecha, concentrando la rabia de los espíritus que llevaba dentro, y alcanzó al demonio que arremetía contra ella en plena cara. La fuerza del impacto los lanzó hacia atrás. No podía golpearlo sin que parte de su maldad se infiltrara en ella, mermando su fuerza vital. Los espíritus de su cuerpo se apresuraron a reparar los daños, mientras ella se levantaba y daba un vacilante paso al frente.

Si derrotaba a Wick, los demonios morirían. Así de fácil. Dio un nuevo paso, más firme, y echó a correr, reuniendo a sus turbulentos espíritus mientras avanzaba.

El último demonio se irguió para cerrarle el paso, una repentina torre de furia que bajó los ojos para mirarla.

—Sierra.

Era la misma cacofonía de voces que oyera en Flatbush y en

la playa de Coney Island. El mismo hedor. Un acobardado Wick se parapetaba tras el demonio, vigilándola.

—¿No ves que deseamos lo mismo, Sierra? —gritó el demonio.

—Tú mataste a Manny —replicó ella, mirándolo de hito en hito—. Y destruiste la mente de mi abuelo. Y separaste a los formasombras.

Wick negó con la cabeza.

—El responsable de la separación de los formasombras fue tu abuelo. Yo intento salvarlos. No entiendes nada, Sierra. Este no es tu mundo —dijo.

—¡Sí es mi mundo! —La voz de la nueva Lucera resonó hasta llegar al mar. Cada uno de los miles de espíritus arremolinados dentro de ella también pronunciaron las palabras—. ¡Y tú intentas arrebatármelo! ¡Intentas arrancarme mi propio legado!

Wick arqueó las cejas.

—Ya veo que tu abuela te ha donado su magia.

La música de los espíritus empezó a crecer alrededor de Sierra.

"Luuuuuuuuuuuuuuuuuuuuuuuuuuuuuuuuuuuuuuuu..."

La aclamaban con un armonioso grito de guerra. Sintió que unían fuerzas en su interior, sintió que cada segundo que transcurría se cristalizaba en un mapa estratégico de puntos de ataque contra Wick.

"ceeeeeeeraaaaaaaaaaaaaaaaaaaaaaaaahhhhhhhhhh..."

Llevaban llamándola toda la vida; al principio no los escuchó porque estaba demasiado asustada y después demasiado confundida. Ahora lo comprendía todo. Los espíritus no invocaban a Mamá Carmen, sino a ella, Sierra, la nueva Lucera, la heredera del legado de los formasombras.

A una señal de Wick, el demonio se puso tenso y plantó un pie erizado de garras en el suelo, dispuesto a saltar. Para Sierra, el tiempo transcurrió más despacio. Su poder espiritual se intensificó tanto que sintió que solo con lanzarse hacia delante traspasaría al demonio y aplastaría a Wick, convirtiéndolo en una especie de papilla molecular incrustada en la pared.

Pero no le pareció que fuera adecuado. Era el momento de actuar con precisión.

El demonio estiró los largos y espinosos brazos y se lanzó contra ella.

Sierra se precipitó hacia él, también con los brazos al frente.

Cuando chocaron, el engendro rugió, sorprendido, pero se recuperó al instante y sus garras aporrearon la espalda de la chica a gran velocidad. Sierra sentía los golpes atronadores, pero no tanto como para detenerse. Siguió empujando las manos contra la horrenda carne gomosa, medio asfixiada por el hedor de muerte y de pintura. Aunque cada célula de su cuerpo le rogaba que se rindiera, los espíritus guerreros que la colmaban no estaban dispuestos a ceder. Y ella tampoco.

Evocó el poema de su abuela:

—"Que la voz espiritual vence enemigos" —susurró.

El demonio volvió a rugir, esta vez de dolor. En su forma pintada se abrieron y se cerraron bocas. Sierra sintió que la solidez del monstruo cedía entre sus dedos, que el perverso conjuro que lo mantenía unido se debilitaba. De sus fauces brotó un chorro de materia hedionda. Cuando la nueva Lucera sintió que los puñetazos del engendro perdían fuerza, supo que faltaba poco. Clavó los pies en el piso y empujó hacia delante con más ímpetu aún. Wick seguía tras el demonio, mirando con horror cómo su creación se deshacía ante sus propios ojos.

"LUUUUUUUUUUUUUUUUUUU..."

Sierra era la brillante culminación de las batallas, la felicidad y la lucha de sus antepasados. Una joven que irradiaba espíritu, entusiasmo. Centenares de almas distintas que vibraban en un mismo cuerpo.

—"La voz espiritual..." —musitó.

"CEEEEEEEEEEEEEEEEEE..."

—"La fuerza de mil soles..." —dijo; respiró hondo y se preparó para empujar por última vez, liberando una parte diminuta de aquella rabia contenida— "¡ha renacido!".

"¡¡¡¡¡¡RAAAAAAAAAAAAAAA!!!!!!"

Al estallar, el demonio se transformó en una espesa capa de inmundicia que salió disparada contra Wick y la pared del fondo.

CUARENTA Y DOS

Sierra se apoyó en un súbito vacío y se precipitó hacia delante. Sombras temblorosas huyeron en todas direcciones. La chica las apartó a manotazos y se volvió hacia Wick. Estaba agachado contra la pared, cubierto de pies a cabeza por el icor espeso y turbio del demonio.

—Todo empezó por la fa... fascinación —tartamudeó—. Fue un acto de a... amor. Para di... difundir el co... conocimiento sobre la tradición. Eso es lo que tu abuelo quería di... difun...

—¡No te atrevas a hablar de mi abuelo!

—Sierra... —Wick levantó una mano temblorosa—. Solo quiero... explicarte...

—No quiero oír tus explicaciones.

La nueva Lucera cerró los ojos un segundo y de inmediato oyó gritar a su mamá. Proyectó su visión espiritual por el barrio hasta encontrarla y ver con horror que ella y su tío Neville bajaban a toda prisa la escalinata de su casa y echaban a correr por la oscuridad de la acera, perseguidos por dos demonios espectrales.

Entonces un gran muro de colores giratorios apareció flotando en el otro extremo de la cuadra. Robbie era un minúsculo general con rastas que desde abajo lideraba el ataque tecnicolor de los guerreros: la mujer esqueleto y el dragón Manny. La mamá y el tío de Sierra corrían hacia ellos, perseguidos por los demonios.

Las dos fuerzas chocaron provocando un ruido atronador; María y Neville desaparecieron en el caos.

Sierra se volteó hacia Wick, con los músculos ansiosos por aplastarle la tráquea.

—Sierra —susurró el antropólogo.

La chica se inclinó y agarró a Wick por el cuello. Sería tan fácil... Una leve presión de sus dedos, ahora más fuertes, y listo. Vio al hombre retorciéndose entre sus manos y pensó en la cruenta batalla que arrasaba su calle, con su mamá en medio.

Pero no. La muerte era un final demasiado piadoso para el doctor Jonathan Wick. Además, le daría la oportunidad de convertirse en alguna abominación en la otra vida. Tras observar sus labios trémulos y sus ojos llenos de lágrimas, decidió que podía hacer algo mejor que matarlo. Ella era una especie de cirujana, no una carnicera. Se concentró medio segundo y dejó que los espíritus que se arremolinaban en su interior se introdujeran en Wick.

Mientras pasaban por sus manos, iba percibiendo sus recuerdos: un abrumador *collage* de olores, momentos, emociones y añoranzas recorrió su cuerpo. Cabalgaba por un bosque, galopando hacia la libertad. Se encontraba en una celda, aceptando por enésima vez tanto la inminencia de su muerte como las muertes que había causado. Estaba profundamente enamorada. Se avergonzaba. Sentía el olor de las lilas, del tabaco, del sudor; el remordimiento por una oportunidad perdida; las punzadas del hambre; pero, sobre todo, sentía la vida. ¡Los muertos vivían! Acarreaban su vida entera en aquellas sombras errantes, llevaban cada segundo de gozo y de infortunio a donde quiera que fueran.

Miró a Wick, que gritaba mientras los espíritus invadían su cuerpo y llegaban hasta los últimos recovecos de su alma. Sierra aguzó la mente y permitió que su visión se deslizara con ellos.

—Tomen sus poderes —dijo, aunque no era necesario decirlo.

Sierra percibía pequeños fogonazos mientras los espíritus se apresuraban por las venas y entrañas de Wick, recorriendo sus células, neuronas y sinapsis.

—Todos sus poderes.

La chica podía percibir la purga de ese ser que había causado tanto dolor, el tremendo vacío que quedaba al desaparecer el último eco del poder espiritual del antropólogo, como un bohío enclenque en el ojo de un tornado.

Y aquel vacío transformó también su exterior. La piel, rugosa y seca, colgaba en patéticos pliegues; en la babeante boca, los dientes se ennegrecían y se desintegraban. Sierra le soltó el cuello y se apartó. Los espíritus también se apartaban, salían oscilando por su boca y se quedaban flotando en la atmósfera enrarecida de La Torre.

Wick cayó de rodillas, consumido y destrozado.

—Me has... matado...

Sierra puso los ojos en blanco; después los cerró para buscar a su mamá. Su calle estaba inundada de colores. El dragón Manny y varios de los esqueletos y sirenas del Club Kalfour miraban la calzada, donde los demonios se habían reducido a charcos de pintura sin espíritus. María respiraba agitadamente junto a Robbie y al padrino de Sierra.

La chica dejó escapar un suspiro de alivio y abrió los ojos. Le echó un último vistazo a las manchadas paredes, pasó sobre el cuerpo gimiente de Wick y bajó las escaleras. Juan, Bennie, Tee y Nydia salieron tambaleándose de sus escondites, sacudiéndose el polvo. Los chicos intercambiaron abrazos, lágrimas, historias, sobresaltos y risas, y después se dirigieron al primer piso.

Los espíritus seguían a la formasombras entonando sus cánticos sagrados, llamándola por su nuevo nombre, girando lentamente a su alrededor, murmurando como una brisa de verano. Sierra sonrió por primera vez en lo que le habían parecido siglos y salió con sus amigos al azul ultramar del alba de Brooklyn.

EPÍLOGO

—¿Cómo me ves? —preguntó Sierra.

—Como para hacerte mía —contestó Robbie.

—¡Eh, tranquilo, castigador! —replicó ella.

Le parecía que la sonrisa se le iba a escapar de la cara. Llevaba un vaporoso vestido blanco sin tirantes y un chal a juego que ondeaba al viento como las velas de un navío. Robbie la contemplaba con una mezcla de deseo, fascinación y curiosidad, como si fuera a tirársele encima para comérsela a besos, o postrarse de rodillas en la arena para besarle los pies desnudos. Por otra parte, la imagen no estaba nada mal.

—Perdón —dijo el chico—. Yo solo... Es que... estás preciosa.

—Ah, mejor, no era tan difícil, ¿no? ¡Un cumplido de los buenos! Gracias.

Robbie se veía muy bien también. Se había recogido las rastas en una cola de caballo y vestía pantalones de lino y guayabera blanca.

—¡Los tatuajes de tus antepasados están regresando! —exclamó Sierra, recorriéndole el brazo con los dedos.

—Siempre vuelven —dijo Robbie, sonriente.

El chico la tomó del brazo y así caminaron hasta un rincón solitario de la playa de Coney Island.

—¿Cómo sigue Lázaro? —preguntó Robbie.

Sierra meneó la cabeza.

—Todavía no he subido a verlo. No sé si podré mirarlo a la cara. Ni siquiera sé qué... ¿decirle? Pero lo haré. Lo haré. —Respiró hondo—. Sea como sea, hoy es un día de celebración. Vamos.

Su mamá, que también lucía un bonito traje blanco, los esperaba cerca de la orilla. Cuando los vio bajar por la duna, les dedicó la sonrisa más triste y más auténtica de su vida. Juan, Bennie, Jerome, Tee, Izzy y Nydia estaban a su lado, igual de elegantes. Tee le había contado a Jerome y a Izzy sobre la batalla de La Torre, y ambos llamaron enseguida a Sierra para hacer las paces.

Al reunirse, formaron un semicírculo, mirando al mar.

—Adelante, Sierra —dijo María—. Tú nos pediste que viniéramos.

Las sombras surgieron de la tenue luz y describieron serenos círculos en torno a los vivos.

—Estamos aquí reunidos —dijo Sierra—, para honrar la memoria de Mamá Carmen Siboney Corona, mi abuela, que en paz descanse. En realidad, no la conocí muy bien, pero me enseñó muchas cosas sobre la vida y sobre lo que significa ser quien soy. Y por eso, le doy las gracias.

Hubo una pausa. Luego las zancadas de los espíritus se alargaron y su murmullo se extendió por todo el cielo, llenando el alma de Sierra de un gozo melancólico. Ellos también estaban de luto por Lucera. Tristes por una y felices por otra. Todos se ensimismaron un momento en sus recuerdos.

—También hemos venido para honrar a Manuel Gómez —añadió Sierra—, también conocido como el Rey del Dominó.

Habían logrado recuperar los cuerpos de los formasombras que Wick había destruido, y los días previos fueron un frenesí de funerales y tributos a Manny y a los otros. María envolvió la mano de su hija con la calidez de la suya. Estaba llorando, pero sin perder la sonrisa dulce y apenada.

—Yo deseo honrar la memoria de Vincent Charles Jackson, mi hermano —dijo Bennie—. Que descanse en paz.

—Hoy —añadió Robbie—, quiero honrar la vida y el espíritu de Papá Mauricio Acevedo, mi amigo y mentor.

Así siguieron, respetando el orden del semicírculo, pronunciando el nombre de uno o varios seres queridos que ya no estaban con ellos. Los espíritus giraron, veloces, revoloteando por el cielo vespertino. Sierra los observó. Distinguía sutiles diferencias entre ellos, unos puños apretados y sombríos, una espalda encorvada por toda una vida de trabajo. Sus historias, las mismas que cruzaron por su mente pocas noches antes, seguían vivas, tejiendo la urdimbre que los conformaba.

Una vez que todos fueron honrados, Sierra miró los rostros de sus familiares y amigos. Bennie sonreía entre lágrimas. Juan, con el pelo alisado y una de las camisas blancas del uniforme de su padre, lucía una sonrisa serena, quizá por primera vez en su vida. Lo de Tee era una simple sonrisilla, como si todo aquello fuese lo más normal del mundo. Nydia tenía los ojos desorbitados, como una niñita en su primer día de escuela, y Jerome e Izzy estaban boquiabiertos. María y Robbie, que flanqueaban a Sierra, también sonreían. Tras dedicar una inclinación de cabeza a su anfitriona, los presentes enlazaron las manos. Sobre ellos, los ausentes palpitaron con suavidad. Sierra respiró hondo y cerró los ojos. Percibía a todos aquellos que había amado, sus pasiones y sus miedos. Entraban en su imaginación como destellos de colores. Al exhalar, envió un rayo de poder desde su mismo centro, lo sintió vibrar debajo de la piel y trasladarse a su mamá por un lado y a Robbie por el otro. Los colores de ambos se intensificaron. Bennie y Nydia fueron las siguientes y, después, el fulgor se abrió paso hasta Juan, Tee, Izzy y Jerome.

—Ya está —dijo Sierra—. Amigos formasombras, todo empieza de nuevo.

Sintió que su mamá le apretaba la mano. Las dos sonrieron y miraron a lo alto, donde los espíritus trazaban jubilosos remolinos bajo la luz crepuscular.

AGRADECIMIENTOS

Le estoy profundamente agradecido a Cheryl Klein por sacar este libro del montón de los sensibleros, creer en él y encarrilarlo mediante todas y cada una de sus correcciones. Gracias también a todo el equipo de Arthur A. Levine por hacer de *La formasombras* el libro que es. Muchas gracias a mi agente Eddie Schneider y a todo el grupo de JABberwocky por su fantástica labor. Nathan Bransford fue paciente y brillante cuando me ayudó con mis primeros borradores; su gentileza y su creatividad aún hacen eco en estas páginas. Gracias a los sabios que leyeron este libro y me brindaron sus opiniones, sus dudas y sus ánimos, entre ellos: Ashley Ford, Anika Noni Rose, Justine Larbalestier, Dr. Lukasz Kowalic, Sue Baiman, Troy L. Wiggins, Marcela Landres y Emma Alabaster. A Bart Leib y Kay Holt de Crossed Genres y a Rose Fox, coeditora de *Long Hidden*.

Gracias a mi asombrosa familia, Dora, Marc, Malka, Lou y Calyx. Gracias a Iya Lisa, Iya Ramona e Iyalocha Tima y a toda la familia de Ile Omi Toki por su apoyo; gracias también a Oba Nelson Rodriguez, Baba Craig, Baba Malik y todas las maravillosas personas de Ile Ase. A los muchos maestros que me inspiraron, me dieron ánimos y afinaron mis habilidades a lo largo del camino, sobre todo a Connie Henry, Inez Middleton, Charles Aversa, Ron Gwiazda, Lori Taylor, Mary Page, Tom Evans, Brian Walker, Orlando Leyba, Warren Carberg, Gloria Legvold, Michael Lesy, Lara Nielsen, Vivek Bhandari, Yusef Lateef, Roberto García, Alistair McCartney, Jervey Tervalon y Mat Johnson. Un abrazo enorme para toda la comunidad VONA/Voices. Stefan Maillet es el mago de internet que hizo de mi sitio web un lugar asombroso, muchas gracias. También quiero agradecer a Nisi Shawl y Andrea Hairston y a toda la Carl Brandon Society por su apoyo. Y gracias a Aurora Anaya-Cerda y el equipo de La Casa Azul Bookstore de East Harlem.

Les estoy profundamente agradecido a dos increíbles escritoras que encontraron sitio para cobijarme bajo sus alas: Sheree Renée Thomas, que creyó en mi voz desde el principio, y Tananarive Due, por su sabia guía desde entonces.

A Jud, Tina y Sam por los muchos paseos y buenos almuerzos durante el camino. A Sorahya Moore, la mejor mentora y amiga que un escritor pueda desear. A Akie por las largas charlas fumando cigarros y haciendo buena música. A Nina, por exigirme que deje de escribir y juegue con ella justo cuando, al fin, empieza a llegarme la inspiración. A Lenel Caze, Carlos Duchesne, Rachelle Broomer, Rudy Brathwaite, Walter Hochbrueckner, Derrick Simpkins y todos los técnicos en emergencias sanitarias, médicos, supervisores, enfermeras, doctores y personal de urgencias y parques de ambulancias de

Brooklyn Hospital, Beth Israel, Montefiore y Mount Sinai, así como a los tipos buenos del Departamento de Bomberos y del Servicio de Emergencias Médicas de Nueva York, batallones 57 y 39.

A Pattie Hut & Grill por el mejor pollo *jerk* de Brooklyn y A&A Bake & Doubles Shop por los mejores dobles de Brooklyn.

A toda la gente chistosa, valiente, original e increíble de Twitter que estaba ahí para retarme, vitorearme y tenerme pendiente y muerto de risa durante esas horas en las que estaba atascado y no sabía cómo continuar.

A Nastassian, alma de mi alma, mujer de mi vida, sueño hecho realidad. Gracias por ser tú.

Por último, doy las gracias a todos aquellos que llegaron antes que nosotros para alumbrar el camino, a todos mis antepasados; Yemonja, Mamá de las Aguas; gbogbo Orisa; y Olodumare.

SOBRE EL AUTOR

La formasombras, la primera novela para jóvenes de Daniel José Older, recibió cuatro reseñas destacadas, ganó el *International Latino Book Award* y fue nominada al premio Kirkus y al Andre Norton Award en la categoría de "Ciencia ficción y fantasía para jóvenes". También fue reconocida como "Libro notable" por el *New York Times* y "Mejor libro del año" por NPR. Se convirtió en un *bestseller* del *New York Times*. Daniel también es el autor de la serie de fantasía urbana para adultos *Bone Street Rumba* y la colección de cuentos *Salsa Nocturna*. Sus ensayos sobre raza, poder y la industria editorial se han publicado en internet y en las colecciones *The Fire This Time* y *Here We Are: Feminism for the Real World*. Sus cuentos han aparecido en muchas antologías y revistas de ciencia ficción y fantasía. También escribe música y toca el bajo en la banda de soul-jazz Ghost Star.

Daniel vive en el barrio de Bedford-Stuyvesant en Brooklyn, Nueva York, donde se desarrolla *La formasombras*. Puedes encontrar sus opiniones, leer mensajes y comunicados de la década en que trabajó como paramédico en la ciudad de Nueva York y escuchar su música en su sitio web, danieljoseolder.net, y seguirlo en las redes sociales @djolder.